Peter Jungwirth

DIE SPARGELBARONIN

EIN KRIMI MIT GENUSS

NICHT NUR FÜR SPARGELFREUNDE

NOEL-Verlag

Originalausgabe
Oktober 2015

NOEL-Verlag
Hans-Stephan Link
Achstraße 28
D-82386 Oberhausen/Obb.

www.noel-verlag.de
info@noel-verlag.de

Die Deutsche Bibliothek verzeichnet diese Publikation in der Deutschen Nationalbibliografie, Frankfurt; ebenso in der Bayerischen Staatsbibliothek in München.

Covergestaltung: © Gabriele Benz

1. Auflage
Printed in Germany
ISBN 978-3-95493-078-4

Die Spargelbaronin

Folgende Personen werden Ihnen in diesem Buch begegnen:

Barbara von Zeilmann
Gutsbesitzerin, Landwirtin, genannt „Baronin“

Ivana Lewanskaja
Chefin der Gastarbeiter

Ingo Berger
Finanzen u. Personal, Gutsverwalter

Vroni Schedel
Assistentin, Sekretärin

Per Manhold
Technik Chef - Agraringenieur, verantwortlich für die Produktentwicklung, Anbau und Ernte

Martina Euler
Assistentin der Gutsbesitzerin

Stefan Haberkorn
Bürgermeister

Hakan Urimehl
Assistent des Bürgermeisters

Elsa Haberkorn,
Ehefrau des Bürgermeisters

Lucas Menorski
Vorarbeiter

Sven Käfer
Landwirt und Hotelier

Harald Neumann
Winzer

HEIKE ALBRECHT
Leiterin Fremdenverkehrsamt

PETER SCHNEIDER
Geistlicher Rat, Stadtpfarrer

PAUL STOFFEL
Kaplan

HANS OERTL
1. Ministrant

FRIEDA LANDAUER
Küsterin

MARTHA MAHLER
Staatssekretärin

NICLAS WORONIN
Polnischer Bürgermeister

KARL KAUFER
Spediteur

MORITZ VON STEIN
Kriminalhauptkommissar

ERIKA SUCHEL
Kriminaloberkommissarin

PETER MEINKE
Ordnungsamt, Ortspolizei

ALEX OBERMÜLLER
Leiter Bauamt

NICK STAUDACHER
Bau-Unternehmer
Bau- u. Landmasch. Handel

MARIA STEINHÄUSER
Witwe, Hausbesitzerin und Vermieterin

DIE GEMEINDE NEUWIESENFELS kann sich keiner eigenen Geschichte rühmen. Sie war in den siebziger Jahren des letzten Jahrhunderts im Zuge der damaligen Gebietsreform entstanden.
Die ursprünglich selbstständigen Gemeinden Niederwiesenstein und Hochwiesenberg waren das Opfer dieser Reform und verloren ihre Selbstständigkeit. Gut für die Steuerzahler war, die ehrgeizigen und viel zu großen und zu teuren Bauprojekte der beiden größenwahnsinnigen Bürgermeister wurden gestoppt. Jede der beiden Gemeinden, beide nur circa fünf Kilometer voneinander entfernt, hatten unabhängig voneinander ein neues Rathaus, ein Frei- und Hallenbad und eine aufwendige Mehrzweckhalle geplant. Die Bürgermeister wollten sich mit diesen nie finanzierbaren Projekten ein Denkmal setzen, bevor die Reformer die futuristischen Pläne in den Reißwolf steckten.
Die größere der beiden ursprünglichen Gemeinden war Niederwiesenstein und wurde jetzt Sitz der neuen Großgemeinde, die sich nach langen Diskussionen den einfallslosen Namen „Neuwiesenfels“ gab.
Vorteile dieser neuen Gemeinde für die Bürger waren die schlankere Verwaltung, keine zusätzlichen Schulden und mehr Einfluss in der Kreisverwaltung.
Nicht beachtet hatten die Planer der Gebietsreform: Die Bürger der beiden ursprünglichen Gemeinden nutzten zwar die Vorteile, nahmen aber die Großgemeinde nicht an. So behielten diese nicht nur ihre Sport-, Kultur- und Gewerbevereine, sondern auch ihre Kirchen, Schulen, Kindergärten und sogar ihre Freiwilligen Feuerwehren. Innerlich, aber auch im öffentlichen Leben blieben die Einwohner der neuen Gemeinde die alten, einheimischen Bürger von Niederwiesenstein und Hochwiesenberg, nannten sich auch so und standen im Wettbewerb zueinander. Lediglich die neu Hinzugezogenen nannten und fühlten sich als „Neuwiesenfelser“.

Die neue Gemeinde entwickelte sich in den letzten Jahrzehnten zum Positiven, dank einflussreicher Bürgermeister und Gemeinderatsmitglieder. Man setzte für die Zukunft auf zwei Schwerpunkte, auf den weiteren Ausbau der vorhandenen und erfolgreichen Landwirtschaft und auf junge, kreative, mittelständische Unternehmen. Die strategisch hervorragende Lage im Dreiländereck Hessen, Rheinland Pfalz und Baden Württemberg in Verbindung mit der Befreiung von der Gewer-

besteuer für die ersten fünf Jahre waren für junge Gewerbetreibende wichtige Argumente, sich in Neuwiesenfels anzusiedeln.
Günstige Grundstückspreise im Gewerbegebiet, gelegen zwischen beiden alten Gemeinden, mit Bahnanschluss und Anbindung an eine Bundesstraße, sorgten für eine rasche Entwicklung der Gemeinde, die bald schuldenfrei war und sich anschickte, einige Großprojekte, die anlässlich der Gebietsreform ad acta gelegt worden waren, wieder in Angriff zu nehmen.

Sie reckte und streckte ihren noch schlanken und leicht gebräunten Körper auf dem zerwühlten Bett und gähnte mehrmals herzhaft. Dann kuschelte sie sich nochmals unter die Bettdecke, ringelte sich zusammen, „nein, heute nicht“, dachte sie bei sich. "Heute, am heiligen Sonntag lass’ ich mal alle Termine sausen."
Sollte der Herr Pfarrer doch sein Hochamt mal ohne sie lesen, der Kirchenchor ohne ihre Sopranstimme auskommen, die sowieso leicht angekratzt war vom übermäßigen Genuss des herrlichen Trollingers, von dem sie, soweit sie sich erinnern konnte, gestern Abend mindestens vier Schoppen getrunken hatte. Wie viele Obstler dazu gekommen waren, daran konnte oder wollte sie sich nicht mehr erinnern. Auch Frieda, die Küsterin, wird es verschmerzen, dass sie heute keine frischen Blumen für den Schmuck des Altars mitbringen würde.
Barbara schmunzelte leicht, als sie daran dachte, dass die Teilnehmer an der regelmäßigen Runde beim Frühschoppen nach dem Gottesdienst sich die Mäuler über ihre Abwesenheit zerreißen werden. Es kam ja auch äußerst selten vor, dass Einer aus dem erlauchten Kreis ohne triftigen Grund und unentschuldigt abwesend war.

Es hatte ganz harmlos angefangen. Ohne besonderen Anlass traf sich eine kleine Gruppe aus der Gemeinde, mehr oder minder gut miteinander bekannt, im privaten Keller des Weinbauers Neumann.
Der Bürgermeister Haberkorn mit seiner Frau Elsa ... „was für eine Zicke“, dachte Barbara bei sich, ... dann Kaplan Paul, der es geschickt verstand, einen Platz neben der Bürgermeisterin zu erobern, ... Sven Käfer, Inhaber mehrerer kleinerer, aber ertragreicher Spargeläcker und des beliebten Landhotels „Zur Traube“ ... und Heike Albrecht, die das

Fremdenverkehrsamt liebend gerne privatisiert hätte, aber nach wie vor auf Haberkorns erbitternden Widerstand stieß.

Sie und Ingo, ihr Verwalter, waren auf der Suche nach einem ungestörten Plätzchen, an dem sie geschäftliche Dinge, aber mehr über private Pläne sprechen wollten, und trafen rein zufällig auf die vorbenannte Runde im Keller des Weingutes. Die Einladung zu einem guten Schoppen konnten sie nicht abschlagen und setzten sich wohl oder übel zu der Gruppe. Die vielsagenden Blicke, die ausgetauscht wurden, blieben Barbara natürlich nicht verborgen. Aber jetzt endlich war es ihr gleich. Sie hatte natürlich die Gerüchte in der kleinen Stadt mitbekommen und das Getuschel hinter ihrem Rücken, das immer sofort verstummte, sobald sie auftauchte. Sie hatte nichts zu verbergen, musste niemandem gegenüber Rechenschaft ablegen und auch Ingo war ungebunden.
Warum sollte sie nicht jetzt öffentlich zeigen, dass sie Ingo nicht nur als Geschäftsführer und Berater überaus schätzte, ihn gerne sah, und er im Mittelpunkt ihrer privaten und noch geheimen Wünsche stand. Sie konnte sich gut vorstellen, dass sie und Ingo in absehbarer Zeit eine legale Bindung eingehen könnten - an eine Ehe dachte sie noch nicht.

Also hatte sie nichts dagegen, als Ingo einen Arm um ihre Schulter legte und sie ab und zu zärtlich drückte. Die Gruppe hatte schnell das Paar akzeptiert, geahnt hatte man schon lange, dass zwischen beiden etwas läuft. Und schon bald galt die Aufmerksamkeit wieder dem süffigen Wein. Als später auch noch der Chef des Weinguts zu der Runde stieß, ging es bald hoch her. Dem Wein wurde gut zugesprochen, er lockerte die Zungen, allmählich wurden Zurückhaltungen aufgegeben, Hemmungen fielen und geflirtet wurde in alle Richtungen. Selbst der Kaplan legte seine Hand auf den Oberschenkel der Bürgermeisterin und nachdem sie zweimal halbherzig die geistliche Hand abgewehrt hatte, durfte sie schließlich unter ihrem bunten Rock verbleiben und seine Finger begannen im Verborgenen die Umgebung zu erkunden. Die frisch geschiedene attraktive Albrecht hatte ihren rechten Schuh ausgezogen und ihren nackten Fuß dem ihr gegenübersitzenden Sven Käfer zwischen dessen Beine gesteckt und massierte mit ihren Zehen seine Männlichkeit. Es störte sie überhaupt nicht, dass der Wirt der Traube altersmäßig ihr Vater hätte sein können und er nicht so begeistert von ihren Aktivitäten unter dem Tisch schien. Er hatte vielmehr nur Blicke für Barbara und zeigte sich schon glücklich, wenn sie ihm für einen

Augenblick ein Lächeln schenkte. Der Bürgermeister bekam nach einer anzüglichen Bemerkung an die Adresse von Barbara und Ingo eine deftige, aber passende Antwort, warf dann den beiden einen gehässigen Blick zu und bemühte sich anschließend um seine Mitarbeiterin Albrecht. Dazwischen saß jedoch sein angetrautes Weib und daneben Kaplan Paul, sodass alleine schon von der räumlichen Distanz her kein körpernaher Flirt zustande kam. Haberkorns Interesse an der Albrecht war jedoch auch nur halbherzig. Sie hatte ihm schon mehrmals im Rathaus zu verstehen gegeben, dass sie keinerlei persönlichen Kontakt mit ihm wünsche.

Zur fortgeschrittenen Stunde sprang plötzlich Haberkorn mit hochrotem Kopf hoch und schrie „du verdammter Pfaff', lass' endlich deine dreckigen Pfoten von meiner Frau, nimm lieber den Rosenkranz zwischen deine Finger, aber wasch' sie vorher im Weihwasserkessel!"
Den zutiefst erschrockenen Kaplan hatte es ebenfalls hoch gerissen, er wechselte seine Gesichtsfarbe von hochrot bis leichenblass, murmelte mehrmals: „Entschuldigung, Entschuldigung" und versteckte die sündig gewordene rechte Hand in seiner Hosentasche. Für was sich der Geistliche eigentlich entschuldigte, war Niemandem so klar, der Bürgermeisterin hatten seine Fingerspiele gefallen und ihm natürlich auch. Haberkorns Wutausbruch war auch nur halbherzig. Was seine Frau trieb, war ihm fast egal, das Interesse galt seiner Angetrauten schon lange nicht mehr, aber als Bürgermeister musste er zumindest schon nach außen hin noch den Schein wahren.

Die weinselige Stimmung war plötzlich dahin, der Bürgermeister hatte mit seinen hasserfüllten Schreien indirekt ein Zeichen zum Aufbruch gegeben. Die Runde löste sich auf. „Tschüss, bis morgen, macht`s gut" wurde gemurmelt, Barbara und Ingo „macht's besser" nachgerufen und die Teilnehmer am geselligen Abend verließen den Weinkeller; alle einzeln und getrennt, auch der Bürgermeister und sein Eheweib gingen eigene Wege.
Nur Barbara und Ingo verließen Hand in Hand das Weingut. Ab und zu blieben sie stehen, umarmten und küssten sich heftig. Ob sie dabei beobachtet wurden, war ihnen gleich. An einer Wegekreuzung blieben sie stehen. Ihr Weg führte geradeaus eine befestigte Straße zum Gutshof und Ingo musste abbiegen zu einem Zweifamilienhaus am Ortsrand. Eine betagte Witwe hatte ihm den ersten Stock des Hauses ver-

mietet, war froh, einen Mann im Hause zu haben und regelmäßig die Miete gezahlt zu bekommen. Nochmals küssten sich Barbara und Ingo leidenschaftlich, hielten sich lange im Arm und blickten sich in die Augen. Die Frage blieb unausgesprochen, war aber ihren Augen abzulesen: „Gehen wir zu dir oder zu mir?"
Sie nahm ihm die Antwort ab, „komm mit zu mir!"
Ingo hatte auf Barbaras Reaktion gehofft und ließ sich bereitwillig mitziehen.

Von der Eingangshalle des Hofes führte eine breite Treppe aus alten Eichenbohlen mit einem schmiedeeisernen Geländer in den ersten Stock und mündete in einem größeren, mit antiken Möbeln geschmackvoll eingerichteten Vorraum. Links davon lagen mehrere Büroräume und eine kleine Zweizimmerwohnung, in der Martina Euler lebte, die seit vielen Jahren die Vertraute des Gutsbesitzers von Zeilmann war. Nach seinem tragischen Unfalltod führte sie den Haushalt der jungen Witwe und arbeitete gleichzeitig im Gutshof als ihre Privatsekretärin.
Rechts residierte Barbara in einer luxuriös ausgestatteten Wohnung von über 200 Quadratmetern, viel zu groß für eine Person. Sie hatte sich aber so an ihr Heim mit wunderschönen Erinnerungen an die gemeinsamen Jahre mit ihrem Mann gewöhnt, dass es ihr unmöglich schien, sich davon zu trennen und eine kleinere Wohnung zu beziehen. Insgeheim hoffte sie natürlich, in Zukunft nicht mehr alleine und mit einem Partner in dem, die ganze rechte Seite des obersten Stockwerks des Anwesens umfassenden Reich, zu leben. Auch hatte sie den Wunsch nach eigenen Kindern noch nicht aufgegeben, mit fünfunddreißig fühlte sie sich noch nicht zu alt dazu.

Ingo kannte die Wohnung seiner Chefin von vielen Gesprächen, meist geschäftlicher Natur, aber auch von zahlreichen Festen und Partys, die da gefeiert wurden. Aber zum ersten Mal betrat er Barbaras Schlafräume, besser gesagt: Er wurde hineingezogen. Nach einem kurzen Aufenthalt im Badezimmer landeten beide ohne lange Vorrede im Bett. Die beidseitig angestaute Sehnsucht und das drängende Verlangen wurden schließlich in mehreren sexuellen Kämpfen ohne Sieger, nur unterbrochen von neckischen, erotischen Spielchen und einigen Gläsern edlen Champagners, erfüllt. Bevor Barbaras Liebhaber gegen Morgen erschöpft einschlafen wollte, schüttelte sie ihn an den Schultern, „nicht einschlafen mein Lieber, pack' deine Sachen und mach' dich ab nach Hause!"

Obwohl Barbara sich einredete, nichts auf das Gewäsch der Einwohner und Honoratioren der Kleinstadt zu geben, wäre es ihr doch unangenehm gewesen, Freunde und Angestellte hätten mitbekommen, dass ausgerechnet der Gutsverwalter und Vertrauter ihres Mannes bei ihr übernachtet hatte. Also schickte sie ihn, noch bevor es hell wurde, fort. Ingo war etwas überrascht von dieser Reaktion. Hatte er doch damit gerechnet den Sonntagmorgen mit seiner nächtlichen Partnerin im Bett zu verbringen, gemütlich zu frühstücken und dazwischen immer wieder den Gefühlen freien Lauf zu geben. Aber so kampflos wollte Ingo das Feld, besser gesagt, das Bett, nicht räumen. Er drehte sich zu Barbara hin, versuchte sie zu küssen und ihr seine wieder erstarkte Männlichkeit zu zeigen.
Barbara hatte sich aber schon entschieden. Ihrem Liebhaber nutzte es nichts, sie mit seinem ganzen Gewicht niederzudrücken und mit Armen und Beinen festhalten zu wollen. Mit einem Ruck winkelte sie ihr Knie an und stieß es, nicht allzu heftig, zwischen seine Schenkel, „schau, dass du nach Hause kommst und spar' dir deine Kräfte für ...", sie machte eine kurze Pause, „... vielleicht ein nächstes Mal."
Mit einem Aufschrei löste er seine Umklammerung, fasste sich mit einer Hand zwischen seine Beine, „aua, du kleines Biest, das wird dir noch leid tun", aber dann schon wieder etwas versöhnlich, „aber warte nicht zu lange bis zum nächsten Mal!" Er gab sich geschlagen, sah keine Chance, die herrliche Liebesnacht fortzusetzen, packte seine Kleider und verließ das Schlafzimmer und Barbaras Wohnung.

Sie hörte noch das Klicken der schließenden Wohnungstür und das Knarren der einzelnen Eichenholzstufen der Treppe.
Sie lauschte und meinte noch seine Schritte auf dem knirschenden Kies vor dem Gutshof zu vernehmen. Dann war es wieder still.
Sie wusste, dass er, wenn er sein Büro verließ und zu Fuß nach Hause ging, immer den gleichen Weg wählte und eine Abkürzung zu seiner Wohnung nahm. Obwohl das Haus der älteren Dame, in dem er wohnte, nur einige hundert Meter Luftlinie vom Gutshof entfernt war, musste man mit dem Auto einen längeren Umweg fahren. Der Weg vom Gutshof mündete in eine Landesstraße, die in einem weiten Bogen um mehrere größere Wiesengrundstücke und Äcker um den Friedhof, den

Klostergarten und die Kirche, mitten durch den Ort führte. Am Ortsausgang war vor Jahren ein Wohnbaugebiet erschlossen worden. In einem der zahlreich entstandenen Ein- und Zweifamilienhäuser lebte die Witwe Steinhäuser und ihr Untermieter Ingo Berger.

Ingo wird sicher wieder den Trampelpfad hinter der Mauer, die den Gutshof an drei Seiten umgibt, nehmen, dachte Barbara. Der schmale Weg führt an der Mauer entlang, geht dann über ein Wiesengrundstück, zwischen zwei Äckern auf einen Wirtschaftsweg, bis zur rückwärtigen Mauer des Friedhofes. Durch ein altes, verrostetes Eisentürchen gelangt man in den Friedhof, von da durch eine vermoderte Holztüre in den Klostergarten, an der Kirche Sankt Emeran vorbei, wieder durch ein Törchen, bis zur Hauptstraße. Von da sind es noch circa fünf Minuten Fußweg bis zu seiner Wohnung bei der Steinhäuser.

Mit einem Lächeln um ihre volle Lippen erinnerte sich Barbara nochmals an die schlaflose, aber herrliche Nacht, spürte Ingos vor Erregung feuchten Körper und seine harte Männlichkeit in ihr. Sie fühlte sich wunderbar erschöpft und entspannt. Eine angenehme Müdigkeit kam über sie und mit einem Seufzer kuschelte sie sich in das von zwei erhitzten Körpern noch erwärmte Bett und war in einem tiefen, traumlosen Schlaf gesunken.

Das Gut „von Zeilmann" wurde erstmals im 18. Jahrhundert erwähnt und war eine Schenkung des damaligen Kurfürsten Karl Theodor an seinen langjährigen Berater und Vertrauten Graf von Zeilmann für dessen Verdienste, aber auch für seine Verschwiegenheit. Der Graf wusste von den zahllosen amourösen Abenteuern und den gewagten politischen Vorhaben seines Herrn, behielt aber, nicht zu seinem Schaden, sein Wissen für sich.

Das gesamte Areal des Guts, ohne die Anbauflächen, hat eine Größe von ca. 10 Hektar, was in etwa der Größe von zehn Fußballfeldern entspricht. Der eigentliche Gutshof stammt aus dem 19. Jahrhundert, wurde mehrmals erweitert, renoviert und modernisiert, zuletzt vor einigen Jahren, und steht seit Kriegsende unter Denkmalschutz. Das einstöckige Haupthaus mit einer Front von ca. 50 Metern beherbergt im Erdgeschoss einen repräsentativen Raum für Empfänge, einen Festsaal

mit Bühne, eine umfangreiche Bibliothek, einen kleineren Ausstellungsraum und ein Museum mit Schriften, Bildern und Gegenständen aus der Geschichte des Guts, und zahlreichen, mit modernster Technik ausgerüsteten Büroräumen. Im ersten Stock sind rechtsseitig eine herrschaftliche Wohnung untergebracht und gegenüber eine kleinere Wohnung, mehrere Büros und ein Besprechungsraum. Das Dachgeschoss, in dem sich allerlei Kram von Jahrzehnten angesammelt hat, blieb unausgebaut. Im Keller, aus schweren Felssteinen gemauert, befinden sich mehrere Vorratsräume und ein, mit Raritäten gefüllter Weinkeller, der der ganze Stolz des verstorbenen letzten Gutsbesitzers war. Im rechtwinklig angebauten einstöckigen Flachbau sind zahlreiche Versorgungsräume und Büros, sowie ein Verkaufsladen untergebracht.
Im Innenhof des Geländes wurden vor einigen Jahren zwei über einhundert Meter lange und ca. zehn Meter hohe Hallen erstellt. In einer davon ist eine großzügig eingerichtete Landmaschinenwerkstatt mit Waschhalle untergebracht. Der größte Teil der Halle dient als Remise für die zahlreichen landwirtschaftlichen Geräte und Fahrzeuge. In dem hinteren, kleineren Teil werden in Gitterpaletten und stabilen Regalen, fein säuberlich beschriftet, kleinere Maschinen, Geräte und Werkzeuge, bis hoch unter das Dach gestapelt. In der zweiten Halle ist das Herz des Guts untergebracht, die „Produktion".
An einem langen Fließband wird das Erntegut, jetzt zur Spargelzeit natürlich der frisch gestochene Spargel, gewaschen, gekühlt, sortiert und je nach Bestimmungsort verpackt.
Das rechteckige Gelände wird gegenüber dem Haupthaus in einer Entfernung von ca. 400 Metern von einer breiten Fichtenschonung begrenzt, in der professionell Weihnachtsbäume „produziert" werden.
Dieser kleine Wald wird in der Mitte durch eine breite Zufahrt für landwirtschaftliche Geräte und Erntefahrzeuge zum Gutsgelände unterbrochen, wobei das Eingangstor meistens unverschlossen bleibt.
Die drei anderen Seiten des Areals sind von einer alten, teilweise verfallenen, mannshohen Steinmauer umgrenzt, jeweils beginnend am seitlichen Ende des Gutshofs. Auf der linken Seite gelangt man über eine breite Zufahrtsstraße in den Innenhof, mit Parkplätzen neben den beiden Hallen für Besucher und Angestellte, aber vor allem für den gutseigenen Fuhrpark, Lieferanten und Logistikfahrzeuge für den Vertrieb der Produkte des Guts.

Innerhalb der Mauern wird zur rechten Hand auf einer Breite von 50 Metern eine Apfelbaumplantage genutzt und jährlich ca. 60 Tonnen aus einer Nutzfläche von zwei Hektar des wohlschmeckenden, saftigen „Goldzeilmanns", eine gutseigene Züchtung, geerntet.
Gegenüber, auf der anderen Längsseite des Areals ist Gemüse für den eigenen Bedarf der Gutsküche angepflanzt. Einen Teil dieser Seite nimmt ein Rosengarten ein, der ganze Stolz der Gutsherrin, der zum großen Teil selbst von ihr gepflegt wird. Begehrt ist eine preisgekrönte Rosenzüchtung des Gärtners, die „Liebliche Babsi", benannt vom verstorbenen Gutsbesitzer nach dem Vornamen seiner Frau.

Der Gasthof „Goldene Glocke" war sonntags nach dem Gottesdienst ein beliebter Treffpunkt zahlreicher, vor allem männlicher, Kirchenbesucher, die sich zum zwanglosen Frühschoppen und Austausch von wahren und halbwahren Neuigkeiten in der Gemeinde trafen.
Im Nebenzimmer „Glockenturm" kamen auch nach der Kirche einige Honoratioren und Gemeindevertreter zu informellen Gesprächen bei einem Schoppen zusammen. Die Reihenfolge der diskutierten Themen war immer gleich. Zuerst kam die Runde regelmäßig bei hitzigen Kommentaren zu den Fußballergebnissen vom Samstag in Fahrt, dann erhielten die Bundes- und Landespolitik ihre mangelhaften Noten und schließlich nahmen aktuelle Themen der Gemeinde breiten Raum der Diskussionsrunde ein. An diesem Sonntag konzentrierten sich die Gespräche mehr auf die geplanten Vorhaben der Gemeinde. Die Runde ersetzte natürlich nicht eine Sitzung der Gemeindevertreter, wohl aber gab es eine Vorinformation und einen Meinungsaustausch. Aus den Redebeiträgen konnte dann durchaus auf das Ergebnis einer späteren Abstimmung im Gemeinderat geschlossen werden.

An diesem Sonntag beherrschten die bevorstehende Spargelernte und die vielen anreisenden Erntehelfer und vor allem die Bauvorhaben der Gemeinde, die Sporthalle und der Windpark, die Diskussion.
Häufig zu Wort meldete sich Nick Staudacher, der als Bauunternehmer persönliches Interesse an den Bauprojekten zeigte und fest mit einem Generalauftrag rechnete. Er war neben der Gutsbesitzerin von Zeilmann, deren Abwesenheit mit einigen nicht gerade feinen Kommentaren bedacht wurde, der wohlhabendste und damit ein einflussreicher

Unternehmer der Gemeinde. Er führte ein erfolgreiches Bauunternehmen und verfügte in der Nachbargemeinde über eine ergiebige Kiesgrube mit einem ausgelasteten Betonwerk. Im Ort selbst hatte er vom Bürgermeister vor drei Jahren einen Betrieb - Handel und Vermietung von Bau- und Landmaschinen - übernommen. Als Grund für diesen Deal gab Haberkorn nach seiner Wiederwahl einen möglichen Interessenkonflikt als „Erster Mann" der Gemeinde und der Führung seines mittelständischen Betriebs an, soweit die offizielle Version. Tatsächliche Gründe, Gegenleistungen oder Kaufpreis, blieben unbekannt.

Obwohl der Bürgermeister beide Bauvorhaben unterstützte, beteiligte er sich nicht an der Diskussion, war mundfaul, wirkte müde und abgespannt. Die Teilnehmer der Runde, die auch am Vorabend im Weinkeller Neumann zusammen waren, meinten die Gründe zu wissen.
Der Hotelbesitzer Käfer machte einen ebenfalls müden und unausgeschlafenen Eindruck, ihn plagten anscheinend starke Kopfschmerzen, hatte er doch am Vorabend auch mindestens einen Schoppen zu viel getrunken. Ihn interessierte besonders der Einsatz der Erntehelfer für seine Spargeläcker. Was sonst niemand wusste, Käfer wollte liebend gerne seine Äcker an die „Baronin" verkaufen, um sein Hotel modernisieren und erweitern zu können. Um seinen Plan nicht zu gefährden, sprach er noch nicht darüber.
Neumann und der Fuhrunternehmer Kaufer kämpften ebenfalls mit der Müdigkeit, hatten Mühe ihre Augen offen zu halten und waren schon in der Kirche bei der Predigt von Stadtpfarrer Schneider eingeschlafen.

Der Geistliche Rat war, wie immer, zu spät zu der Runde gestoßen, er musste sich nach dem Umziehen in der Sakristei noch Fragen und Gesprächen von Gottesdienstbesuchern stellen. Mit seinem Eintreten warf er dem Bürgermeister einen strafenden Blick zu, der entgegen sonstiger Gewohnheiten, heute den Gottesdienst geschwänzt hatte. Obwohl er kein besonders christlicher Mensch war, sah er es doch als oberster Amtsträger der Gemeinde als seine Pflicht an, nicht nur an hohen kirchlichen Feiertagen, sondern auch an Sonntagen der Heiligen Messe beizuwohnen. Dafür stand ihm ein reservierter Platz in der ersten Bankreihe zu.
An der Diskussion im „Glockenturm" beteiligte sich der Stadtpfarrer grundsätzlich nicht, nur wenn es um kirchliche Angelegenheiten ging.

Er hielt sich damit seine Neutralität offen und konnte später immer von sich behaupten „nicht dafür“ oder „nicht dagegen“ gewesen zu sein. Einmal ergriff er doch das Wort, es war gegen Ende des Stammtisches. Mit einem Blick auf seine Uhr, die fünf Minuten vor zwölf Uhr anzeigte, stand er auf und meinte zur Runde: „Eine gesegnete Mahlzeit und eine Woche ohne Sünde und mit Gott“, verließ den „Glockenturm“ und eilte zum Pfarrhaus neben der Kirche, gegenüber der „Goldenen Glocke“. Die Küsterin Frieda, die auch den Haushalt im Pfarrhaus führte, konnte fuchsteufelswild werden, wenn einer zum sonntäglichen Mittagessen zu spät kam. Zum Mittagstisch fanden sich dann der Geistliche Rat und Stadtpfarrer Peter Schneider, seine Hilfe Kaplan Paul Stoffel, Hans Oertl, ein siebzehnjähriger Vollwaise und Pflegekind der Küsterin und natürlich sie selbst, ein.

Mit einem Schrei sprang Barbara aus dem Bett, ihre Uhr zeigte drei Uhr Nachmittag an, sie hatte mehr als neun Stunden herrlich geschlafen. Sie erinnerte sich aber auch warum sie so tief und traumlos in Morpheus Armen geruht hatte, und ein Lächeln zeigte sich auf ihrem noch verschlafenen Gesicht.
Nach einem ausführlichen Duschbad und einer großen „Oma-Tasse“ voll mit heißem Kaffee, fühlte sie sich wieder total frisch und tatendurstig. Auf den gewohnten Rundgang durch das Gut, die Fahrt mit ihrem Geländewagen über die zum Gutsbesitz gehörenden Felder und Wiesen und auf die Besichtigung der Spargeläcker, die kurz vor der Ernte standen, verzichtete sie heute. Sie ging zur gegenüberliegenden Seite des Hauses, in den Bürotrakt und ihr großzügig eingerichtetes Arbeitszimmer, das sie so unverändert von ihrem Mann übernommen hatte. Nach seinem Unfalltod hatte Ingo Berger zwar seine Verwaltertätigkeit und Verantwortung für das Gut mit ihrer Zustimmung fortgesetzt, für sie war aber das Vermächtnis ihres Mannes mit der Pflicht verbunden, über alle wichtigen Aktivitäten und Geschäftsvorgänge den Überblick zu behalten, informiert zu werden und bei Bedarf die Entscheidung zu treffen.

Die Spargelernte stand unmittelbar bevor.
Die ersten Kilos waren schon gestochen und die Qualität von den Fachleuten für „ausgezeichnet“ bewertet worden. Barbara hatte es in

den letzten Jahren geschickt verstanden, den ursprünglich im Gut als „Nebenbetrieb“ bezeichneten Spargelanbau wesentlich zu erweitern. Sie kaufte von kleineren Bauern Äcker auf und lockte größere Landwirte mit hoher Pacht und Beteiligung am Ertrag, ihre Flächen an sie zu verpachten. So verfügte sie schon nach kurzer Zeit über das mit Abstand größte Anbaugebiet im Landkreis, und das brachte ihr in der Bevölkerung den mit Hochachtung verbundenen Ehrentitel „Spargelbaronin“ ein.
Die gesamte vom Gut bewirtschaftete Spargel-Anbaufläche beträgt circa 250 Hektar, was etwa fünf Prozent der gesamten Anbaufläche von Hessen und Baden-Württemberg entspricht. Für die Qualität des Spargels hatte das Gut bei großen landwirtschaftlichen Ausstellungen zahlreiche Auszeichnungen und Medaillen erhalten, was sich natürlich positiv auf den Ruf und ganz konkret auf die erzielten Verkaufspreise auswirkte.
Weitere Erwerbsquellen des Guts sind zahlreiche Ländereien, auf denen vor allem verschiedene Getreidesorten angebaut werden und Waldflächen mit alten Baumbeständen und hochwertigem Holz. Bei der Vergabe von Aufträgen, bei Preisverhandlungen mit Kunden und Lieferanten, in Sitzungen des Gemeinderates und bei Gesprächen mit Banken zeigte sich Barbara als geschickte Geschäftsfrau und verhandelte hart aber fair, manches Mal auch unnachgiebig, was ihr den Ruf „knallharter Hund“ einbrachte. Die Mitarbeiter des Guts begegneten ihr jedoch mit Hochachtung und Respekt, sie wurden auch großzügig entlohnt. Barbaras soziale Einstellung half so manchem Bedürftigen, und soziale Einrichtungen wie Kindergarten, Altenheim und auch die Sportvereine konnten auf ihre Spenden hoffen.
Nur die Kirche bekam keine finanziellen Zuwendungen, ihre Unterstützung beschränkte Barbara auf den wöchentlichen Blumenschmuck für den Altar im Gotteshaus und ihre Mitgliedschaft im Kirchenchor. Stadtpfarrer Peter Schneider hatte sich mehrmals eine Abfuhr geholt, als er sie um Spenden für die notwendig gewordene Renovierung des Innenraums der Kirche oder die Dachsanierung im Pfarrhaus ersuchte. „Sie, Großgrundbesitzer, verkaufen Sie mal paar Quadratmeter von Ihren Äckern und Wiesen, dann haben Sie genügend Mittel für Ihre Investitionen!“

Bei der Bevölkerung war sie beliebt, und wenn von ihr gesprochen wurde, hieß es fast immer liebevoll „unsere Baronin“. Wenn sie mit

„Frau Baronin“ oder gar „gnädige Frau“ angesprochen wurde, fühlte sie sich zwar geschmeichelt, wiegelte aber immer ab, „ist schon gut, ich bin einfach nur die Zeilmann“, pflegte sie zu antworten.

Auf ihrem PC skizzierte sie die Themen, die sie mit einem kleinen Kreis von Experten besprechen wollte. Dazu zählte neben ihrem Gutsverwalter Berger die Ivana Lewanskaja, eine Polin, die für die Erntehelfer zuständig war, ein Agraringenieur, namens Pfister, der für die Ernte verantwortlich zeichnete, ihre Vertraute, Haushälterin und Chefin des Lebensmitteleinkaufs Martina und der Spediteur Kaufer, der mit seinem Fuhrpark den Transport des frisch gestochenen Spargels zu den Verkaufsstellen weit über die Kreisgrenzen hinaus, bis in das Rhein-Main-Gebiet, übernehmen sollte.
Als sie die Namen der Teilnehmer in den PC eintippte, stutzte sie einen Augenblick beim Namen Berger. Sie erwartete eigentlich seinen Anruf und hoffte auf ein Kompliment von ihm, dass er die Nacht mit ihr herrlich gefunden hatte, er ihr über das Handy einige freche und intime Worte ins Ohr flüstern und sie zum gemeinsamen Abendessen einladen würde. Aber warum hatte er bis jetzt nichts von sich hören lassen? Scheute er sich vielleicht und kämpfte möglicherweise mit seinem Status als Untergebener, der gleichzeitig mit seiner Chefin ein Liebesverhältnis begonnen hat? Oder sollte sie vielleicht ihn anrufen?
Nein, auch sie wollte ihre schon langsam beginnende Abhängigkeit nicht offenbaren. Also verwarf sie die aufkommenden Gedanken und widmete sich weiter ihrer Arbeit.

Ein Problem hatte sie mit Ivana Lewanskaja. Die Polin gehörte seit Jahren fast zum Inventar des Anwesens, war schon von ihrem Vater engagiert worden und bekam jedes Jahr einen Saisonvertrag, beginnend circa vier Wochen vor Beginn der Spargelernte und endend Mitte Juli, einige Wochen nach der letzten Ernte. Sie war in erster Linie für die polnischen Gastarbeiter zuständig, mit denen sie schon in deren Heimat befristete Verträge abschloss. Ihr lockeres Verhältnis mit dem verheirateten Bürgermeister ihrer Heimatgemeindehalf ihr nicht nur eine Auswahl der benötigten Erntehelfer zu finden, sondern auch die erforderlichen Papiere für die Arbeitserlaubnis in Deutschland zu erhalten. Nach einer Nacht mit ihr unterzeichnete Niclas Woronin alle Dokumente, die ihm Ivana vorlegte.

Mit diesen Papieren hatte wiederum die von Zeilmann keine Schwierigkeiten alle notwendigen Genehmigungen für ihre landwirtschaftlichen Aktivitäten von den zuständigen Behörden in der Kreisstadt und ihrer Gemeinde zu bekommen. Sie wusste aus eigener Erfahrung, dass die Mühlen der Verwaltungen oft sehr langsam mahlen, und wunderte sich deshalb, wenn der Bürgermeister schon einige Tage nach ihren Anträgen sie selbst in ihrem Gut und Büro aufsuchte und die so wichtigen Unterlagen mitbrachte. Warum ging alles so schnell und warum überbrachte der Bürgermeister persönlich die guten Nachrichten?
Es kursierte ein Gerücht in der Gemeinde, dass die Lewanskaja ihre persönlichen Interessen oft unter Einsatz ihrer, zugegebenermaßen beachtlicher, weiblichen Reize einsetzte, angeblich auch beim Bürgermeister. Dass der Verwaltungschef sie selbst besuchte, schrieb die von Zeilmann seinem Interesse an dem Gut, bzw. dem größten Gewerbesteuerzahler der Gemeinde, zu. Auf die Idee, der verheiratete Bürgermeister könnte sein Augenmerk auf sie persönlich richten, kam sie nicht, obwohl es naheliegend war. Als Mann interessierte sie Stefan Haberkorn überhaupt nicht, im Gegenteil: Seine bekannten Abenteuer, plumpen Vertraulichkeiten und frechen Kontaktversuchen seiner Finger, stießen Barbara eher ab. „*Den könnten sie mir auf meinen Bauch binden* ...“, dachte sie bei sich.

Für einen Augenblick hatte sie ihre Arbeit vergessen und ihre Gedanken verfolgten die Lewanskaja und deren mögliche Beziehung zum Bürgermeister. Nutzte dieses heimliche Verhältnis ihrem Gut und Geschäft oder schadete es gar? Sie war sich unschlüssig, wie sollte sie sich verhalten? Sollte sie beiden vertrauen wie bisher oder besonders vorsichtig sein?

Mitten in ihren Überlegungen hinein läutete der Festnetzanschluss auf ihrem Schreibtisch. Sie ließ es läuten. Es war Sonntagnachmittag und ihre Mitarbeiter, Geschäftsfreunde und Bekannte wussten, die Baronin verbrachte Sonn- und Feiertage nicht in ihrem Büro oder wollte nicht gestört werden. Sie hatte ihr Telefon auf Lautsprecher geschaltet, als der Anrufbeantworter ansprang. Niemand meldete sich, sie hörte nur heftiges Atmen, dann wurde die Verbindung wieder getrennt. Der unbekannte Anrufer hatte wieder aufgelegt. Auf dem Display ihres Telefons erschien „unbekannt“.

„*Auch gut, wird nicht so wichtig gewesen sein*“, dachte die von Zeilmann, „*Ingo war es sicherlich nicht, er hätte bestimmt eine Nachricht hinterlassen!*“
Wenige Minuten später, die Baronin hatte sich gerade wieder auf ihre eigentliche Arbeit, für die sie den sonst freien Sonntagnachmittag geopfert hatte, konzentriert, läutete wieder das Telefon. Zuerst ließ sie es läuten, auf dem Display hieß es wieder „unbekannt“, dann, bevor der Anrufbeantworter ansprang, nahm sie den Hörer ab.
„Ja bitte?“
Wieder vernahm sie die keuchende Stimme von vorher. „Verzeihung gnädige Frau, Steinhäuser hier, Maria Steinhäuser, ich habe doch eine Wohnung an Herrn Berger vermietet und führe ihm den Haushalt, Sie kennen mich doch sicherlich?“
„Ja natürlich, aber was wollen Sie eigentlich“, war die etwas unwillige Frage, die Zeilmann fühlte sich bei ihrer Arbeit und noch dazu am heiligen Sonntag gestört.
„Frau Baronin, Entschuldigung, aber stellen Sie sich mal vor, Herr Berger ist die ganze Nacht nicht nach Hause gekommen, sein Bett ist unbenutzt, genauso, wie ich es gestern Morgen gerichtet habe und er hat auch nicht gefrühstückt. Auch heute hat er sich den ganzen Tag nicht sehen lassen und hat auch keine Nachricht hinterlassen. Sonst ist Herr Berger immer zuverlässig, sagt immer, wenn er unterwegs ist und wann er wiederkommt. Jetzt weiß ich aber nicht, was los ist, was ich machen soll.“

Barbara schmunzelte, sie wusste ja, wo „Herr Berger“, besser Ingo, die Nacht verbracht hatte. Aber das musste sie ja der aufgeregten Steinhäuser nicht unter die Nase binden, nein, vorläufig sollte das noch ihr und sein Geheimnis bleiben. Aber etwas seltsam war es doch, dass Ingo nicht nach Hause gegangen war.
Zunächst musste sie jedoch die besorgte Anruferin beruhigen. „Frau Steinhäuser, machen Sie sich keine Gedanken, Herr Berger ist doch ein erwachsener Mensch und als Junggeselle völlig unabhängig. Es ist doch ganz normal, wenn Ingo, äh - Herr Berger, mal unterwegs ist, vielleicht ist er im Nachbardorf bei einer Freundin geblieben, oder hat die Nacht in einem Weinkeller verbracht und schläft jetzt irgendwo seinen Rausch aus. Seien Sie unbesorgt, er wird schon wieder auftauchen. Sobald er wieder da ist, rufen Sie mich doch bitte an, gleich wie spät es ist und ich melde mich auch bei Ihnen, wenn ich etwas höre. Morgen früh wird er sicher wieder seinen Dienst hier im Gut aufnehmen, zumindest hat er

keinen Urlaub angemeldet und ich kann Ihnen zustimmen, Herr Berger ist seit vielen Jahren immer zuverlässig gewesen! Es wird schon alles in Ordnung sein, danke, dass Sie mich angerufen haben, einen schönen Abend und bis zum nächsten Mal." Damit beendete die von Zeilmann das Gespräch.

Jetzt war sie es, die beunruhigt war. Nervös fingerte sie eine Zigarette aus der Schachtel, die sie in der untersten Schublade ihres Schreibtisches versteckt hatte, um nicht wieder „rückfällig" zu werden, nachdem sie vor einem Jahr mit dem Rauchen aufgehört hatte.
Nur in „Notfällen" griff sie als Beruhigung zur Zigarette. War das jetzt ein „Notfall"?
Normalerweise hätte sie sich auch mit dem zufriedengegeben, was sie der Steinhäuser gesagt hatte, aber nach der gemeinsamen Nacht?
Sie hatte doch genau gehört, wie Ingo die Treppen des Gutshauses hinunter gestolpert und den Weg zu seiner Wohnung über die Abkürzung der Gutshofmauer entlang gegangen war. Nach fünfzehn Minuten hätte er zu Hause sein müssen. Dort ist er aber nicht angekommen, wohin ist er aber dann gegangen? Gab es vielleicht eine ihr unbekannte Freundin, zu der er geflüchtet war, nachdem sie ihm ein gemeinsames Frühstück im Bett verweigert hatte? Auch hatte sie kein Motorgeräusch gehört, eine Fahrt mit einem der landwirtschaftlichen Fahrzeuge aus der Garage des Gutes kam auch nicht infrage. Wohin ist Ingo gegangen ... oder doch gefahren?

An Arbeit war jetzt nicht mehr zu denken. Obwohl sie sich einredete, dass er unabhängig sei und Niemandem gegenüber verantwortlich, tun und lassen könne was er wolle, war sie doch ins Grübeln gekommen. Aus der Bar, die in einem Aktenschrank verborgen war, holte sie eine Flasche eines hervorragenden Trollinger und nach dem dritten Glas und der fünften Zigarette hatte sie es gerade noch geschafft, in ihre Wohnung auf der anderen Seite des ersten Stocks zu kommen. Ohne Abendessen und ohne sich „bettfein" zu machen, fiel sie angezogen, wie sie war, in ihr Bett und war sofort eingeschlafen.

Sie hatten alles genau geplant und vorbereitet. Hakan fuhr mit seiner Frau Stefanie und dem gemeinsamen Töchterchen Mirjam für einen Kurzurlaub in die Schweiz. Es gehörte zum Plan, dass sie die Reise mit

Stefanies Auto, einem unauffälligen, älteren Fiat Punto, unternahmen. Auf der Autobahn führte ihre Fahrt über Stuttgart an den Bodensee. Bei Konstanz nahmen sie den Grenzübergang in die Schweiz. Die Formalitäten bei der Einreise waren schnell erledigt. Sie folgten der Straße am Südufer des Sees und bezogen bei Romanshorn ein Zweizimmerappartment, das Stefanie für fünf Tage telefonisch reserviert hatte. Die ersten Tage verbrachten sie den Ausflug gemeinsam mit Spaziergängen am Bodensee, Füttern der Enten und Schwäne, Bummeln durch das kleine Städtchen und sie ließen es sich gut gehen in Cafés bei schmackhaften Kuchen und Torten und in kleineren Lokalen beim Mittag- und Abendessen.

Schon vor Antritt der Reise hatte Hakan seiner Frau erklärt, er möchte einen alten Bekannten in St. Gallen besuchen, der ihn schon vor längerer Zeit eingeladen hätte und ihm einige Bücher aus gemeinsamer Studienzeit schenken wolle. Nein, seine Frau und sein Töchterchen müssten nicht mitfahren, sie sollten sich lieber einen schönen Tag machen oder auch einen Ausflug mit dem Auto unternehmen. Er bräuchte das Auto nicht, er würde den Bus nehmen, dies wäre für ihn viel bequemer und ohne Risiko, wenn das Wiedersehen mit seinem Studienkollegen nicht doch vielleicht mit einem guten Tropfen begossen werde. Hakan versprach morgens mit dem ersten Bus zu starten und bis abends zurück zu sein und zum Transport der Bücher werde er einen leeren Rucksack, der für Wanderungen gedacht war, mitnehmen.

St. Gallen war für den Bus Endstation, nicht aber für Hakan. Es gab auch dort keinen Freund, den er besuchen wollte. Vielmehr ging er zum Bahnhof, löste eine Fahrkarte und fuhr mit einem Nahexpress über Winterthur nach Zürich. Dort angekommen, eilte er mit einem Stadtplan ausgerüstet in die Innenstadt und verschwand in einem der supermodernen Bürohochhäuser. Sein Auftraggeber hatte einige Tage zuvor dort angerufen und Hakans Besuch angekündigt.
Nach knapp zwei Stunden verließ er mit seinem Rucksack wieder das Gebäude, ging zum Bahnhof und nahm die erste Verbindung nach St. Gallen, wobei er in Winterthur ohne lange Wartezeit umsteigen musste. Am Ende seiner Bahnreise warf er die Bahnkarten und den Stadtplan von Zürich in einen Papierkorb, stieg in den Bus und war zum Abendessen wieder in Romanshorn. Von seiner Frau und dem Töchterchen lebhaft begrüßt, musste er über den Besuch bei seinem Freund ausführ-

lich berichten. Später legte er den Rucksack, gefüllt angeblich mit Büchern seines Studienkollegen, in den Kofferraum des Punto seiner Frau und bedeckte den Inhalt mit gebrauchter Unterwäsche.
Den letzten Urlaubstag verbrachten Hakan mit Stefanie und der kleinen Mirjam gemeinsam und nutzten das herrliche Frühsommerwetter mit einer Seerundfahrt auf einem alten Schaufelraddampfer.
Stefanie fiel auf, dass ihr Mann an diesem Tag oft abwesend und nervös wirkte, erschrak, wenn sie ihn ansprach und sogar einen ängstlichen Eindruck hinterließ. Einen Zusammenhang mit dem gestrigen Besuch bei seinem Freund in St. Gallen sah sie nicht.

Am nächsten Tag sollte es wieder nach Hause gehen. Das Reisegepäck war im Kofferraum des Punto schnell verstaut, der Rucksack mit den Büchern lagerte unter Jacken und Regenumhängen, die sie zum Glück nicht gebraucht hatten. Zum Plan gehörte die Rückfahrt über einen kleineren Grenzübergang bei Schaffhausen.
Je näher sie der Grenze kamen, umso nervöser zeigte sich Hakan. Seine Hände waren schweißnass und auf der Stirn bildeten sich kleine Schweißperlen. Vor der Schweizer Grenze wurden sie von einem uniformierten Grenzer angehalten. Hakan hatte das Fenster der Fahrerseite geöffnet, Stefanie hielt die Personalausweise griffbereit. Der Beamte grüßte mit der Hand an seiner Mütze, „Grüß Gott, gute Heimreise und besuchen Sie bald wieder unsere schöne Schweiz!“ Damit waren die Formalitäten auf Schweizer Seite erledigt, sie konnten ungehindert die Grenze passieren und Hakan war erleichtert.
Auf der deutschen Seite hatte sich ein kleiner Stau gebildet. Mehrere Beamte mit dem bedrohlichen „Zoll“ auf dem Rücken ihrer Uniform kontrollierten ausführlich einige Autos vor ihnen. Bei einer großen Limousine mussten vier Reisende das Fahrzeug verlassen, der Kofferraum war geöffnet, einer der Zöllner ließ seinen Schäferhund, auch mit einer Weste und Aufdruck „Zoll“ die Luxuslimousine und mehrere Koffer und Reisetaschen intensiv beschnuppern. Nach was die Zöllner suchten, war für Hakan und Stefanie nicht ersichtlich.
Dann endlich kam ein Beamter zu ihnen ans Auto, das Fenster der Fahrertüre stand noch offen. Ohne zu grüßen, forderte er sie auf: „Ausweise und Kraftfahrzeugschein!“
Die Personalausweise hielt Stefanie noch in ihren Händen und reichte sie über Hakan gebeugt dem Beamten, während ihr Mann nach langem Suchen in seiner Brieftasche endlich den Schein fand und dem Beamten

nachreichte. Der sah sich den Fahrzeugschein ausführlich an, ging vor den Punto, verglich das Kennzeichen mit dem Eintrag im Schein und kam zurück zur Fahrerseite.
Zuerst ein Blick auf einen Ausweis: „Urimehl, Urimehl Hakan, Türke?!“ Eine Frage konnte das ja nicht sein, aus dem Ausweis als solchen, aber auch aus dem Eintrag war die Staatsangehörigkeit eindeutig!
„Ich bin Türke, aber in Deutschland geboren und aufgewachsen,“ und mit einem Blick auf Stefanie, „meine Frau ist Deutsche und ich arbeite seit meiner Ausbildung auch hier!“
„Was haben Sie in der Schweiz gemacht?“
Stefanie: „Nur ein paar Tage Urlaub.“
„Und wo?“
„Am Bodensee, in Romanshorn.“
„Haben Sie etwas mitgebracht, müssen Sie etwas anmelden?“
„Nein, nein, nur einige Schokolade und Pralinen für die Kleine.“
Dann eine kritische Frage: „Wie viel Geld führen Sie mit?“
Hakan schoss das Blut ins Gesicht, er dachte an den Rucksack. Stotternd meinte er: „Ich vielleicht dreihundert Euro und meine Frau circa zweihundert.“ Dann wurde Hakan von weiteren peinlichen Fragen und möglichen Durchsuchungen des Autos erlöst.
Vom Kindersitz auf der Rückbank tönte es weinerlich: „Mama, Mama ich muss mal!“
Der Zöllner hatte ein Einsehen. „Hinter dem Zollhaus ist eine Toilette, dorthin können Sie mit der Kleinen gehen und dann weiterfahren“. Er gab die Ausweise und den Fahrzeugschein wieder zurück.
Hakan fürchtete, der Zöllner könnte hören, wie der Stein von seinem Herzen fiel. Ohne größere Unterbrechungen kamen sie nach drei, vier Stunden zu Hause an.

Am nächsten Tag lieferte Hakan den Inhalt des Rucksacks seinem Auftraggeber ab und erhielt ein mehr als fürstliches Geschenk. Wie an jedem Arbeitstag fuhr er mit dem Rad von seinem Büro zum Mittagessen zu dem älteren angemieteten Einfamilienhaus. Stefanie hatte schon den Tisch gedeckt. Hakan umarmte seine Frau, hob sie hoch, küsste sie heftig, „Stefanie, Liebling, wir haben gewonnen, wir sind um fünfzigtausend Euro reicher!“ Sie löste sich aus seiner Umarmung, sah ihn zweifelnd an, machte mit der rechten Hand die Scheibenwischerbewegung. „Bist du jetzt total verrückt geworden?!“

Auf der Autobahn kurz vor Görlitz und der polnischen Grenze waren in beiden Richtungen Baustellen eingerichtet. Nein, gebaut wurde nicht. Vielmehr hatte der Deutsche Zoll sie mit einer Geschwindigkeitsbegrenzung von 40 km/h eingerichtet, um die ein- und ausreisenden Fahrzeuge besser beobachten zu können. In beiden Fahrtrichtungen stand ein, als Zollfahrzeug nicht erkennbarer, Pkw mit zwei Beamten in Zivil. Die Fahrzeuge waren technisch bestens ausgerüstet, u.a. mit Filmkameras, Geschwindigkeitsmessgeräten. Sie standen ständig mit zwei Mannschaftswagen, etwa fünf Kilometer entfernt, in Verbindung, die bei „Alarm" von den Beobachtungsposten ausgelöst, sofort eingreifen und die gemeldeten Fahrzeuge stoppen konnten.
Die Beamten, die nach Deutschland einreisende Fahrzeuge beobachteten, fahndeten vor allem nach illegal Einreisenden, Schmugglern von Rauschgift, Zigaretten und „schwarz gebranntem" Alkohol. Bei ausreisenden Fahrzeugen hatten die Beamten Luxuslimousinen und die hochpreisigen Typen im Blick, die möglicherweise als gestohlen gemeldet waren.

Es war Sonntag und die Zollbeamten waren auf einen arbeitsreichen Tag eingestellt und hatten deshalb erhebliche personelle Verstärkung erhalten. Die Schmuggler in beiden Richtungen, sowohl die Amateure als auch die Profis und Vollprofis meinten irrtümlich, der Zoll sei wegen des Sonntags nur schwach besetzt und kontrolliere nicht so genau wie wochentags, aber gerade das Gegenteil war der Fall. Jedes Fahrzeug wurde fotografiert und die Kameras lieferten äußerst scharfe Bilder, auf denen nicht nur Fahrzeugtyp, Lackfarbe und Nummernschild erkennbar waren, sondern auch die Gesichter von Fahrer und Beifahrer konnten genauestens festgehalten werden. Die geschossenen Fotos wurden automatisch auf einen Computer im Mannschaftswagen übertragen, der sofort die Personenfotos mit zur Fahndung ausgeschriebenen Personen und die Autokennzeichen mit denen gestohlener Fahrzeuge verglich.
Wurde der Computer fündig, erschien in Sekundenschnelle das Foto des Gesuchten, seine Personalien und die Straftaten oder das Fahrzeug mit allen Einzelheiten.

Der Computer im Mannschaftswagen, der die ausreisenden Fahrzeuge beobachtete, schlug plötzlich mit einem langanhaltenden, schrillen Ton Alarm. Auf dem Bildschirm erschien das Frontfoto eines älteren Skoda mit polnischem Kennzeichen. Auf dem Bild waren mehrere Männer

deutlich zu erkennen. Über dem Foto blinkte es in rot „unbekannte Personen!" Dies war eine Warnung, Illegale versuchten, nach Deutschland einzureisen.
Unmittelbar danach gab es den nächsten Alarm. Jetzt erschien auf dem Bildschirm ein roter VW-Bus älteren Datums mit einem Nummernschild „HH-.... " und dem Hinweis „Fahrzeug und Kennzeichen nicht übereinstimmend", der auf ein möglicherweise gestohlenes Fahrzeug oder Nummernschild hinwies. Für den Einsatzleiter lag die Priorität eindeutig bei den verdächtigen Illegalen. „Auf - wir schnappen uns den Skoda, den Bus lassen wir fahren und heben ihn uns für später auf." Damit scheuchte er sein Team auf. Vier Beamte sprangen aus dem Mannschaftswagen und sperrten die Autobahn ab.
Wenige Minuten danach erschien das verdächtige Fahrzeug und wurde auf eine Parkbucht geleitet. Pkw und die männlichen Insassen wurden genauestens kontrolliert. Im Auto wurde keine Schmugglerware entdeckt, die Papiere der Männer waren in Ordnung, es handelte sich um Gastarbeiter einer norddeutschen Straßenbaufirma, die sonntags anreisten, um am Montag wieder pünktlich auf der Baustelle zu sein.
Der Computer des Zolls hatte einen Fehlalarm ausgelöst.

Zurück im Mannschaftswagen wurde ein kurzes Protokoll erstellt und dann eine Ringfahndung nach dem VW-Bus mit Hamburger Kennzeichen ausgelöst, ebenso die Fahndung nach dem Fahrer und der Beifahrerin. An der Autobahnauffahrt Dresden „Wilder Mann" hatte sich ein Streifenwagen der sächsischen Landespolizei postiert und beobachtete den aus dem Osten kommenden Verkehr. Wenige Minuten zuvor hatten die sächsischen Beamten die Fahndung nach dem VW-Bus mit Hamburger Kennzeichen erhalten. Mit Ferngläsern beobachteten sie den entgegenkommenden Verkehr.
Der Fahrer erkannte zuerst den roten Bus, „jetzt kommt er", und startete den Motor, bereit zu einer Verfolgungsjagd. Kurz danach senkte er sein Fernglas und meinte enttäuscht: „Das ist nicht der Gesuchte, es ist ein Pole und außerdem ist der Beifahrer eine männliche Person.
Der Bus fuhr mit hoher Geschwindigkeit vorbei Richtung Westen. Der gesuchte Kleinbus mit dem Hamburger Kennzeichen war spurlos verschwunden.

Im Polizeicomputer wurden zwei Akten angelegt, eine unter „gestohlene Fahrzeuge und Kennzeichen" und eine andere unter „verdächtige, unbekannte Personen". Beide Dossiers erhielten einen Vermerk „Fnd" für „Fahndung nicht dringend". Mit diesem Hinweis wurde nicht mehr gezielt nach dem Fahrzeug und den Personen gesucht. Eine Aufklärung wurde möglichen Routinekontrollen, neuen Straftaten mit diesem Fahrzeug oder von den fotografierten Personen begangen, überlassen. Die „Fahrzeugakte" erhielt zwei Tage später eine Ergänzung: Der Fahrer und Halter eines BMWs der Oberklasse, der sich auf einer Urlaubsreise in Polen befand, hatte den Diebstahl der Kennzeichen angezeigt. Der Name des Halters, Fabrikat und Fahrzeugtyp waren bereits durch das Kennzeichen identifiziert, jetzt wurde der Ort, die Grenzstadt Zgorzelec und der Zeitpunkt des Diebstahls, die Nacht von Samstag auf Sonntag, zwischen 20:00 Uhr und 10:00 Uhr festgestellt. Der Fahrer des BMW war auch der Halter.

Der kleine Bus war sorgfältig präpariert worden. In alle Zwischenräume, hinter Verkleidungen, unter den Sitzpolstern, in den Rückenlehnen, zwischen Dach und Stoffhimmel, überall waren zahllose Stangen von unverzollten Zigaretten versteckt. Zusätzlich verbarg der Kraftstofftank des Fahrzeugs zwei Kammern, nur eine enthielt Diesel, während die andere als Versteck für Marihuana, Extasy- und Anabolikatabletten genutzt wurde. Lucas hatte viel Erfahrung im Schmuggeln gewonnen. Vorsicht - war einer seiner Grundsätze, die ihn auch bis jetzt vor größeren Kontrollen und Festnahmen verschont hatten.
Als er vor acht Jahren als Bauarbeiter angeworben wurde, später als Erntehelfer, zuletzt aufgrund seiner fachlichen Erfahrung bis zum Vorarbeiter aller Erntehelfer aufgestiegen, hatte er schnell gelernt, seinen nicht gerade üppigen Lohn mit dem Verkauf von Zigaretten und Rauschgift aufzubessern. Von den Erlösen war er wohlhabend geworden und galt in seiner Heimat als „kapitalista". Neben einem großzügigen Haus für seine Familie gehörten ihm zwei gut vermietete Wohnhäuser und eine florierende Autowerkstatt. Dass er noch einmal im Jahr für zwei bis drei Monate als Erntehelfer arbeitete, hatte er zwar nicht mehr nötig, nutzte aber diesen Einsatz als Tarnung für seine kriminellen Geschäfte.

Am Sonntagmorgen hatte er sich mit fünf anderen Gastarbeitern, drei Männern und zwei Frauen, auf dem Marktplatz von Zgorzelec, am rechten, dem polnischen, Ufer der Neiße, gegenüber der Stadt Görlitz, getroffen. Ihr gemeinsames Ziel war ein Gutshof in Südwestdeutschland, auf dem sie während der Spargelzeit als Erntehelfer arbeiten wollten. Die Mitfahrer wurden ebenfalls als Tarnung missbraucht, sie wussten nichts von den Machenschaften ihres Chefs und Vorarbeiters und auch nichts von den Verstecken der Schmuggelwaren im Bus. Lucas Menorski achtete auch peinlich darüber, dass alle fünf Gastarbeiter über einwandfreie Papiere verfügten, von der Polizei nicht gesucht wurden und auch in ihren Koffern und Reisetaschen sich keine verbotenen Waren befanden. Vor dem Treffen mit den Reisegefährten hatte sich Lucas auf den Parkplatz eines Hotels geschlichen, von einem BMW die Nummernschilder abgeschraubt und an seinem VW-Bus montiert. Die polnischen Originalkennzeichen verstaute er im Handschuhfach.

Die Fahrt über die Grenze verlief ohne Probleme, weder Polizei, noch Grenzschutz oder Zoll waren zu sehen. Einige Kilometer weiter musste Menorski die Geschwindigkeit seines Busses wegen einer Baustelle stark abbremsen, die erlaubte Höchstgeschwindigkeit betrug 40 km/h. In der Baustelle bemerkte er ein abgestelltes Fahrzeug mit zwei Personen und meinte, auch eine Kamera gesehen zu haben.
„*Mit mir nicht*", dachte Menorski, „*ich halte mich an die Geschwindigkeitsbegrenzungen*!" Kurz vor Dresden fuhr er auf einen Parkplatz, montierte die Hamburger Kennzeichen ab, verbog sie, warf sie in einen Abfallkorb und befestigte wieder die polnischen Originalschilder an dem Bus. Die Beifahrerin musste auf der hinteren Sitzbank Platz nehmen, den Sitz neben ihm nahm ihr Ehemann ein. Die weitere Fahrt wurde durch keine unvorhersehbaren Stopps unterbrochen und ihr Ziel, ein Gut mit weitläufigen Ländereien, wurde am Spätnachmittag erreicht.

An einem der nächsten Tage meldete sich Lucas Menorski im Rathaus der kleinen Gemeinde ordnungsgemäß an, legte Ausweise von sich und seinen Mitfahrern vor und gab als Wohnsitz das Gästehaus des Gutes an. Er war kein Unbekannter mehr, begrüßte herzlich die Angestellten und auch der Leiter des Ordnungsamtes, Peter Meinke, in Personalunion erster Ortspolizist, der schon zu seinen Freunden, nach zahlreichen gemeinsam durchzechten Nächten, zählte, umarmte ihn bei der Begrüßung. Der Bürgermeister, der in seinem benachbarten Büro Lucas' Stimme gehört hatte, rief ihn zu sich.

Höflich legte der Gastarbeiter seine abgewetzte Lederjacke und Schirmmütze an der Garderobe ab und ging in das „Allerheiligste“, das Büro des Bürgermeisters, was noch nicht so häufig vorgekommen war.
Der Rathauschef begrüßte ihn wie einen alten Bekannten mit festem Handschlag, schenkte einen Hochprozentigen ein und hieß ihn willkommen. Nach einigen belanglosen Begrüßungsfloskeln meinte er: „Lucas, Sie sind mir immer ein gern gesehener Gast, aber nur so lange Sie Ihre Arbeiter im Griff haben und sie mir keinen Ärger bereiten.“ Er drohte mit seinem rechten Zeigefinger und lachte dabei.
Damit war Menorski entlassen, hatte seine Pflicht in Form der Anmeldung erledigt, seine Papiere waren in Ordnung, er hatte für drei Monate die Arbeitserlaubnis.

Am Montagmorgen war schon sehr früh hektisches Treiben festzustellen. Die ersten Erntehelfer wurden zum Spargelstechen auf die Felder gefahren, in der großen, an beiden Stirnseiten offenen, Produktionshalle hörte man Dieselmotoren laufen, an- und abfahrende Autos, Kleintransporter und landwirtschaftliche Fahrzeuge und Maschinen verursachten einen Höllenlärm und Arbeiter liefen geschäftig über die Hofanlagen, ... kurz: Die Spargelsaison war eröffnet.
Im Festsaal des Gutshofs, der auch als Tagungsraum für Konferenzen und Besprechungen genutzt wurde, fanden sich schon um 7:00 Uhr die wichtigsten Führungskräfte des Gutes sowie Mitarbeiter in Schlüsselpositionen, insgesamt eine Gruppe von circa zwanzig Personen, ein. Die Stühle um den langen, rechteckigen Konferenztisch waren alle besetzt. Lediglich ein Platz an der Schmalseite des Tisches, neben der Hausherrin, der des Gutsverwalters, blieb leer.

Die von Zeilmann zeigte sich äußerst verärgert und empfindlich gereizt. Ihre ursprüngliche Sorge um Ingo war in Enttäuschung und Zorn umgeschlagen. Wenn er schon die erste gemeinsame Nacht als ein einmaliges Abenteuer betrachtet und die anschließende Zeit möglicherweise mit einer anderen Gespielin verbracht hat, so hatte sie doch von ihm absolutes Pflichtbewusstsein vorausgesetzt und seine Teilnahme an dieser für die Ernte und ihren Erfolg so wichtigen Konferenz erwartet. Die Steinhäuser hatte sie schon in aller Früh mit ihrem Anruf genervt.

Nein, sie hätte auch nichts von Herrn Berger gehört, werde aber gegen Abend zurückrufen.

Mit dem Verlauf der ersten Gespräche zeigte sich die Baronin zufrieden. Fast alle polnischen Gastarbeiter waren pünktlich eingetroffen und hatten ihre Quartiere bezogen. Selbst für nahezu sechzig Personen war deren Unterbringung keine echte Herausforderung. Die vier Zweizimmerappartments im Gästehaus waren mit je vier Arbeitern besetzt, dreißig weitere wurden in Wohncontainern untergebracht, die der Bauunternehmer Staudacher in der Woche davor angeliefert und aufgestellt hatte, und fünfzehn fanden Unterkunft in Familien in der Gemeinde. Für die Verpflegung der Truppe sorgte Svetlana Hubertova, eine Tschechin aus Liberec, die ganzjährig schon mehrere Jahre im Gut beschäftigt war. Die Chefin konnte fürs Erste aufatmen.

Dann tauchten doch zwei Probleme auf, mit denen sie nicht gerechnet, Ingo sie aber auch nicht informiert, hatte. Ivana Lewanskaja berichtete von einem heftigen Streit zwischen dem Verwalter Berger und dem polnischen Vorarbeiter Lucas Menorski. Der sei kurz nach seiner Ankunft in Bergers Büro erschienen, hätte für sich und seine Arbeiter eine erhebliche Lohnerhöhung verlangt und mit einem Streik gedroht.
Als er das Wort „Streik“ hörte, sei der Gutsverwalter ausgerastet. Er hätte dem Vorarbeiter fristlos gekündigt, ihn aufgefordert innerhalb von zwei Stunden das Gut zu verlassen, sich nie wieder hier blicken zu lassen und ihn aus seinem Büro geworfen.
Nur ihrer persönlichen Fürbitte und Überredungskünste sei es zu verdanken gewesen, dass Herr Berger die Kündigung zurückgenommen hätte, jedoch ohne den Forderungen nach Lohnerhöhung nachzugeben, meinte die Lewanskaja.
Die Baronin hatte den leisen Verdacht, die „Überredungskünste“ der Polin seien die gleichen gewesen, die sie sonst auch einsetzte, um etwas zu erreichen, wollte man den Gerüchten in der Gemeinde Glauben schenken.
Das Problem sei aber noch nicht ganz aus der Welt, berichtete die Lewanskaja. Der Vorarbeiter Menorski und einige seiner Leute seien heute über eine Stunde zu spät zur Arbeit erschienen und hätten dann „gebummelt“.
Jetzt sah die Gutsherrin von Zeilmann rot. Aufgeregt suchte sie in ihrer Handtasche vergeblich nach einer Beruhigungszigarette. Martina Euler,

ihre Vertraute, reichte ihr eine und gab ihr auch Feuer. Nach drei tiefen Zügen hatte sie sich wieder im Griff. Sie forderte Ivana auf, dafür zu sorgen, dass Menorski, sofort nach Rückkehr aus den Spargelfeldern, bei ihr „anzutanzen" hätte.

Dann kam schon das nächste, unerwartete Problem: Der Spediteur Kaufer meinte, die Gunst der Stunde nutzen zu können, und forderte für die Verteilung des Spargels an die einzelnen Lieferstationen mit seinem Fuhrpark und seinen Mitarbeitern auch einen höheren Preis und begründete sein Verlangen mit den stark angestiegenen Benzinpreisen und den neuesten Lohnabschlüssen mit der Gewerkschaft. Der Verwalter hätte seine Forderung abgelehnt, sie aber als Gutsbesitzerin wird sicher seine Argumente verstehen.

Martina Euler kannte ihre Chefin bestens und reichte ihr die nächste Zigarette, bevor es zu einem Wutausbruch kam. Im Konferenzraum herrschte Mäuschenstille, einige in der Runde hielten die Luft an.
Es dauerte eine kleine Ewigkeit, bis die Baronin von ihrem Stuhl aufstand und sich mit eisiger Stimme an den Spediteur wandte. „Von Ihnen, Herr Kaufer", sie betonte dabei besonders das „Herr", hätte ich mehr Loyalität erwartet. Sie hatten das ganze Jahr Zeit für Preisverhandlungen und gerade jetzt, zu Beginn der Ernte, kommen sie mit Ihrer Forderung." Und zur übrigen Runde meinte sie, „warten Sie bitte fünf Minuten, ich muss mal in mein Büro gehen und telefonieren". Sie verließ den Raum.

Aus den fünf wurden fünfzehn Minuten, dann betrat die Gutsherrin wieder den Besprechungsraum. Sofort wurde es wieder still, die vorher lebhaft geführten Gespräche verstummten. Ohne Worte und mit versteinerter Miene ging sie zu ihrem Platz. Sie rückte mehrmals ihren Stuhl zurecht, dann blickte sie den Spediteur an. Man sah förmlich das Eis in ihren blauen Augen blitzen.
„Herr Kaufer", wieder zog sie das „Herr" in die Länge, „Herr Kaufer, ich habe gerade mit der Firma Leihfix in München telefoniert, ihnen allen sicher bekannt als eine der größten und renommiertesten deutschen Leihwagenunternehmen und mit dem Geschäftsführer, einem ehemaligen Studienkollegen, gesprochen. Leihfix ist in der Lage, bereits morgen einen Teil der Verteilung unseres Spargels mit eigenen Fahrzeugen und eigenem Personal zu übernehmen und ab dem kommenden Samstag das gesamte Verteilungsvolumen zu bewältigen, und ...", sie

machte eine längere Pause, „... das Angebot liegt 10% unter Ihrem heutigen Preis und wird für zwei Jahre garantiert."
Wieder folgte eine längere Pause. „Sie können also, Herr Kaufer, ...", wieder eine Betonung auf das „Herr", „... Ihren gesamten Fuhrpark und Ihr Personal abziehen, ich kündige hiermit fristlos unsere Zusammenarbeit und sehe auch für die Zukunft keine Chancen eines weiteren Engagements Ihres Unternehmens bei mir. Den Gemeinderat werde ich über meine Entscheidung informieren, was weitere Folgen für Sie und Ihr Unternehmen haben wird. Danke für Ihre bisherige Zusammenarbeit und für Ihr heutiges Kommen, Sie können gehen."
Damit war der Spediteur entlassen, die Baronin verließ ebenfalls den Raum und meinte zur erstarrten Runde: „Sie warten hier, ich bin sofort zurück!"

Kaufer war leichenblass geworden. Stotternd und zitternd flüsterte er: „Das muss ein Missverständnis gewesen sein, ich habe es nicht so gemeint, ich habe nur eine Frage gestellt, das kann sie doch nicht mit mir machen!" Hilfesuchend wandte er sich an Frau Euler, der Vertrauten der Baronin, und bat um ein vermittelndes Gespräch.

Die blickte lange in einen Terminkalender, „Ihnen eilt es sicher, heute Nachmittag 14:30 Uhr in ihrem Büro, aber nur für eine Viertelstunde, der Kalender der Chefin ist total voll, ihre Zeit ausgebucht."
Damit verließ ein total geknickter Spediteur die Runde.

Kurze Zeit danach kam die von Zeilmann wieder zurück, ihre Miene war aufgehellt, sie zeigte sich gut gelaunt, schien den Vorfall vor einigen Minuten wieder vergessen zu haben. Die Runde setzte die Tagesordnung ohne weitere nennenswerte Unterbrechungen fort.
Nur einmal summte das Handy der Euler. Sie beugte sich zur Baronin, „... die Steinhäuser."
„Nein, jetzt nicht, ich rufe heute Abend zurück und richten sie ihr aus, es gibt nichts Neues", fiel die Baronin ihr ins Wort.

Vom Zeitplan her hätte die Sitzung bereits beendet sein müssen, die nicht geplanten Unterbrechungen hatten jedoch für eine Verzögerung gesorgt. Dann klopfte es auch noch kurz vor Ende an der Tür.
Martina Euler, die schon in Gedanken beim nächsten Termin weilte, rief etwas verärgert, „herein!"
In der Tür stand Lucas Menorski.

Sofort veränderte sich wieder der Gesichtsausdruck der Baronin. Sie wirkte wieder hart, unnahbar, kompromisslos und ließ den Vorarbeiter in der Tür stehen. „Sie zwingen mich mit Ihrem heutigen Bummelstreik zu einer Maßnahme, die Sie alleine verschuldet und zu verantworten haben. Ich beabsichtige Ihnen und Ihren Kollegen, aus dem gleichen Dorf, fristlos zu kündigen und Sie sofort nach Hause zu schicken. Ich habe gerade mit Ihrem Bürgermeister, Herrn Woronin, gesprochen und ihm von Ihrem unakzeptablen Verhalten berichtet. Seit auf diesem Gut polnische Erntehelfer beschäftigt werden, ist mir noch nie ein vergleichbarer Vorfall vorgekommen und Sie schädigen mit ihrer unverantwortlichen Streikdrohung und dem heutigen Bummelstreik den bisher guten Ruf Ihrer Kollegen als Gastarbeiter. Herr Woronin hat mich jedoch gebeten, bevor ich Sie zurück in ihre Heimat schicke, wollte er nochmals mit Ihnen sprechen." Und zur Euler gewandt: „Martina versuche doch bitte, eine Verbindung nach Polen herzustellen und gib dann Herrn Menorski dein Handy, er kann dann vor der Tür mit seinem Bürgermeister sprechen."
Überraschend schnell war Woronins Stimme deutlich zu hören, die Euler drückte dem verschreckten Menorski das Handy in die Hand und schickte ihn vor die Tür.

Die Baronin hatte tatsächlich in einer Sitzungspause, verursacht durch den Vorfall mit dem Spediteur Kaufer, den polnischen Bürgermeister angerufen und ihm die Situation erklärt und unmissverständlich mit der fristlosen Kündigung aller Erntehelfer, die aus seinem Dorf kommen, gedroht. Auch für die Zukunft werde sie auf Erntehelfer aus seinem Dorf verzichten. Hier spielte die Baronin eine Trumpfkarte aus und rechnete fest mit deren Wirkung. Sie kannte Woronin von einigen gegenseitigen Besuchen persönlich. Er bekam vom Gutsverwalter Berger jedes Jahr ein großzügiges „Honorar" für die Vermittlung seiner Arbeiter und wollte natürlich darauf nicht verzichten. Sie wusste, ein Gespräch des Bürgermeisters mit Menorski hätte genügend eigene Motivation in sich, die Gastarbeiter und ihren Vorarbeiter wieder zur Disziplin und Arbeitseifer, aufzufordern. Nicht bekannt war jedoch der Baronin, dass Woronin von allen Arbeitern aus seinem Dorf, nach ihrer Rückkehr vom Ernteeinsatz, einen nicht unerheblichen Anteil ihres schwer verdienten Lohns verlangte und erhielt. Sie waren alle auf das Wohlwollen ihres Bürgermeisters angewiesen, der die Arbeitsstellen nach gut dünken vergab.

Nach kurzer Zeit klopfte es wieder an der Tür. Jetzt trat ein völlig anderer Menorski in den Raum. Er wirkte eingeschüchtert, schuldbewusst, verbeugte sich mehrmals in Richtung der von Zeilmann, „bitte gnädige Frau Baronin, entschuldigen Sie mein Verhalten und das meiner Kollegen, es wird nie wieder vorkommen, ich versichere Ihnen unsere absolute Ergebenheit und schwören ...“, dabei hob er theatralisch seine rechte Hand, „... wir werden beste Arbeit leisten, aber bitte, bitte lassen Sie uns hier arbeiten, unsere Familien brauchen dringend das Geld, das wir hier verdienen können.“ Er meinte wahrscheinlich nicht sich, sondern seine Kollegen, er hatte ja noch andere Möglichkeiten, leichter und ohne harte Knochenarbeit zu Geld zu kommen.
Die Baronin ließ sich viel Zeit mit ihrer Antwort, dann war ihre harte, fast metallisch klingende Stimme zu hören: „Gut Menorski, ich will noch einmal *Gnade vor Recht* walten lassen. Sie haben noch eine ... eine letzte Chance, arbeiten Sie und Ihre Kollegen hart und fleißig und in einer Woche werde ich mich endgültig entscheiden.“
Menorski war sichtlich erleichtert, atmete tief durch und stürzte zur von Zeilmann, „danke, danke, gnädige Frau Baronin“, und er ergriff ihre Hand und wollte sie küssen. Sie wehrte ihn leicht angewidert ab, „raus mit Ihnen und ab an die Arbeit!“
Der Vorarbeiter verbeugte sich mehrmals und verließ rückwärtsgehend den Raum. Er war froh, dass letzten Endes alles noch so gut ausgegangen war. Er brauchte zwar die Arbeit als Spargelstecher nicht, aber den Arbeitsplatz, um seine Schmuggelware ungestört verteilen zu können.

Die Gutsherrin triumphierte innerlich, zeigte es aber nach außen nicht. Die Runde sollte sehen, wie sie, auch ohne die Anwesenheit des Verwalters, diese schwierige Situation bewältigt hatte, und mit welcher Selbstverständlichkeit und Souveränität. Diejenigen in der Runde, die diese Reaktion der Baronin noch nie erlebt hatten, erfuhren jetzt, warum ihr der Ruf „knallharter Hund“ vorausgeht.
Leicht schmunzeln musste sie jedoch, als sie ihre Vertraute Martina sah, die ihr zunickte und zustimmend den Daumen der rechten Hand hob. Die Gutsherrin konnte sich noch gut erinnern, als sie mit ihrem Verwalter eine kleine Auseinandersetzung hatte, ob und in welcher Höhe der polnische Bürgermeister eine „Vermittlungsprovision“ erhalten sollte. Jetzt war sie froh, dass sich Berger damals durchgesetzt und diese „Investition“ sich spätestens heute bezahlt gemacht hatte.

Der Termin am Nachmittag mit dem Spediteur Kaufer zeigte sich vergleichsweise einfach. Während die Baronin im Fall des Vorarbeiters Menorski tatsächlich telefoniert hatte, pokerte sie beim Spediteur. Sie hatte weder mit dem Mietwagenunternehmen Leihfix telefoniert, noch mit dem Geschäftsführer, einem angeblichen Studienkollegen, gesprochen. Kaufer hatte eindeutig die schlechteren Karten. Ein Großteil seines Fuhrparks und der überwiegende Teil seiner Festangestellten waren das ganze Jahr über, und nicht nur während der Spargelzeit, mit Aufgaben des Gutes gut ausgelastet. Ebenso war die Spedition auf Aufträge der Gemeinde und der ansässigen Unternehmen angewiesen. Hätte die Baronin auf der Kündigung bestanden, wäre der Speditionsbetrieb in äußerste Existenznöte geraten, und das bei dem mächtigen Einfluss des Gutshofes und seiner Chefin!
Das Gespräch war schnell abgeschlossen, verlief aber äußerst schmerzhaft für Kaufer. Notgedrungen ging er auf das angebliche Angebot von Leihfix ein. Er sah sich gezwungen, nicht nur auf seine Preiserhöhung zu verzichten, sondern musste sogar für die nächsten zwei Jahre einen Abschlag von 10% auf seine aktuellen Preise akzeptieren. Martina Euler tippte in ihrem Computer ein entsprechendes Protokoll, das die Gutsherrin und der Spediteur, dieser zähneknirschend, unterschrieben. Beim Hinausgehen presste er noch zwischen seinen Zähnen raus: „Wirklich ein knallharter Hund, ein eiskaltes Biest!“ Er hätte sich am liebsten selbst in den Allerwertesten getreten, hätte er nur die unselige Forderung nach höheren Preisen unterlassen. Jetzt war es zu spät, er hatte in der Baronin seinen Meister gefunden. Das ganze Treffen mit Kaufer dauerte tatsächlich nicht länger als fünfzehn Minuten.

Am Ende des Tages forderte ihr Körper seinen Tribut, Barbara von Zeilmann war körperlich und mental völlig erschöpft. Es war das erste Mal, dass sie an einem Arbeitstag, noch dazu an einem so wichtigen, zu Beginn der Spargelernte, alleine, ohne Unterstützung ihres Verwalters, die Runde der wichtigsten Mitarbeiter leiten musste. Sie hätte sich so gerne seine Unterstützung gewünscht, sich auf seine souveräne Verhandlungsführung verlassen, auf seine Autorität gesetzt, und jetzt zum Feierabend ihren Kopf an seine starken Schultern gelehnt.
Aber der Kerl war nicht da, hatte sie schmählich im Stich gelassen, war feige, ohne ein Wort zu sagen abgehauen und tourte wahrscheinlich jetzt mit einer Anderen durch die Gegend und vergnügte sich mit ihr.

Sie war enttäuscht, insgeheim schwor sie sich: „Nie wieder falle ich auf so einen Typ herein!“

Das zugesagte Gespräch mit seiner Vermieterin brachte keine neuen Erkenntnisse. Ingo Berger blieb verschwunden, ohne eine Nachricht zu hinterlassen, weder wo er steckte und warum er geflüchtet war. Die Baronin versprach Frau Steinhäuser am nächsten Tag zum Ordnungsamt zu gehen und eine Vermisstenanzeige aufzugeben.

Am nächsten Tag erwartete die Erntehelfer auf dem Gutshof eine Überraschung. In aller Früh, zwischen drei und vier Uhr, es war noch finster, waren die Spargelstecher im Speiseraum zum gemeinsamen Frühstück versammelt. Plötzlich tauchte die Baronin auf, was noch nie vorgekommen war. Mit einem „Hallo und guten Morgen“ grüßte sie die Runde, holte sich einen Becher dampfenden Kaffees, zwei halbe Brötchen und setzte sich zu ihnen. Wie selbstverständlich und dazu gehörend mischte sie sich in die Gespräche ein. Damit wollte sie zwar demonstrieren, dass sie die Chefin sei, aber ihnen auch das Gefühl geben, eine von ihnen zu sein.
Am anderen Ende des Tisches saß der Vorarbeiter, verhielt sich still, wollte nicht auffallen.
„Hallo Menorski, alles in Ordnung?“
„Ja, Frau Chefin, alles bestens!“
„Dann ist es ja gut und ich wünsche uns allen einen erfolgreichen Erntetag!“ Damit war die Runde aufgelöst, die Arbeiter standen auf und gingen zu den Fahrzeugen, die sie auf die Felder bringen sollten.

Eine Stunde später fuhr die Baronin mit ihrem Jeep zu den Feldern und inspizierte die spargelstechenden Erntehelfer. Das konnte ja nur gut ankommen. Sich nicht nur als Gutsherrin zu seigen, sondern auch Interesse an der Arbeit der Gastarbeiter und besonders deren Kontrolle zu demonstrieren, was auch der Vorarbeiter Menorski feststellen musste.
Sie traf dabei auf Josef Pfister, Gesamtverantwortlicher des Guts für Saat, Anpflanzung und Ernte, der sich sehr zufrieden über den Beginn der Spargelernte äußerte. Auch die Fahrzeuge des Spediteurs Kaufer waren vollzählig angefahren, sammelten und verteilten wie gewohnt den gestochenen Spargel an die Vertragspartner.
Nach mehreren Telefonaten in ihrem Büro, Sichtung der Post und einigen Diktaten, löste sie sich vom Tagesgeschäft und machte sich auf dem Weg zum Rathaus, um beim Ordnungsamt eine Vermisstenanzei-

ge aufzugeben, wie sie der Steinhäuser versprochen hatte. Aber auch zu ihrer eigenen Beruhigung, sollte dieser Gang zum Ordnungsamt dienen.

Sie fuhr nicht mit ihrem Auto, sondern ging zu Fuß. Sie wählte den gleichen Weg, den Ingo vor gut zwei Tagen, am Sonntagmorgen, genommen haben muss. Sie ging an der Mauer entlang, die das riesige Anwesen zur Hauptstraße abgrenzte. Dann nahm sie den Trampelpfad zwischen Wiesen und Äckern bis zum Friedhof. Sie ging langsam und achtete auf womögliche Besonderheiten, die auf Ingo hinweisen konnten. Seit Sonntag hatten natürlich auch andere Personen diese beliebte Abkürzung gewählt, sodass die zahlreichen Fußspuren keine Hinweise auf ihren Verwalter ergaben.

Durch das Eisentörchen gelangte sie auf den Friedhof und durch das verrottete Holztor in den Klostergarten. Doch sie bemerkte nichts, das auf Ingo hindeutete.

Plötzlich erblickte sie eine Gestalt, die sich offensichtlich erschrak, sie zu sehen, dann an der Kirche entlang und von da zur Hauptstraße lief. Als sie um die Kirche bog, sah sie auf dem Kiesboden eine schlecht ausgetretene und noch glimmende Zigarettenkippe liegen. Schräg gegenüber verschwand der Ministrant Hans, Adoptivsohn der Küsterin Landauer, im Pfarrhaus. Die von Zeilmann lächelte verständnisvoll. Der junge Mann kam mit dem Bus von der Kreisstadt, wo er ein Gymnasium besuchte. Bevor er zum Mittagessen nach Hause ging, versteckte er sich noch einige Minuten hinter der Kirche im Klostergarten, um dort, scheinbar unbeobachtet und verbotenerweise, einen Glimmstängel zu inhalieren.

Noch etwas zu früh betrat sie das Rathaus. Es war gerade Mittagspause und alle Büros waren verwaist. Um die Zeit zu überbrücken, ging die Baronin in den Gasthof „Goldene Glocke". Obwohl es ein normaler Arbeitstag war, war der Gastraum fast voll besetzt. In einer Ecke fand sie noch einen kleinen freien Tisch. Am anderen Ende des Gasthauses erblickte sie aus den Augenwinkeln Bürgermeister Haberkorn und den Bauunternehmer Staudacher, die sich angeregt unterhielten.

Als der Bürgermeister die Baronin entdeckte, sprang er auf und winkte ihr zu. Die von Zeilmann tat so, als hätte sie ihn nicht gesehen und bestellte bei der Bedienung einen gemischten Salat und eine Weinschorle.

Sie konnte es nicht verhindern, gleich nach dem Essen kam Haberkorn an ihren Tisch und setzte sich, ohne zu fragen, zu ihr. Das Verschwin-

den ihres Verwalters hatte sich offensichtlich schon herumgesprochen. Der Bürgermeister bedauerte dies unendlich.
„Sie Ärmste, gerade jetzt in der Erntezeit sind Sie alleine, jetzt - wo Sie jede Hilfe benötigen. Gerne helfe ich Ihnen wo und wenn ich kann“, er nahm dabei ihre Hand zwischen seine zwei schweißnassen Pranken. „Sie wissen doch, ich helfe Ihnen, wann immer Sie mich brauchen. Als Bürgermeister habe ich doch alle Möglichkeiten und beste Verbindungen. Wollen wir uns nicht heute Abend bei einem Glas Wein treffen, wir können dabei besprechen, wie ich Ihnen helfen kann“, er tätschelte dabei ihre Hand, die sie ihm gerade angewidert entrissen hatte. „Mein Angebot gilt natürlich nicht nur Ihrem Unternehmen, sondern ganz besonders Ihnen persönlich!“
„Vielen Dank Haberkorn, im Moment komme ich mit meinen Mitarbeitern bestens zurecht, bei Bedarf komme ich gerne auf Ihr Hilfsangebot zurück.“
„Anni“, rief sie zur Bedienung, „bitte die Rechnung“, damit war der Bürgermeister entlassen und ging wieder an seinen Platz bei Staudacher zurück.

Nachdem sie sich beim Wirt der „Goldenen Glocke“ beschwert hatte, dass noch kein Spargelgericht auf der Speisekarte stand, ging sie die paar Schritte zum Rathaus in den ersten Stock zum Ordnungsamt. Ohne anzuklopfen betrat sie das Büro des Amtsleiters und Ordnungshüters Peter Meinke. Der war schon vorgewarnt, Frau Steinhäuser hatte ihn schon zweimal aufgesucht und genervt. Die Baronin verlangte jetzt, dass eine Vermisstenanzeige aufgenommen und sofort mit der Suche nach Ingo Berger begonnen wird. Meinke wiegelte ab, so schnell könne er keine Anzeige aufnehmen, frühestens drei Tage nach dem Verschwinden eines Erwachsenen, noch dazu eines ungebundenen Junggesellen, „... er wird schon wieder auftauchen, ich kann mich erinnern, ich kam auch einmal mit einer Freundin drei Tage lang nicht aus dem Bett“, meinte er mit einem schmierigen Grinsen.
Die von Zeilmann ignorierte diese Bemerkung, ließ sich nicht abwimmeln und bestand auf einer Anzeige.
Widerwillig ging Meinke an seinen Computer, öffnete ein Programm und nahm die Vermisstenmeldung auf. Eine genaue Personenbeschreibung, Personalien, Wohnsitz und Arbeitsplatz konnte die Baronin liefern. Auf die Frage, seit wann Berger vermisst werde, wer ihn wann und wo zum letzten Mal gesehen habe, stockte sie einen Moment. Dann

berichtete sie von Samstagabend, als sich ein größerer Kreis im Keller des Weingutes Neumann getroffen hatte, wo die Gruppe gegen Mitternacht aufgebrochen und jeder in seine Richtung nach Hause gegangen war. Es entsprach zwar nicht ganz der Wahrheit, die aber Meinke bei seinen Ermittlungen auch nicht weiter geholfen hätte. Die Baronin unterschrieb die Anzeige und wollte ein aktuelles Foto von Berger nachliefern. Der Leiter des Ordnungsamtes versprach die Vermisstenanzeige sofort weiterzugeben und mit den Ermittlungen selbst zu beginnen. Die von Zeilmann gab sich damit fürs Erste zufrieden, verließ das Rathaus und ging den gleichen Weg wie gekommen zum Gut zurück.

Meinke begann seine Ermittlungen mit Anrufen bei den nächsten Krankenhäusern, ob ein gewisser Berger wegen eines Unfalls eingeliefert worden sei. Auch die Polizeistation in der Kreisstadt konnte nicht weiterhelfen. Telefongespräche mit nahegelegenen Tankstellen und mit seinen bevorzugten Gaststätten ergaben auch keine brauchbaren Ergebnisse. Die etwas verwirrte Steinhäuser konnte kaum zu den Ermittlungen beitragen. Sie hatte Berger am Samstagnachmittag zuletzt gesehen, er war auch nicht mehr zurückgekehrt, sein Auto und Fahrrad standen unbenutzt in der Garage. Die Teilnehmer der Runde im Weinkeller Neumann bestätigten die Hinweise der Baronin.

Meinke begab sich mit seinem Hipo persönlich auf die Suche, er wollte beweisen, dass er einerseits die Anzeige sehr ernst genommen hatte und andererseits nicht zu Unrecht „Chef" der Ortspolizei war. Mit seinem Dienstfahrzeug fuhren sie zuerst alle Landstraßen der Umgebung ab, dann die zahllosen Feld- und Waldwege. Sogar die Freiwillige Feuerwehr verständigte er, die das einzige größere Gewässer in der Umgebung, einen Fischteich, mit zwei Hobbytauchern absuchten. Berger blieb verschwunden, niemand wusste wo er sich aufhielt. Schließlich gab Meinke die Vermisstenanzeige der von Zeilmann und seine persönlichen Untersuchungen an die Polizeidirektion der Kreisstadt weiter.

Vor dem Morgengrauen des nächsten Tages frühstückte die Baronin wieder mit den Erntehelfern gemeinsam im Speiseraum.
Nein, heute wollte sie die Arbeiter nicht kontrollieren, vielmehr war sie aufgestanden, nachdem sie die halbe Nacht wach gelegen und über Ingo nachgedacht hatte. Was wusste sie eigentlich von ihm? Dienstlich

war er ihr bestens bekannt und vertraut, aber persönlich? Eigentlich wusste sie gar nichts von ihm, hatte sie auch bis jetzt nicht besonders interessiert! Er war schon auf dem Gut als Volontär tätig gewesen, lange bevor sie ihren Mann kennengelernt und geheiratet hatte. Verheiratet war er nicht, Kinder hatte er, so weit bekannt, auch keine. Eine feste Verbindung schien er nicht zu haben, möglicherweise eine „ambulante" im Raum Frankfurt, jedenfalls war er ab und zu mehrere Tage verschwunden, wobei er sich immer bei ihr und seiner Vermieterin ordnungsgemäß abgemeldet und seine Rückkehr an einem bestimmten Tag und ungefährer Uhrzeit angekündigt hatte. Auch in diesem Punkt war Ingo Berger absolut zuverlässig. Affären wurden ihm zahlreiche nachgesagt. Schließlich war er gut aussehend, hatte als Gutsverwalter eine herausragende und bestens bezahlte Position, war in der Gemeinde hoch angesehen und als Junggeselle nicht nur bei der ungebundenen Weiblichkeit der Gemeinde überaus begehrt.
Barbara nahm sich vor, sich etwas mehr über sein bisheriges Privatleben zu informieren. Sie wollte versuchen mit ihrer Vertrauten Martina, aber auch mit Ingos Assistentin und Sekretärin Vroni Schedel, mehr über Berger zu erfahren. Auch beabsichtigte sie, einen Blick in sein Büro zu werfen, das sie bisher nur sehr selten und immer nur in seinem Beisein betreten hatte.

Vroni wusste nicht allzu viel über ihren Chef, auch Martina nicht. Neu für die Baronin war jedoch, dass beide etwas, aber nicht viel, über seine Verbindung im Raum Frankfurt zu berichten hatten. Sie waren Ohrenzeugen von verschiedenen Telefongesprächen, bei denen Kosenamen, „Liebling", „Schätzchen" gefallen waren, und ihnen war auch der Vorname des „Schätzchens" bekannt, Martha.
Vroni hatte sich auch zwei Telefonnummern notiert, die Ingo Berger angerufen hatte und bei dem anschließenden Gespräch „geturtelt" wurde, es war ein Festnetzanschluss, offensichtlich aus einem Büro und eine private Handynummer. Näheres über die Gesprächspartnerin war nicht bekannt, Vroni hatte sich bis jetzt auch gescheut, nachzuforschen. Treffen der beiden wurden meistens spontan verabredet, Eintragungen in Bergers Terminkalender gab es nicht.

Bergers Büro bot auch nicht besonders viel Neues. Die drei Frauen inspizierten den Raum gemeinsam, hatten aber wegen der Heimlichkeit

ein schlechtes Gewissen. Vroni und Martina beteiligten sich nur auf ausdrücklichen Wunsch der Baronin.
Zwei Fotos, eines auf dem Schreibtisch, eines auf einem Highboard, erregten Barbaras Aufmerksamkeit. Das Foto auf dem Schreibtisch in einem geschmackvollen Rahmen aus Silber zeigte das Porträt einer attraktiven Frau mittleren Alters mit halblangen, blonden Haaren, auf dem anderen war ein Paar in Abendgarderobe zu sehen, Berger und wahrscheinlich sein „Schätzchen". Die meisten Termine im Kalender hatte auch Vroni in ihrem notiert, es gab nur einige wenige, unbekannte Besucher oder Verabredungen. Die Baronin vermerkte sich auch einige Termine der nächsten Tage, die sie wahrnehmen wollte, sollte ihr Verwalter bis dahin nicht wieder auftauchen, andere Termine übernahm seine Assistentin. Weitere Hinweise auf sein Privatleben fanden die Drei bei einer oberflächlichen Sichtung des Büros nicht.

Im Referat III der Polizeidirektion war es ein ausnahmsweise ruhiger Tagesbeginn. Der Referatsleiter musste bei einer Gerichtsverhandlung als Zeuge auftreten, Erika Suchel, seine Vertreterin, hatte die Tagesaufgaben an Mitarbeiter verteilt, so weit sie nicht mit anderen Ermittlungen beschäftigt waren. Sie selbst testete ihre Kombinationsgabe mit der Lösung eines Sudoku der schwierigsten Stufe. Eine dünne Akte hatte sie sich bei der Aufgabenverteilung selbst zugeteilt. Die Vermisstenmeldung einer männlichen Person, ohne eines kriminellen Hintergrunds, war keine besondere Herausforderung für die Kriminaloberkommissarin Erika Suchel. Sie hatte schon genügend viele derartige Suchmeldungen auf den Tisch bekommen, die sich von alleine, ohne jegliche Aktivität, erledigten, denn oft, schon nach wenigen Tagen, tauchte die vermisste Person wieder auf. Bei vorliegendem Fall rechnete sie auch mit dieser einfachsten Lösung, ohne ihren Einsatz und den ihrer Mitarbeiter.

Ganz ohne Arbeit war natürlich diese Vermisstenanzeige nicht zu erledigen. Gestern hatte die Kommissarin Suchel schon mit ihrem Kollegen Meinke telefoniert, ebenso mit dem Bürgermeister der Gemeinde Neuwiesenfels und der Vermieterin des Vermissten, einer Frau Steinhäuser. Die Chefin des Vermissten, die Gutsbesitzerin von Zeilmann, war nicht zu erreichen. Die Gespräche brachten keine neuen Informationen, die sie nicht schon aus der Akte kannte. Aus ihrer Erfahrung und einem unbestimmten Bauchgefühl heraus stimmte aber an diesem Fall etwas nicht. Allein aus diesem Grund hatte sie die Meldung auf ihrem Schreibtisch behalten. Werden Personen als vermisst gemeldet, so gibt dies in der Regel zwei Möglichkeiten: Der oder die Vermisste wurde im Zusammenhang mit einer Straftat gesucht, oder ein Untertauchen geschah aus persönlichen Motiven. Beim wiederholten Lesen der Akte fand die Kommissarin keinen Hinweis auf eine der beiden Gründe. Auf eine Straftat gab es bis jetzt überhaupt keine Hinweise und auch keine für eine Flucht aus persönlichen Gründen. Eine Straftat, die in Zusammenhang gebracht werden könnte, war bei keiner Polizeistation gemeldet worden. Ein Verschwinden aus familiären, beruflichen oder finanziellen Gründen schien auch nicht möglich. Eine Frau, die mit dem Vermissten durchgebrannt sein könnte, war auch nicht als abgängig angezeigt worden. Beruflich und finanziell schien der Gutsverwalter in geordneten Verhältnissen zu leben. Abschiedsbrief oder andere Hinweise gab es nicht. Der Pkw des Vermissten stand unbenutzt in der Garage, ebenso sein Fahrrad. Ein schweres Motorrad war noch abgestellt in einer Halle des Gutshofes.

Das Landeskriminalamt war verständigt worden, alle Polizeidienststellen hatten eine Personalbeschreibung und ein aktuelles Foto erhalten, ebenso alle Grenzstationen und Flughäfen. Die Kommissarin hatte ihre Pflicht erfüllt. Wenn auch leichte Bauchschmerzen noch vorhanden waren, so konnte sie sich doch der Lösung ihres Sudokus widmen.

Pünktlich zur Mittagszeit hielt der Linienbus an der Haltestelle im Zentrum der Gemeinde. Einige ältere Leute, die auf dem Markt in der Kreisstadt eingekauft hatten, und eine größere Gruppe lärmender Schüler, die das dortige Gymnasium besuchen, stiegen aus und eilten in verschiedenen Richtungen nach Hause.

Nicht so Hans Oertl, der Adoptivsohn der Küsterin Landauer.

Wie jeden Tag, wenn er von der Schule kam, machte er einen kleinen Umweg, ging nicht sofort ins Pfarrhaus zum Mittagessen, sondern an der Kirche vorbei in den Klostergarten. Dort fühlte er sich unbeobachtet, konnte in Ruhe eine Zigarette rauchen und seinen Gedanken nachgehen. Außer seiner Pflegemutter, die ab und zu Blumen oder Kräuter holte, kam selten ein Fremder in den Klostergarten. Natürlich hatte Hans in der Schule, außer auf der Toilette, keine Gelegenheit zu rauchen. Auch war das Rauchen im Pfarrhaus streng verboten, dafür sorgte schon der Geistliche Rat. Selbst der Kaplan Paul Stoffel musste auf der Terrasse des Pfarrhauses seinem „Laster", wie der Stadtpfarrer zu sagen pflegte, nachgehen.

Heute genehmigte sich der junge Oertl sogar drei von den Glimmstängeln. Er hatte viel nachzudenken. Er war von seiner Pflegemutter mit besonderer Unterstützung des Stadtpfarrers Schneider schon früh für ein späteres Leben als Geistlicher erzogen worden. Zuerst begeisterte ihn der Gedanke, auch eines Tages in der voll besetzten Kirche in festlicher Kleidung als Pfarrer dienen zu dürfen. Seit er denken konnte, lebte er mit seiner Pflegemutter in diesem Pfarrhaus in Neuwiesenfels. Bereits in Mainz führte Frau Landauer dem Pfarrer Schneider den Haushalt. Später übernahm sie eine neue Anstellung in einer anderen Gemeinde und hatte sich vor über zehn Jahren auf eine Stellenausschreibung als Haushälterin in einem Pfarrhaus beworben, wurde angenommen und traf zufällig wieder auf Stadtpfarrer Schneider, der vor gut einem Jahr nach hier versetzt worden war.
Im Pfarrhaus lebten sie wie eine Familie. Seine Pflegemutter war als Haushälterin und Küsterin tätig, der Kaplan, der alle zwei Jahre wechselte, arbeitete in der Schule als Religionslehrer, war für Beichten, Taufen und Beerdigungen zuständig. Der Stadtpfarrer war das Oberhaupt und eine absolute Respektsperson. Seine Aufgabe verstand er als Repräsentant der Kirche nach außen und nach innen bei den höchsten kirchlichen Feiertagen. Jeder Tag begann für Hans schon in aller Früh. Als Messdiener war er schon beim ersten Gottesdienst im Einsatz, den wechselnd der Pfarrer und der Kaplan abhielten. Vor dem anschließenden Frühstück hatte er den Stadtpfarrer mit „Guten Morgen, Grüß Gott, ehrwürdiger Geistlicher Rat" zu begrüßen, „ich wünsche einen wunderschönen Tag mit Gott!" Danach musste er sich immer beeilen, um den Bus zur Schule zu erreichen. Zu seinem zwölften Geburtstag schenkte ihm der Geistliche Rat ein in Leder gebundenes Buch „Das Neue Testament" und erlaubte ihm mit „Grüß Gott, Herr Stadtpfarrer" zu grüßen.
Später führte ihn der Pfarrer in die lateinische Sprache ein und Hans wurde damit ein Musterschüler im Gymnasium. Bei jeder Gelegenheit erfuhr er, welch glückliche Zeit er im Internat verbringen werde und er

sei auserwählt im Kloster und Priesterseminar ein Diener Gottes zu werden. Später zweifelte er, ob dies für ihn das richtige zukünftige Leben sein könne. Er sah, wie die gleichaltrigen Schulkollegen ihre ersten Freundinnen und viel Lebensfreude hatten und Pläne für die gemeinsame Zukunft schmiedeten.

Und jetzt saß er auf einem Stein im Klostergarten und überlegte, was er tun sollte. In wenigen Wochen war sein Einzug in das Internat geplant, in eine ungewohnte Umgebung, neue Menschen, ein völlig neues Leben, seine Freunde aufgeben, seine Mutter verlassen - wollte er das wirklich?
Mitten in diesen schwerwiegenden Gedanken spürte er plötzlich einen unangenehmen Geruch, nicht sehr stark, aber doch deutlich wahrnehmbar. Hier im Klostergarten, im Schatten der Kirche, war es noch angenehm kühl, kühler als in der frühsommerlichen Sonne auf den Feldern und Wiesen. Aber der leichte Wind, der ständig die Luft um die Kirche bewegte, brachte eine neue Brise dieses Geruchs - nein, es war schon fast ein Gestank.
Hans war jetzt ganz von seinen Gedanken abgekommen. Er hob seinen Kopf, woher kam dieser üble Gestank? Hans stand auf, warf seine halb gerauchte Zigarette weg und blickte in die Richtung, aus der die Belästigung kam, es war nichts zu sehen. Nach ein paar Schritten war der widerliche Geruch unerträglich geworden. Hans nahm sich ein Taschentuch und hielt es vor die Nase. Vor dem alten, stillgelegten Brunnen musste er sich übergeben. Der war vor Generationen angelegt, vor längerer Zeit versiegt und nachdem er nicht mehr genutzt werden konnte, mit einem Deckel aus massivem Holz verschlossen worden. Kinder sollten beim Spielen abgehalten werden, hineinzuschauen und möglicherweise hineinzustürzen.
Neugierig, aber mit Abscheu, hob Hans den Deckel hoch und ließ ihn sofort vor Schreck wieder neben den Brunnen fallen. Aus dem Schacht kam ein riesiger Schwarm fetter Fliegen heraus und mit ihm eine dicke Wolke ekeligen Gestanks. Den Atem anhaltend wagte er einen Blick in den etwa fünf Meter tiefen Brunnen. Einige Sekunden stand er wie erstarrt, leichenblass und am ganzen Körper zitternd, da. Dann erfasste ihn panische Angst, er stürzte aus dem Klostergarten, lief schreiend auf die Straße: „Hilfe, Hilfe, da liegt Einer im Brunnen, schnell Hilfe, im Brunnen, im Brunnen liegt ein Mann, schnell, kommt, helft doch, da liegt ein Toter im Brunnen, ich glaub' es ist der Berger!"

Aufgeschreckt vom gestikulierenden und kreischenden Hans, der immer noch vor Angst schlotterte, liefen einige Fußgänger in die angedeutete Richtung zum Klostergarten. Ein paar Gäste aus der Goldenen Glocke, beim Mittagessen vom Lärm auf der Straße gestört, traten vor das Gasthaus, sahen sich fragend um und gingen erst langsam, dann immer schneller und rannten schließlich in die gleiche Richtung. Auch im benachbarten Rathaus hatte man den schreienden Jungen gehört. Bis die Männer vom Ordnungsamt vom Schreien in ihrer Siesta unterbrochen, die Lage erkannt, ihre Uniformjacken angezogen und Dienstmützen aufgesetzt hatten, waren einige Minuten vergangen. Im Klostergarten angekommen, standen schon zahlreiche Neugierige um den Brunnen, mit Taschentüchern vor ihren Gesichtern, die meisten husteten und schnauften, rangen nach Luft. Alle waren weiß wie die Kirchenmauer, einige übergaben sich, andere zitterten wie Espenlaub. Es dauerte wieder einige Minuten bis Peter Meinke mit seinen Männern die Menge aus dem Klostergarten gedrängt und ihn mit roten Bändern abgesperrt hatte.

Eine weitere Stunde später traf endlich die Kripo von der Kreisstadt ein. Meinke wartete vor der Kirche, um nicht die ganze Zeit dem Verwesungsgestank ausgesetzt zu sein. Oberkommissarin Suchel und Meinke kannten und nickten sich zu. Die Kripobeamtin hatte den Polizeiarzt und einige Kollegen der Spurensicherung mitgebracht. Nachdem sie sich Atemmasken, Schutzkleider und Plastikschuhe übergezogen hatten, betraten sie den Klostergarten. Fotos vom Brunnen mit dem darin verkrümmt liegenden Toten wurden gemacht, ebenso versuchte die Spurensicherung erste Hinweise zu finden. Mögliche Fußspuren waren von den zahlreichen Neugierigen zertrampelt. Der Freiwilligen Feuerwehr, ausgerüstet mit Atemmasken, gelang es nach mehreren Versuchen, mithilfe eines hydraulischen Flaschenzugs, den Toten aus dem Brunnen zu holen. Auf einer ausgelegten Plane kniete der Gerichtsmediziner und nahm die Leiche näher in Augenschein und untersuchte sie. Die Beamten und Feuerwehrleute hatten schon öfters auch übel zugerichtete Tote gesehen, aber was sie jetzt mit ansehen mussten, war schlimmer als ihre bisherigen Erlebnisse und gemachten Erfahrungen. Der Tote lag verkrümmt auf der Seite, Arme und Beine unnatürlich verdreht, Hinterkopf zertrümmert, Gesicht aufgedunsen von der eingetretenen Verwesung, Kleidung verschmutzt und zerrissen, alles voller getrockneten Bluts. Der grauenvolle Anblick und der bestialische Gestank war selbst für die hartgesottene Kommissarin zu viel, sie musste zur Seite gehen und übergab sich mehrmals.

Nach einem Schluck aus einem Flachmann, den ihr ein Feuerwehrmann hilfsbereit gereicht hatte, ging es ihr wieder etwas besser und sie sah den Arzt fragend an, der sich wieder erhoben und seinen Koffer zusammengepackt hatte. „Ich kann Ihnen im Moment nicht mehr sagen, als Sie selbst sehen können", meinte er mit spöttischem Blick zu ihr, „es handelt sich um eine männliche Person, circa 35 Jahre, der Tod ist vor einer bis zwei Wochen eingetreten und es war kein natürlicher! Mehr - wie immer - nach der Obduktion, mein Bericht geht Ihnen so bald wie möglich zu. Hier finden Sie vielleicht etwas über die Person", und überreichte ihr eine Brieftasche, die er dem verschmutzten und zerrissenen Sakko des Toten entnommen hatte. Damit war seine Arbeit vorläufig beendet, er nahm seinen Koffer und verließ den Klostergarten. Die Leiche wurde von zwei Helfern in einen Blechsarg gelegt und zur Gerichtsmedizin gefahren.

Die Kommissarin, Meinke, seine Hipos und zwei Beamte der Spurensicherung blieben zurück. Jetzt wurde nochmals der Klostergarten nach Spuren abgesucht. Zahlreiche mögliche Hinweise in der Nähe des Brunnens konnten gesichert werden, eine Menge Zigarettenkippen, direkt an der Kirchenmauer, zwei gebrauchte Kondome, unter einem Busch eine dreckverschmutzte Kappe und einen roten Stöckel, der zu einem Damenschuh gehört hatte. Weiter fand die Spurensicherung zwei mögliche Tatwerkzeuge, einen alten Spazierstock, der aus einem Weinstock geschnitzt war und einen faustgroßen Stein mit Blutspuren. Die Fundstellen wurden mit kleinen Tafeln und Buchstaben markiert, fotografiert und in einen Lageplan, den Meinke provisorisch gezeichnet hatte, eingetragen. Die sichergestellten Gegenstände, die als Beweismittel in Frage kommen konnten, nahm die Kommissarin für Untersuchungen im Polizeilabor mit. Obwohl sie schon lange Dienstschluss gehabt hätte, fuhr Frau Suchel noch ins Präsidium und tippte ihren Bericht zum Geschehen des Nachmittags in ihren Computer. Hundemüde verließ sie gegen Mitternacht ihr Büro und lief zu Fuß die paar Schritte bis zu ihrer Wohnung.

Die Einwohner von Neuwiesenfels waren schockiert und verängstigt. Wie ein Lauffeuer hatte sich die Ermordung des beliebten Gutsverwalters herumgesprochen. Peter Meinke vom Ordnungsamt stand im Mittelpunkt der Gespräche und gab ausführlich Auskunft über den Fund des Ermordeten. Dass er dabei eine äußerst wichtige Rolle gespielt hatte, betonte er immer besonders. Er vergaß auch nie zu erwähnen, dass er für seinen hervorragenden Einsatz bei der Bergung der Leiche höchstes Lob von der Kriminaloberkommissarin erhalten hatte. Schnell war auch der Kreis ausgemacht, aus dem der Täter kommen musste, die Erntehelfer! „Seit die ausländischen Arbeiter in unserer braven Gemeinde tätig sind, ist die Kriminalität bei uns eingekehrt!“ Oder: „Man traut sich ja nicht mehr im Dunkeln auf die Straße zu gehen, oder in der Goldenen Glocke ein Bier zu trinken, man sieht es doch schon ihren verschlagenen Gesichtern an, dass sie nichts Gutes im Schilde führen.“ Den Frauen und Mädchen im Ort wurde von ihren Partnern jeglicher Umgang mit den ausländischen Gastarbeitern untersagt, „die sind schmutzig, waschen sich nie und schleppen Geschlechtskrankheiten zu uns ein.“ Die Kinder wurden angewiesen, immer darauf zu achten, dass die Haustüren sorgfältig abgeschlossen werden.

Das war natürlich alles blöder Unsinn. In den vielen Jahren, in denen ausländische Erntehelfer in der Gemeinde, vor allem als Spargelstecher im Gut von Zeilmann, arbeiteten, gab es nie eine von ihnen begangene Straftat. Lediglich einmal verprügelten sich zwei Helfer in der Goldenen Glocke, wobei große Teile der Einrichtung und des gläsernen Inventars zu Bruch kamen. Schuld daran hatte eigentlich Ivana Lewanskaja, die schon damals für die Erntehelfer und ihre Rekrutierung in Polen zuständig war. Sie hatte zwei Landsleuten aus Versehen zum gleichen Zeitpunkt ein Schäferstündchen zugesagt. Als die beiden verliebten Gockel sich vor ihrer Tür begegneten, verprügelten sie sich gegenseitig und setzten ihre Auseinandersetzung in der Goldenen Glocke nach einem heftigen Besäufnis fort. Bis der Wirt einschreiten konnte und der Ordnungshüter Meinke eintraf, war der Gastraum halb zertrümmert und nahezu alle Gläser und Krüge zerschlagen. Die beiden Raufbolde lagen besoffen und mit Blut besudelt am Boden.
Die Angelegenheit war schnell geregelt. Der Gutsverwalter Berger schickte die beiden umgehend in ihre Heimat zurück und sie erhielten auch nie wieder einen Arbeitsvertrag mit dem Gut. Von ihrem restlichen Lohn wurde ein Teil des Schadens bezahlt, für den Rest mussten alle anderen Gastarbeiter des Guts aufkommen. Berger erreichte damit, dass in Zukunft alle gegenseitig auf strenge Disziplin achteten. Es gab

auch nie wieder einen Vorfall mit den Erntehelfern, im Gegenteil: Sie waren, weil die fleißig waren, sehr beliebt und gefragt. Dort, wo sie bei Familien im Ort Unterkunft erhielten, gab es auch nie Klagen. Das Gut bezahlte grundsätzlich die Miete für die Zimmer der Gastarbeiter und die Vermieter waren zufrieden, das gute Geld war ihnen jeweils für eine Saison sicher.

Im Gut hatte der Geistliche Rat und Stadtpfarrer Peter Schneider persönlich der Gutsherrin von Zeilmann die schlimme Nachricht überbracht. Sie und das ganze Personal waren entsetzt und die ersten Stunden danach zu nichts fähig. Barbara hatte die Nacht danach nur wach gelegen und stundenlang geheult. Am nächsten Tag erschien sie trotz des gegen die Sonne abgedunkelten Büros mit einer großen Sonnenbrille, die ihre geröteten Augen und das verquollene Gesicht kaum verdecken konnte. Schnell entschied sie sich und berief Josef Pfister, verantwortlich für die Arbeit auf den Feldern von der Anpflanzung bis zur Ernte, der auch schon viele Jahre Erfahrung im Gut gesammelt hatte, kommissarisch zum Gutsverwalter. Den Bereich Finanzen, Kasse und Lohnbüro wollte sie nicht aus der Hand geben und übernahm ihn selbst. Die Arbeiten mussten weitergehen, die Spargelernte hatte gerade angefangen. Die Arbeitsabläufe waren Routine, jeder Arbeitsschritt war x Mal ausgeführt, die Zahnräder im Geschäftsbetrieb des Gutes griffen reibungslos ineinander. Neben der Arbeit, die mehr automatisch erfolgte, wurde auf den Feldern, in den Scheunen und auch in den Büros viel getuschelt, nach den Gründen der Ermordung ihres Chefs gesucht und über den möglichen Mörder spekuliert.

Die Gutsherrin von Zeilmann zog sich mit ihrer engsten Mitarbeiterin und Vertrauten Martina Euler in ihre Privaträume zurück. Sie erstellten Listen mit Aufgaben und Terminen, die unbedingt erledigt und eingehalten werden mussten, und keine Rücksicht auf die Ermordung des Gutsverwalters nehmen konnten; die notwendige Erledigung hatte keinen Platz für die trauernde Belegschaft des Gutes.
In diese trauernde Stimmung, immer noch entsetzt vom Geschehen und dem hektischen Betrieb, den das Gut von allen Mitarbeitern abverlangte, platzte die Nachricht, dass der Kriminalhauptkommissar Moritz von Stein um ein Gespräch mit der Chefin des Gutes und den engsten Mitarbeitern des ermordeten Verwalters gebeten hat und am übernächsten Tag kommen wollte. Dieses Gespräch hatte Barbara erwartet,

war aber an der Beantwortung seiner sicherlich heiklen Fragen nicht besonders begeistert, vor allem war sie nicht bereit, nähere Angaben über die Nacht vor Ingos Ermordung zu machen. Andererseits machte der Kripomensch sicher nur seine Arbeit und war genau wie sie an der Aufklärung des Mordes interessiert. Ihre nur kurze Zeit währende Euphorie über eine gemeinsame Zukunft mit Ingo war auf brutalste Weise beendet worden. Das Entsetzen und ihre Trauer wichen allmählich und Wut, Hass und Rache gewannen Überhand über ihre Gefühle. Sie war bereit, den Kommissar bei seinen Ermittlungen, den Täter zu finden, zu unterstützen. Was in der Nacht vor der fürchterlichen Tat geschah, war dabei sicher nicht besonders hilfreich.

Nein, obwohl er die Augen geschlossen hielt, schlief er nicht, er war im Gegenteil höchst konzentriert und dachte nach. Die dünne Akte des vermissten Ingo Berger war jetzt zur Mordakte geworden. Hauptkommissar von Stein hatte sie mindestens dreimal gelesen, kannte sie fast auswendig. Hektik und überstürztes Handeln waren jetzt nicht gefragt. Seine langjährige Erfahrung lehrte ihn: Je später ein Mord entdeckt wird, umso länger dauert seine Aufklärung. Systematisches Arbeiten waren jetzt von ihm und seinem Team gefordert, jedem einzelnen, noch so kleinen oder scheinbar unwichtigen Hinweis musste akribisch nachgegangen werden. Auf einer Pinnwand an der Wand seines Büros heftete er mehrere farbige Zettel mit Fragen: Wann ermordet, war es eine spontane, zufällige oder geplante Tat, warum traf der Ermordete ausgerechnet im Klostergarten auf seinen Mörder, oder waren es mehrere, wer hatte das Mordopfer zuletzt gesehen, gab es Feinde, Rivalen, geschah die Tat aus Rache, Eifersucht, sollte eine andere Straftat vertuscht werden, wer war Nutznießer? Die rote Karte mit der Überschrift „Verdächtige“ blieb vorerst leer.
Etwas war dem erfahrenen von Stein jedoch jetzt schon eindeutig: Der Täter musste im nahen oder erweiterten Umfeld des Opfers gesucht werden, ein Außenstehender kam nicht in Frage, dafür sprach der außergewöhnliche Tatort. Ein Raubmord war es auch nicht, das Opfer hatte noch seine Brieftasche mit allen Ausweisen, Bankkarten und Bargeld von mehreren Hundert Euro bei sich und trug noch am Handgelenk eine sündhaft teure, goldene Rolex. Eine weitere Erkenntnis war, der Täter musste eine männliche und kräftige Person sein. Eine Frau hätte möglicherweise den ehemaligen Gutsverwalter erschlagen können,

aber nie die Kraft besessen, das über einhundert Kilo schwere Opfer in den Brunnen zu stürzen. Fundort des Opfers war auch der Tatort, andere Spuren wurden nicht gefunden. Tatzeit lag zwischen Samstagabend kurz vor Mitternacht, als die Gruppe mit dem später ermordeten Gutsverwalter den Keller des Weinguts Neumann verließ, hier wurde Ingo Berger zum letzten Mal lebend gesehen, und dem Sonntagmorgen circa 9:00 Uhr, als die Witwe Steinhäuser das unbenutzte Bett ihres Mieters entdeckte und ihn vermisste; danach war Berger wie vom Erdboden verschwunden. Soweit sein bisheriger Wissensstand.

Kommissar von Stein rief seine langjährige Kollegin, die Oberkommissarin Suchel, in sein Büro und besprach mit ihr den Stand der Ermittlungen. „Aber Erika, jetzt berichte doch endlich mal was von deinem gestrigen Besuchen bei der Witwe Steinhäuser, die dem Opfer die Wohnung in ihrem Haus vermietete, und im Pfarrhaus, bei der Vernehmung des jungen Ministranten Oertl, der das Mordopfer entdeckte, ergeben hat.“ Und etwas vorwurfsvoll: „Deine Berichte konnte ich in der Akte noch nicht finden.“

Ohne auf diese Anspielung einzugehen, berichtete die Beamtin:
Maria Steinhäuser war äußerst gesprächsbereit und beklagte zuerst langatmig, dass niemand der Vermisstenmeldung ihres Mieters nachgegangen sei. „Der liebe Herr Berger könnte sicher noch leben, wenn man ihren ersten besorgten Anruf ernst genommen hätte.“
Kommissarin Suchel versuchte sie zu beruhigen, bei ihrer ersten Vermisstenmeldung war der Gutsverwalter bereits tot.
Die anschließenden Fragen, die ihr die Kommissarin stellte, beantwortete sie nach „bestem“ Wissen, was allerdings nicht besonders ergiebig war und die Ermittlungen kaum weiterbrachten. Am Telefon schien der ermordete Gutsverwalter zahlreiche Kontakte gehabt zu haben.
Die Witwe Steinhäuser erzählte von unzähligen Anrufen von jüngeren Frauen aus der Gemeinde, auch Verheiratete waren angeblich dabei. Eine Anruferin ist ihr in Erinnerung geblieben. Dem Dialekt nach zu schließen könnte sie aus dem Rhein-Main-Gebiet kommen. Die Rufnummer war ihr zwar nicht bekannt, wohl aber der Vorname. Öfters belauschte sie Gespräche und hörte Herrn Berger säuseln, „mein Schatz, Liebling, meine liebste Martha.“ Auch wurden häufig Treffen verabredet, ebenso kurze Urlaubsreisen.

Die weiteren Erzählungen der Steinhäuser ersparte die Kommissarin ihrem Chef. Die Durchsuchung der modern eingerichteten Vierzimmerwohnung nahm nahezu drei Stunden in Anspruch, immer begleitet von Kommentaren und Erklärungen der Witwe. Zahllose Fotos und Videos von Jubiläen und Geburtstagen auf dem Gut, von Urlaubsreisen, Tagungen, Ehrungen, Presseberichte wurden gesichtet, ebenso Briefe, Glückwunschkarten. Zwei brauchbare Informationen fand die Kommissarin, einmal mehrere Fotos von Martha, einige unterzeichnet mit „meinem lieben Ingo von Martha", oder „meinem Schatz, in Liebe von deiner dich liebenden Martha." Mit Zustimmung der Steinhäuser nahm sie diese Fotos mit, ebenso mehrere Briefe einer bisher unbekannten Schwester des Ermordeten, namens Lena Nickel, die in einer kleinen Gemeinde, nahe Hannover, lebt. Auf die Experten der Spurensicherung verzichtete die Suchel, lediglich den Computer des Ermordeten wollte sie von einem Spezialisten untersuchen lassen. Das Gespräch bei der Witwe hatte den ganzen Vormittag über gedauert, eine Einladung zum Mittagessen lehnte sie mit Dank ab und schützte einen dringenden anderen Termin vor.

Hauptkommissar von Stein betrachtete länger als notwendig und aufmerksam ein Porträt von „Martha". Sie schien eine äußerst attraktive und elegante Frau zu sein, um die vierzig, halblange blonde Haare, leicht gewellt, eisblaue Augen, gerade schmale Nase und volle Lippen. Leider endete das Foto unterhalb des Halsansatzes.
„Soll ich dir auch noch was von meinem Besuch im Pfarrhaus berichten?", unterbrach die Suchel ihren Chef bei seiner ausführlichen Betrachtung von Marthas Foto.
„Ja, ja, natürlich, ich bin schon gespannt, was der junge Oertl zu erzählen hatte", und legte verlegen, wie ein Junge, der bei einer verbotenen Handlung erwischt wurde, das Foto wieder auf den Stapel Unterlagen, die seine Mitarbeiterin mitgebracht hatte.

Die Bewohner des Pfarrhauses wollten gerade mit dem Mittagessen beginnen, Kaplan Paul Stoffel hatte das Tischgebet gesprochen, als die Oberkommissarin in die Runde platzte. Sie entschuldigte sich für ihre Verspätung und wollte später wiederkommen. Sie wurde aber zum Bleiben und Mittagessen gebeten. Die Haushälterin und Küsterin Frieda Landauer legte noch ein Gedeck auf. Nach dem Essen und einem kurzen Dankgebet vom Kaplan hatte die Beamtin an sich vor gehabt, mit dem jungen Oertl unter vier Augen ein Gespräch zu führen, aber die Runde blieb sitzen und war neugierig, was die Kommissarin wissen wollte. Das war schnell erledigt, der Junge gab schnell zu, jeden Tag nach der Schule und vor dem Mittagessen in den Klostergarten gegangen zu sein, um unbeobachtet eine Zigarette zu rauchen. Der Stadtpfarrer sah sich genötigt, dem Jungen eine heftige Rüge zu erteilen und ihm das Versprechen abzunehmen, nie wieder zu rauchen und natürlich auch nicht im Klostergarten. Der ertappte Oertl wurde bis hinter die Ohren rot vor Scham und gelobte, nie wieder eine Zigarette in die Hand zu nehmen. Der Geistliche Rat glaubte ihm und zeichnete als Symbol ihm in Zukunft zu vertrauen, mit dem Daumen seiner rechten Hand ein Kreuz auf die Stirn des Sünders.

Die Suchel dachte bei sich: „Wer's glaubt, wird selig!" Damit war das Rätsel gelöst, wer der Verursacher der zahllosen Zigarettenkippen gewesen sei könnte, die in der Nähe der Fundstelle des Ermordeten gesichert wurden. Mit Erlaubnis seiner Pflegemutter nahm die Kommissarin eine Speichelprobe vom jungen Oertl, um mittels einer DNA mögliche weitere Spuren zuordnen zu können.

„Dann müssen sie aber von mir auch eine Speichelprobe nehmen, ich gehe auch öfters im Klostergarten spazieren, und bereite mich auf die nächste Sonntagspredigt vor", meinte der Stadtpfarrer.

„Ich auch, ich auch", meldete sich die Haushälterin, „ich bin sicher auch alle zwei, drei Tage im Garten, um Blumen für den Schmuck der Kirche zu schneiden, Unkraut zu jäten, Büsche zu schneiden und alles, was halt so in einem Garten anfällt, was zu tun ist."

Die Kommissarin blickte in die Runde, „wissen Sie vielleicht, wer sonst noch den Klostergarten nutzt?"

Alle schüttelten den Kopf, nur der Junge platzte eifrig raus, „doch, doch, der Herr Kaplan", und hielt, selbst erschrocken über den vorlauten Einwurf, eine Hand vor seinen Mund.

Der so Angesprochene wurde verlegen, hob theatralisch beide Hände hoch und versuchte zu beschwichtigen, „nein, ich nie, war niemals im Garten, was sollte ich auch dort tun?" Und nach einigen Sekunden, als ihm bewusst wurde, ‚Lügen haben kurze Beine', flüsterte er zögernd „doch, ja, ich erinnere mich, ein oder zweimal war ich auch im Garten, ich suchte Ruhe, um mich auf eine Predigt ...", er unterbrach seine Ausflüchte, als er sah, wie der Geistlich Rat verwundert seine Augenbrauen hochzog, der junge Kaplan hatte noch nie eine Predigt gehalten, „... um

mich auf den Unterricht für die Erstkommunikanten vorzubereiten", beendete er seine wenig glaubhafte Erklärung.
So erhielt die Kommissarin ungewollt Speichelproben aller vier Bewohner des Pfarrhauses. Als Täter kam keiner infrage, alle waren zur fraglichen Tatzeit im Haus oder in der Kirche, jeder gab jedem ein Alibi. Weitere Fragen in die Runde brachten keine neuen Erkenntnisse, das übliche Geschwätz in der Gemeinde kannte die Suchel schon aus dem Gespräch mit der Witwe Steinhäuser.
„Chef, noch Fragen?" meinte die Kommissarin, wartete die Antwort aber nicht ab, stand auf und ging in ihr angrenzendes Büro, um ihre Berichte in den Computer zu tippen.

Die Pinnwand im Büro des Hauptkommissars füllte sich langsam. In der Spalte „Zeugen" landeten die Namen der Bewohner des Pfarrhofes und der Witwe Steinhäuser ganz unten, „im Moment nicht gefragt". Dafür rückte die Gutsherrin Barbara von Zeilmann und die unbekannte „Martha" ganz nach oben. Um diese beiden Zeugen wollte sich von Stein persönlich bemühen. Ein Ortsplan von Neuwiesenfels hing ebenfalls an der Wand. Von Stein markierte den Tatort, das Weingut Neumann, in dem sich die Gruppe vor der Ermordung des Gutsverwalters getroffen hatte und seine Wohnung im Hause der Witwe Steinhäuser mit dicken roten Nadeln. Die Wohnungen oder Wohnhäuser aller Teilnehmer der Runde im Weinkeller des Gutes Neumann, die den Ermordeten als Letzte gesehen hatten, erhielten eine kleinere, blaue Nadel. Lange saß der Kommissar vor diesem Plan, immer wieder las er die Protokolle der Aussagen der Runde, als diese befragt wurden, bevor der Ermordete gefunden und nur als vermisst galt, und dann sah er wieder auf den Plan mit den Nadeln.
Etwas stimmte bei dieser Geschichte nicht. Hatten doch alle behauptet, sie seien gemeinsam aufgebrochen, aber einzeln nach Hause gegangen. Die meisten blauen Nadeln steckten im oder in unmittelbarer Nähe des Zentrums von Neuwiesenfels und auch die rote Nadel für den Fundort des Toten befand sich in der Nachbarschaft, lediglich die blauen Markierungen der Wohnsitze der von Zeilmann, nämlich der Gutshof und der von Sven Käfer, Besitzer des Landhotels „Zur Traube" lagen entgegengesetzt weit entfernt vom Zentrum. Wenn sie aber schon in der Nähe zusammen wohnten, warum sind dann der Bürgermeister Haberkorn und seine Frau, der Kaplan Stoffel, die Chefin des Verkehrsamtes

Albrecht und das spätere Mordopfer getrennt nach Hause gegangen? Nein, hier stimmte etwas nicht! Hier war der Leiter des Ordnungsamtes Meinke, der die Beteiligten befragt hatte, nach Strich und Faden belogen worden, er war blauäugig, hatte den Aussagen geglaubt und versäumt, nachzuhaken.
„Erika, komm doch mal rüber, und sieh dir das an, vielleicht fällt dir auch was auf." Von Stein erklärte seiner Kollegin Suchel an der Pinnwand und anhand der Protokolle, was er festgestellt hatte.
Nach einigen Minuten, nachdem sie den Plan betrachtet und die Protokolle gelesen hatte, meinte sie: „Ich glaub', du hast recht, da haben einige gelogen und wir sollten herausfinden, wer und warum?"
„Jetzt bin ich aber froh, dass du dieses Mal, ausnahmsweise meiner Meinung bist", lachte der Hauptkommissar. „Ich schlage vor, du fährst morgen nach Neuwiesenfels, gehst ins Rathaus, schnappst dir den Meinke und dann nehmt euch noch mal die Damen und Herren vor, die so schön gelogen haben. Samthandschuhe brauchst du nicht mitzunehmen! Und ich fahr' zum Gut und versuch' etwas von der von Zeilmann zu erfahren. Bin schon neugierig sie kennenzulernen, soll ja Haare auf den Zähnen haben, die mir auf meinem Kopf fehlen!" Dabei strich der Hauptkommissar lachend mit seiner Rechten über seinen kahlen Kopf. „Und mal sehen, ob die im Gut mehr über unsere unbekannte Martha wissen. Und jetzt mach' dich ab, Feierabend, morgen ist auch noch ein Tag!"

Bevor er selbst auch nach Hause gehen wollte, musste von Stein unbedingt in der Gerichtsmedizin anrufen, es war allmählich Zeit, dass die sich melden und Ergebnisse liefern.
Nach mehreren Verbindungen hatte der Kommissar endlich den zuständigen Pathologen an der Leitung. Der zeigte sich ziemlich ungehalten, als er hörte, was von Stein von ihm wollte. „Ihr vom Land meint wohl, wenn ihr uns einmal in hundert Jahren einen Kunden liefert, wir warten auf euch, endlich hören wir mal was von euch, wir haben ja sonst nichts zu tun. Aber zum Mitschreiben: Unser Haus ist voll, alle Zimmer belegt, die Gäste werden nach der Reihe ihrer Einlieferung bedient und nicht nach Schönheit." Und dann schon etwas versöhnlicher: „Nach meinem Dienstplan zu schließen, hat Ihr Kunde morgen einen Termin bei mir, sorgen Sie sich nicht, es geht ihm gut bei uns, er hat ein Einzelzimmer, ist gut gekühlt, es geht nichts verloren. Und jetzt tschüss, oder werden bei Euch Überstunden bezahlt?" Damit war das

Gespräch ohne Ergebnis beendet. Von Stein ärgerte sich, dass er überhaupt angerufen hat, dieses Telefonat hätte er sich sparen können. Außerdem kam er trotz seiner über 30-jährigen Praxis nicht mit dem seltsamen Humor der Gerichtsmediziner zurecht. „Die müssen alle eine Macke haben, wenn sie ihre berufliche Erfüllung darin sehen, an Leichen herumzuschnipseln“, so seine Meinung.

Zwei Tage später wieder Rapport beim Chef. „Erika, jetzt bin ich aber wirklich neugierig, wer von der Runde gelogen hat“, war die Frage des Hauptkommissars an seine Mitarbeiterin.
„Eigentlich alle, natürlich nicht der Ermordete, aber der Reihe nach.“ Die Suchel fuhr, wie verabredet, nach Neuwiesenfels und besuchte den Chef des Ordnungsamtes Meinke in seinem Büro im Rathaus. Dort eröffnete sie ihm, was sie vorhatte. Er zeigte sich natürlich nicht begeistert von ihrem Vorhaben, unterstellte sie ihm doch indirekt, fehlerhaft und oberflächlich ermittelt zu haben. Es blieb ihm jedoch nichts anderes übrig, als mit der Oberkommissarin von der Kreisstadt zu kooperieren. Es blieb die einzige Möglichkeit, seine Fehler wieder gutzumachen.

Meinkes Büro eignete sich bestens für die Befragung der Teilnehmer an der Weinprobe im Weingut. Waren doch zwei davon nur wenige Schritte entfernt in benachbarten Büros. Um die Form zu wahren, gingen sie zuerst zum Bürgermeister und stellten ihm ihr geplantes Vorgehen vor. Anfangs zeigte sich Haberkorn überaus hilfsbereit, war er doch geschmeichelt in die Ermittlungen einbezogen zu werden. Schnell wurde aber aus der Hilfsbereitschaft eine Abwehrhaltung, als er merkte, dass er selbst auch befragt werden sollte. Er stellte sich stur und war nicht bereit, Fragen zu beantworten. Erst als die Suchel förmlich wurde und androhte, ihn ins Präsidium zu ihrem Chef vorladen zu wollen, gab er zögerlich und widerwillig doch die gewünschten Auskünfte. Ja, er sei tatsächlich alleine nach Hause gegangen, war furchtbar sauer auf seine Frau, die mit dem Kaplan, sichtlich für Jedermann, mehr als geflirtet hatte. Wann seine Frau heimgekommen war, konnte er nicht sagen, sie schliefen schon seit Monaten in getrennten Zimmern, lebten schon längere Zeit „von Tisch und Bett getrennt“. Er ist aber mit seiner Frau am Abend zum Weingut gekommen.

Zurück in Meinkes Büro hatten sie Frau Haberkorn, die Frau des Bürgermeisters, geladen und befragt. Sie bestätigte zwar, dass sie mit ihrem Mann zur Weinprobe gekommen war, beharrte aber darauf, alleine nach Hause gegangen zu sein. Sie sei verärgert über sein Verhalten im Weinkeller gewesen. Kaplan Stoffel schien ein schlechtes Gewissen zu haben, gab er doch sofort zu, nicht alleine den Rückweg genommen zu haben. Er entschuldigte sich für seine „Notlüge", wollte aber damit den guten Ruf der Frau Bürgermeisterin schützen. Ja, er hatte Elsa begleitet, gemeint hatte er sicherlich Frau Haberkorn, sie machte einen so unglücklichen Eindruck, schien auch zu weinen, er musste sie trösten, konnte es nicht verantworten, sie ohne männlichen Schutz durch die Nacht nach Hause gehen zu lassen. Diese Aussage kam natürlich Meinke und der Suchel recht. Hatten sie doch einen echten Grund, die vorher arrogant reagierende Frau des Bürgermeisters nochmals in das Büro des Ordnungsamtes zu zitieren. Nach anfänglichem Sträuben und der Androhung einer Gegenüberstellung mit dem Kaplan, bestätigte sie, von ihm begleitet worden zu sein. Ihre Lüge versuchte sie zu entschuldigen, der Herr Kaplan sei doch ein kirchlicher Würdenträger, seinen guten Ruf als Seelsorger wollte sie nicht gefährden. Die beiden Scheinheiligen gaben vor, jeweils den anderen schützen zu wollen und verschleierten aber doch ihre wahren Motive.

Wann ihr Mann nach Hause gekommen ist, konnte Frau Haberkorn nicht sagen, sie hätten in ihrem Zweifamilienhaus getrennte Wohnungen, lebten nur zum Schein noch zusammen als Eheleute. Sie hatte ihren Mann erst am Sonntagmorgen wieder gesehen, als er aus dem Geräteschuppen gekommen war und furchtbar nach Benzin gestunken hatte und vorgab, den Rasenmäher repariert zu haben. Sie hatte sich etwas gewundert, normalerweise versäumte er fast nie den sonntäglichen Gottesdienst.

Die Befragung von Frau Albrecht, der Leiterin des Verkehrsamtes, verlief unproblematisch. Sie gab sofort zu, den „älteren Herrn", gemeint war der Inhaber der „Traube" Sven Käfer, nicht alleine in dem betrunkenen Zustand den weiten Weg zurück zu seinem Hotel gehen zu lassen. Dass sie dort die ganze Nacht und den folgenden Sonntag verbracht hatte, gestand sie freimütig, ohne zu zögern. Warum sie bei der ersten Befragung gelogen hatte, erklärte sie mit einem Seitenhieb in Richtung Meinke, „ich erzähle doch nicht ‚Hinz und Kunz', wo und mit wem ich meine Nächte verbringe!" Auf eine Befragung Käfers verzichteten sie. Bei einem Telefonat meinte der Besitzer des Landhotels nur, „ich kann mich an nichts mehr erinnern, ich hatte wohl ein Glas zu viel!"

„Aber", meinte die Suchel am Ende ihres Berichtes, „das Beste kommt noch", und legte eine weitere Kunstpause ein, um die Spannung zu erhöhen.
„Mach 's nicht so spannend und schieß' los", meinte ihr Chef.
„Höre und staune", so die Kommissarin, „außer dem betrunkenen Sven Käfer und dem wütenden Bürgermeister bestätigten alle anderen Zeugen, auch der Inhaber des Weinguts Neumann, unabhängig voneinander, aber übereinstimmend: Nach Auflösung der Runde im Weinkeller sind die Gutsbesitzerin von Zeilmann und ihr Verwalter Arm in Arm, wie ein verliebtes Pärchen, in Richtung des Gutes gegangen."
Die Kommissarin lehnte sich zufrieden in ihren Stuhl zurück und sah ihren Chef, stolz auf das Ergebnis ihrer Ermittlungen, an, „was sagst du jetzt?"
„Das hätte ich gestern schon wissen müssen, dann wäre die Befragung der Gutsherrin anders verlaufen, aber das werde ich bei Gelegenheit nachholen. Jetzt sehe ich auch so manches viel deutlicher."

Barbara von Zeilmann machte einen hervorragenden Eindruck auf den Hauptkommissar. Er hatte sie zwar schon bei Veranstaltungen gesehen, in der Presse Berichte über sie gelesen, das persönliche Kennenlernen übertraf jedoch bei Weitem seine Vorstellungen: Die Gutsherrin zeigte sich als eine äußerst attraktive und gepflegte Frau im besten Alter, circa 35, mittelgroß und schlank, Rundungen gut vorhanden, dort wo sie sein sollten, aber nicht zu viel. Noch mehr als von ihrem Äußeren zeigte sich von Stein vom selbstbewussten, souveränen Auftreten beeindruckt. Ihr vorgestrecktes Kinn und die gut sichtbaren Wangenknochen zeugten von viel Energie, die schmalen, zusammengepressten Lippen und die stahlblauen, blitzenden Augen von Durchsetzungsvermögen, die keinen Widerspruch duldeten. Der Ruf, der ihr angeblich vorausging, „ein knallharter Hund" zu sein, schien sich beim ersten Gespräch zu bestätigen. Lediglich wenn sie von ihrem verunglückten Mann und dem ermordeten Verwalter sprach, entspannten sich ihre Gesichtszüge, wirkten ausgesprochen weiblich, die Augen blickten zärtlich und traurig, ab und zu musste sie eine Träne mit einem blütenweißen Taschentuch abtupfen. Nichtsdestotrotz blieb sie bei ihrer ursprünglichen Aussage, am Abend vor dem Verschwinden ihres Verwalters alleine vom Weingut nach Hause gegangen zu sein. Dass es eine Lüge war, wusste von Stein zu diesem Zeitpunkt noch nicht.

„Mal sehen, was von dem „harten Hund“ noch übrig bleibt, wenn ich sie mit ihrem Widerspruch konfrontieren werde“, so der Hauptkommissar. „Es kommt viel Arbeit auf uns zu, ich habe vieles und manches Merkwürdige erfahren.“ Die Frage nach Feinden des Verwalters, Nutznießern von seinem Tod, konnte nicht so eindeutig beantwortet werden. Während die Gutsbesitzern von drei Streitfällen mit dem Spediteur Kaufer, dem Vorarbeiter Menorski und der Chefin der Gastarbeiter Lewanskaja berichtete, meinte die Assistentin des Ermordeten, Vroni Schedel, mindestens jeder dritte Mann der Gemeinde hätte genügend Gründe gehabt, den Verwalter zu erschlagen, über einen konkreten Fall konnte sie jedoch nicht berichten. Einen wichtigen Beitrag zu den Ermittlungen konnte die Schedel aber doch liefern. Als wieder einmal die Unbekannte angerufen und nach Herrn Berger verlangt hatte, notierte sie sich die Rufnummer der Anruferin und das Datum und die genaue Uhrzeit. Der Hauptkommissar war sich sicher, mit diesen Angaben die Unbekannte identifizieren zu können.

Die Sichtung des Büros der Gutsverwaltung brachte keine verwertbaren Spuren. Lediglich Bergers Terminkalender erregte von Steins Aufmerksamkeit. Mehrmals, vorwiegend an Wochenenden, fanden sich Eintragungen mit den Kürzeln „MM“. Diese könnten Abkürzungen eines Namens bedeuten; das erste „M“ wies auf den Vornamen Martha hin, das zweite auf einen noch unbekannten Nachnamen. In Verbindung mit der Telefonnummer, die von Bergers Assistentin notiert worden war, hoffte der Hauptkommissar hinter das Geheimnis von „MM“ zu kommen. Nicht zuzuordnen waren zwei weitere Einträge im Kalender. Am Mittwoch nach seinem Verschwinden hatte der Verwalter um 11:00 Uhr einen Termin unter „Kripo“ und um 14:00 Uhr einen unter „BA“ eingetragen. Dass der erste Termin „Kriminalpolizei“ heißen sollte, war eindeutig. Was wollte aber der Gutsverwalter bei der Kripo? Dieser Frage wollte von Stein schnellstmöglich nachgehen. Was das Kürzel „BA“ zu bedeuten hatte, war noch völlig unklar, aber auch darum wollte sich der Hauptkommissar kümmern. Die Termine hatte Ingo Berger laut seinem Kalender in der Woche vor seiner Ermordung vereinbart, merkwürdig ... bestand möglicherweise da ein Zusammenhang?

„Den Unfall des früheren Gutsbesitzers Alexander von Zeilmann solltest du mal näher untersuchen“, beauftragte der Hauptkommissar seine Kollegin, „seine Witwe konnte sich auch heute noch nicht, nach über drei Jahren, das damals ungeschickte Verhalten ihres Mannes erklären, das schlussendlich zu seinem Tod geführt hatte. Schau dir mal den Unfallbericht und Pressemitteilungen an, sprich mit dem Meinke, der schon damals zuständiger Leiter der Ortspolizei war. Ich werde morgen versuchen, der „MM“ auf die Spur zu kommen und dem „Leichenfledderer“ einen Besuch abstatten, vielleicht hat der ja jetzt endlich den Obduktionsbericht fertig.“

Die Telefonnummer der mysteriösen Anruferin Martha herauszufinden war für die Kripo reine Routine, es war die Zentrale des Landwirtschaftsministeriums. Als von Stein die Nummer wählte, meldete sich die Post-, Schreib- und Telefonzentrale des Ministeriums. Der Kommissar trug sein Anliegen vor, wollte wissen, wer vom Ministerium aus über die Telefonzentrale die Rufnummer des Gutshofs der von Zeilmann angerufen hatte und gab als Hilfe das Datum und die exakte Uhrzeit an, wie sie Vroni Schedel, die Assistentin des Ermordeten, notiert und ihm gegeben hatte. Da kam er aber gerade bei der Richtigen an! Die Anrufe unterlägen dem Datenschutz, keine Auskünfte aus Sicherheitsgründen, schon gar nicht am Telefon, nur mit richterlicher Anweisung und dann nur mit Zustimmung des Ministers.
Von Stein hörte sich den Schwall ablehnender Argumente eine Zeit lang an, dann unterbrach er die Dame am anderen Ende der Leitung: „Jetzt halten Sie mal die Luft an, ich ermittle hier in einem Mordfall, geben Sie mir sofort den Sicherheitschef, oder ich komme mit ein paar Einsatzfahrzeugen vors Ministerium gefahren!“
Sofort war die Verbindung unterbrochen, er hörte nur noch Mozarts „Kleine Nachtmusik“ und ab und zu „hold the line, please.“
Dann meldete sich endlich eine männliche Stimme, es war tatsächlich der oberste Sicherheitsbeamte im Ministerium. Schnell stellte sich heraus, dass es sich um einen Kollegen handelte, einem Hauptkommissar der Bundespolizei, der sich sehr kooperativ zeigte. Er wolle sofort in

die Sicherheitszentrale gehen und alle Aufzeichnungen sichten und ihn wieder zurückrufen.

Hauptkommissar von Stein richtete sich auf eine längere Wartezeit ein, doch schon nach einer Viertelstunde kam der Rückruf: „Ich kann Ihnen leider nicht sagen, wer die angegebene Rufnummer gewählt hat, der Anruf kam aber aus den Büros der Staatssekretärin."
Von Stein reagierte sofort, „heißt die Staatssekretärin Martha ...?"
„Ja richtig, Martha Maler, aber woher kennen Sie sie?"
„Nur von einem Empfang und der Presse, aber können Sie für mich für morgen einen Termin bei ihr vereinbaren, äußerst wichtig, aber ohne den wahren Grund zu nennen?"
Der Termin wurde umgehend gewährt, obwohl angeblich der Kalender der Frau Staatssekretärin total ausgebucht sei. Das Geheimnis der „MM" war gefunden, es handelte sich um die Staatssekretärin im Landwirtschaftsministerium Martha Maler.

„Kleine Geschenke erhalten die Freundschaft", begrüßte am nächsten Tag Hauptkommissar von Stein in der Gerichtsmedizin den Pathologen, der Bergers Leiche obduziert hatte und überreichte ihm eine Tüte mit frisch gestochenem Spargel und eine Flasche Weißburgunder. Als der abwehrend die Hände hob, meinte der Kripobeamte: „Keine Sorge, das ist keine Bestechung und auch kein teures Geschenk, das Sie als Beamter nicht annehmen dürfen, vielmehr hat Ihr Kunde, den ich zu Ihnen geschickt habe, anlässlich seines Geburtstages Sie zum Spargelessen eingeladen", und lachte dabei über seinen eigenen Witz und hoffte, der „Leichenfledderer" werde den kleinen Scherz auch verstehen.
Der lachte auch mit und damit war das Eis zwischen beiden gebrochen. „Aber Sie sind doch nicht gekommen, um mit mir Konversation zu treiben, Sie wollen doch sicher etwas über meine Untersuchungen erfahren. Meinen Obduktionsbericht habe ich noch nicht geschrieben, er geht Ihnen in den nächsten Tagen zu. Allgemeine Details zur Leiche, wie Alter, Größe, Gewicht, frühere Operationen, Knochenbrüche, Zustand des Gebisses können Sie nachlesen, ich beschränke mich aber jetzt nur auf die Informationen, die für Ihre Ermittlungen wichtig sein könnten: „Der Tod des Gutsverwalters Berger wurde mit zwei wuchtigen Schlägen verursacht. Der erste zerschmetterte seinen Hinterkopf, war aber nicht sofort tödlich, der zweite traf ihn zwischen Kopf und Schulter, Halswirbel wurden gebrochen, das Rückenmark durchtrennt,

der Tod trat unmittelbar dadurch ein. Das Tatwerkzeug könnte ein Metallrohr oder eine Holzkeule in der Art eines Baseballschlägers sein, mit einem Durchmesser von circa fünf Zentimetern. Nach Wirkung der Schläge muss der Täter eine kräftige, höchstwahrscheinlich eine männliche Person sein. Der ganze Körper zeigt viele Blutspuren aus der Kopfverletzung und zahllose Abschürfungen, die vom Fall in den Brunnen verursacht wurden. Weitere interessante Details habe ich auch gefunden. So wies der Rücken der Leiche Kratzspuren auf, wie sie von Fingernägeln herrühren, einen blutunterlaufenen Zahnabdruck am Hals, und über den ganzen Körper eine Menge kurze Haare, die aber nicht von ihm stammen. Außerdem hatte das Opfer vor seiner Ermordung Geschlechtsverkehr, und das ziemlich heftig, denn sein „bestes Stück“ sah ziemlich mitgenommen aus. Diese Spuren sind alle als DNA gesichert und stammen von ein und der gleichen weiblichen Person. Wenn Sie mir mögliche Vergleichswerte schicken, können wir diese Frau eindeutig identifizieren.“
„Ist nicht nötig“, meinte Kommissar von Stein, „ich glaube zu wissen, mit wem der Tote vor seiner Ermordung intim war.“
„Außerdem haben wir keine Spuren von Drogen gefunden, Alkohol spielte auch keine Rolle, die der Leiche entnommene Blutprobe wies nur einen geringen Restwert von 0,2 Promille auf“, ergänzte der Pathologe.
Der Plastiksack mit den Kleidungstücken sollte bei der Leiche bleiben und den Angehörigen übergeben werden. Die persönlichen Wertgegenstände des Ermordeten schüttete der Pathologe auf einen Seziertisch: Schlüssel für einen Pkw, zwei für Haus und Wohnung, und einen Generalschlüssel für alle Schlösser im Gutshof, wie später festgestellt wurde. Dazu eine wertvolle Rolex-Armbanduhr, einen Siegelring mit den Initialen „IB“, einen vergoldeten Füllfederhalter und ein ebenfalls vergoldetes Feuerzeug, auch mit den Buchstaben „IB“ verziert.
„Und kein Handy“, fragte der Kommissar.
„Nein, bei der Kleidung und Tascheninhalten befand sich keines“, antwortete der Pathologe.
„Seltsam“, meinte von Stein, „meine Mitarbeiterin hatte beim Fund des Toten nur dessen Brieftasche mit Ausweisen, Kreditkarten und Bargeld mitgenommen. Von einem Handy habe ich in den Berichten nichts gelesen. Es ist aber doch kaum möglich, dass in der heutigen Zeit ein Geschäftsführer und Gutsverwalter kein Handy mit sich trägt und ohne

eines auskommt! Auch dieser Frage, hatte er ein Handy, wenn ja, wo ist es geblieben, müssen wir dringend nachgehen.“

Die vereinbarte Uhrzeit für ein Gespräch bei der Staatssekretärin war verstrichen, Kommissar von Stein saß schon fast eine halbe Stunde im Vorzimmer und wartete und wartete; er zeigte sich ziemlich ungehalten und ließ es die Assistentin auch wissen.
Dann endlich über einen Lautsprecher: „Der Polizist kann reinkommen!“ In diesem Fall war die Bezeichnung „Polizist“ schon fast eine Beleidigung, eine Anrede „der Bulle“ wäre kaum schlimmer gewesen. Von Stein war normal nicht nachtragend, nahm sich aber jetzt vor, ihr den Polizisten und die lange Wartezeit heimzuzahlen.
Als er in das „Allerheiligste“ trat, zeigte er sich überrascht oder besser, enttäuscht. Kannte er bisher nur das vorteilhafte Foto der Staatssekretärin, saß jetzt hinter einem überfüllten Schreibtisch eine äußerlich durchschnittliche Frau, kaum geschminkt, dicke Brille und unordentlicher Haarschopf. „Nicht nur Personen können lügen, nein, auch Fotos! Und dieses Foto in meiner Brusttasche lügt maßlos, mindestens übertreibt es“, meinte der Kommissar für sich, „man sieht, eine gute Maskenbildnerin kann auch viel wert sein!“

Unaufgefordert setzte er sich auf einen Besucherstuhl und schlug bequem die Beine übereinander. „Ich hab’ überhaupt keine Zeit“, tönte sein Gegenüber, „sagen Sie, was sie wollen, aber fassen Sie sich kurz, hab’ nicht so viel Zeit, wie Sie als Beamter!“ Auch diese abfällige Bemerkung über einen Staatsbeamten setzte von Stein auf ihre „Rechnung“.
Aber wenn sie schon keine Zeit hat, die Frau Staatssekretärin, kann ich mir ja eine längere Vorrede sparen’, dachte er. „Woher kennen Sie eigentlich Herrn Berger, Herrn Ingo Berger, den Gutsverwalter aus Neuwiesenfels?“
Obwohl sie ja auf diese Frage vorbereitet sein musste, lief sie rot an, stotterte: „Ingo kenne ich nicht, wie bitte, Ingo Berger, noch nie gehört, oder doch ... ist der nicht vor einigen Wochen ermordet worden?“
„Richtig, wie gut kannten Sie ihn eigentlich?“
„Ich hab’ ihn, glaube ich, einmal persönlich getroffen, bei einer Veranstaltung des Ministeriums wurde er mir vorgestellt, hab’ auch mehrere Presseartikel gelesen, auch die von seiner Ermordung, schrecklich für seine Familie und das Gut!“

„Wann haben Sie ihn das letzte Mal gesehen, mit ihm zuletzt telefoniert?"
Ihre nächste Ausrede: „Ich hatte es Ihnen schon gesagt, ich habe ihn nur einmal gesehen, das muss aber schon einige Monate her sein. Telefoniert habe ich nie mit ihm, vielleicht meine Assistentin, die ihn an einen Termin einer Fachtagung im Ministerium erinnern wollte."
„Mir reichen jetzt Ihre Ausflüchte, ihr Herumeiern." Der Kommissar holte ihr Porträt aus seiner Brusttasche, das seine Kollegin Suchel in der Wohnung des Ermordeten sicher gestellt hatte, „dieses Foto haben wir in den persönlichen Unterlagen von Herrn Berger gefunden, wann und zu welchem Anlass haben Sie es ihm geschenkt?"
„Sind Sie eigentlich schwerhörig? Ich hab' schon mehrmals betont, dass ich Ingo, ich meine Herrn Berger, nicht persönlich gekannt habe, das Foto ist möglicherweise eine Autogrammkarte, die Jedermann in meinem Büro anfordern kann."
„Signieren Sie eigentlich alle ihre so begehrten Autogrammkarten mit *meinem Schatz, von deiner dich liebenden Martha,* lassen Sie doch endlich diese Lügengeschichten, geben es einfach zu, Frau Maler, Sie hatten ein Verhältnis mit Herrn Berger!"

Jetzt hatte der Kommissar offensichtlich seinen Finger in die offene Wunde der Staatssekretärin gelegt. Wütend sprang sie auf, ihr Gesicht, das auf der „beliebten Autogrammkarte" so lieblich und sanftmütig aussah, zu einer Fratze verzerrt, „eine Unverschämtheit, was Sie mir unterstellen, ich kenne Herrn Berger nicht, mein Mann und ich führen eine harmonische und gute Ehe, und wenn Sie mir weiter Unwahrheiten nachsagen, werde ich Sie verklagen! Verlassen Sie augenblicklich mein Büro, bevor ich den Innenminister, bekanntlich Ihr oberster Dienstherr, anrufe und mich über Sie beschwere, Sie finden sich dann vielleicht als Streifenpolizist wieder!" Martha Maler zeigte sich als hervorragende Schauspielerin. Sie spielte nach außen dem Kommissar eine schwer beleidigte, gekränkte und wütende Frau vor und war doch innerlich total verängstigt, was möglicherweise der Kripomensch noch alles über sie und Ingo wusste.
Beim Hinausgehen drehte sich von Stein noch einmal kurz um und knurrte, „Sie hören sicherlich noch von mir."
Vor dem Ministerium blieb er nochmals kurz stehen und dachte nach. Nein, als Täterin war die Staatssekretärin eindeutig auszuschließen,

obwohl sie möglicherweise ein Motiv haben könnte. Auch ein Auftragsmord kam seiner Meinung nach nicht in Frage, der Täter verfügte über Ortskenntnisse, die ein Außenstehender nicht haben konnte. Die Spur „MM“ konnte er zu den Akten legen, er musste nur noch dafür sorgen, dass sie ihre, von ihm erstellte „Rechnung“, bezahlen werde.

Vor seiner Rückkehr ins Präsidium der Kreisstadt stattete er noch der Redaktion der angesehenen Tageszeitung *Kurier* einen Besuch ab. Das überregional und regional erscheinende Blatt, mit einem Lokalteil, je nach Erscheinungsort, hatte ausführlich über den Mord in Neuwiesenfels berichtet; anfangs auf den Titelseiten im Regionalteil, später nur noch in den Lokalnachrichten und schließlich nach einigen Tagen verschwanden die Berichte zugunsten aktuellerer Ereignisse.

Polizisten und Journalisten sind selten Freunde, begründet alleine schon durch ihre unterschiedlichen Aufgaben und Zielsetzungen.
Trotzdem brauchen sie sich gegenseitig und ergänzen sich oft in ihren Ermittlungen. Während die Polizei meistens sehr vorsichtig vorgehen muss, um den oft ungerechten Vorwurf *Eingriff in die Bürgerrechte* zu vermeiden, können Journalisten häufig offensiv, rücksichtslos, an der Grenze des Legalen, manches Mal auch darüber hinaus, ihren Recherchen nachgehen, immer unter dem Deckmantel der *Pressefreiheit.* Diese Fähigkeiten wollte der Kommissar für sich nutzen und informierte einen entfernt bekannten Redakteur des Kuriers über die mögliche Verbindung der Staatssekretärin Maler zu dem ermordeten Gutsverwalter Berger. Er berichtete dem Journalisten von seinem Gespräch, vor allem vom Verhalten der Staatssekretärin. Das Foto mit ihrer Widmung überließ von Stein „zu treuen Händen“ dem Redakteur, erteilte ihm die Freigabe, über alles schonungslos berichten zu können, was das Verhältnis der Beiden betraf, nur ihn selbst sollte er dabei in seinen Berichten nicht erwähnen. Natürlich war der Reporter über diese Informationen hocherfreut, konnte er doch wieder mal bei einer prominenten Persönlichkeit, noch dazu einer im Rampenlicht stehenden Politikerin, in deren Privatleben herumschnüffeln und möglicherweise im Schlamm wühlen. Dass die zu erwartenden Zeitungsberichte und Schlagzeilen ihm nicht nur ein fettes Honorar versprachen, sondern auch ein Extralob seines Chefredakteurs, motivierte ihn zusätzlich.

Die ersten Ergebnisse der Spurensicherung lagen auf seinem Schreibtisch. Die am Tatort und in der Nähe gefundenen Gegenstände und Spuren waren untersucht worden. Kommissar von Stein blätterte in den Unterlagen und versuchte Brauchbares zu finden. Die sichergestellten Zigarettenkippen stammten von ein und derselben Person. Nun, das war nichts Neues, wer die Kippen weggeworfen hatte, war auch bekannt. Der faustgroße Stein mit den vermeintlichen Blutspuren kam laut Bericht des Pathologen von der Form her als Tatwerkzeug nicht in Betracht; außerdem waren die darauf gesichteten Spuren Reste einer Farbmarkierung und keine Blutspuren. Auch der Spazierstock, aus einem Weinstock geschnitzt, wies keine Spuren auf und war als Tatwerkzeug auszuschließen. Die Form der Waffe war in etwa bekannt, sie selbst konnte bis jetzt nicht gefunden werden. Die Suche danach musste fortgesetzt werden! Auf der verschmutzten Kappe konnten Haare gesichert und für eine DNA genutzt werden. Zudem wies das Schweißband eine handschriftliche Markierung mit den verwaschenen Buchstaben „LM“ auf. Auch die Kappe war eine brauchbare Spur, der vorrangig nachgegangen werden sollte. Spermareste in den beiden gefundenen Kondomen wurden im Polizeilabor für eine DNA festgestellt. Der abgebrochene rote Stöckel eines Damenschuhs zeigte verwischte Fingerabdrücke einer weiblichen Person und deren DNA, die eine 99%ige Übereinstimmung mit den Genitalspuren aufwiesen, die auf der Außenseite der Kondome festgestellt wurden. Die Verursacher dieser Spuren waren für den Kommissar zwar interessant, aber für die Aufklärung des Mordfalls bedeutungslos. Das Ergebnis der Laboruntersuchung der am Tatort sichergestellten Spuren war mehr als bescheiden. Das Tatwerkzeug war nach wie vor unbekannt und verschwunden. Lediglich der Besitzer der Kappe sollte ermittelt werden können. Von der Beantwortung der Frage, hatte der Ermordete ein Handy und wenn ja, wo war es geblieben, versprach sich von Stein mehr und beabsichtigte, diese mit Nachdruck zu verfolgen.

Auf dem Schreibtisch der Oberkommissarin Suchel herrschte scheinbares Chaos. Zahllose ältere Zeitungsausschnitte, Polizeiberichte, Gutachten und Fotos, Prospekte von Landmaschinen, Angebote und Rechnungen, Briefe von Versicherungen und Berufsgenossenschaften, Bankbelege, Traueranzeigen und Kondolenzbriefe bedeckten die Schreibtischplatte. Die Kommissarin stand davor und versuchte, Ordnung in den Wirrwarr zu bringen, während ihr Chef ihr amüsiert über die Schulter sah. Nach einer Weile setzte er sich auf eine Kante ihres Tisches und hörte sich das Ergebnis ihrer Untersuchungen an.

Drei Jahre zuvor: Der Gutsbesitzer Alexander von Zeilmann befolgte den Rat seines Steuerberaters und Wirtschaftsprüfers, der ihn sowohl bei den unternehmerischen Belangen des Gutes beriet, als auch sein persönliches Vermögen und das seiner Ehefrau, betreute. Sein namhaftes Büro war Garant, dass alle steuerlichen Belange, Vorauszahlungen, Steuertermine, Steuererklärungen und alle Meldungen und Abgaben für die Mitarbeiter des Gutshofes, zur Zufriedenheit des Finanzamtes und anderer Behörden korrekt und pünktlich abgegeben wurden. Bei der letzten größeren Besprechung im Büro des Steuerberaters war dem Gutsbesitzer dringend zu Investitionen geraten worden, um Steuern zu sparen, die aufgrund der hervorragenden wirtschaftlichen Ergebnisse fällig werden.

Mit mehreren Hunderttausend Euro beteiligte er sich an einer Konservenfabrik in der Kreisstadt, die hauptsächlich Gemüse und Obst verarbeitete. Diese Fabrik suchte dringend einen Investor, um die notwendigen Erweiterungen der Anlagen und die Modernisierung der technischen Einrichtungen finanzieren zu können. Mit dieser weitsichtigen Unternehmensstrategie schaffte sich von Zeilmann ein zweites Standbein, erwarb auch mit der in Wirtschaftskreisen hoch beachteten Position des stellvertretenden Aufsichtsratsvorsitzenden maßgebenden Einfluss auf die Geschäfte der Fabrik, und andererseits einen sicheren Abnehmer für die landwirtschaftlichen Erzeugnisse des Gutes.

Es stand aber noch eine weitere Investition an. Der Fuhr- und Maschinenpark des Gutes musste dringend erneuert und erweitert werden, um die durch Zukauf vergrößerte Anbaufläche nach modernsten Gesichtspunkten bewirtschaften zu können. Landwirtschaftliche Maschinen, Traktoren, Schaufellader und andere Geräte im Werte von rund einer Million Euro sollten angeschafft werden. Der Gutsbesitzer von Zeilmann, seine nächsten Vertrauten, der Verwalter Berger, der Chef des Maschinenparks Manhold und der Steuerberater des Wirtschaftsunternehmens des Gutes legten in gemeinsamer Sitzung fest, welche Geräte angeschafft werden sollten. Sobald die Investitionsvorhaben des Guts bekannt wurden, gaben sich natürlich die Vertreter aller namhaften Hersteller im Gut die Klinke in die Hand. Selbst die ausländischen Hersteller schickten ihre Repräsentanten nach Neuwiesenfels und unterbreiteten dem Gutsherrn und seinem Verwalter äußerst attraktive Angebote. Sie überboten sich gegenseitig mit hohen Nachlässen, zinsloser Finanzierung, Zugaben, Geschenken und Einladungen zu Werksbesichtigungen mit anschließendem Urlaub.

Zur großen Enttäuschung aller anderen Anbieter setzte sich der Gutsherr mit seiner Meinung durch, den Auftrag einem ortsansässigen Händler zu erteilen, der auch Generalvertreter der Geräte und Maschinen des favorisierten amerikanischen Landmaschinenkonzerns war. Es war kein Zufall, dass den Zuschlag das Unternehmen „BaLa, Bau- und Landmaschinen Vertriebs- und Service GmbH Neuwiesenfels" erhielt. Als alleiniger Inhaber und Geschäftsführer dieses Unternehmens firmierte Stefan Haberkorn, der nebenbei auch als Bürgermeister die Geschicke der Gemeinde leitete und durch seine Doppelfunktion wiederholt in Interessenkonflikte gekommen war. Ausschlaggebend für die Auftragsvergabe an die „BaLa" war aber letzten Endes das Preisangebot. Diesem Angebot vermochte kein anderer Hersteller und Händler zu folgen. Lag es doch nur wenige Prozentpunkte über den Einkaufspreisen der „BaLa", und deckte gerade noch die Kosten des Händlers, ohne jeglichen Gewinnaufschlag. Wiederholt, auch von Wettbewerbern, darauf angesprochen, meinte Haberkorn generös, „an Freunden solle man nicht verdienen, außerdem profitiere er von der Werbewirkung, dass sein Unternehmen Hauptlieferant an den Gutshof ist."

Die Lieferung der einzelnen Maschinen und Geräte erfolgte Schritt für Schritt in den nächsten Monaten. Zur Übergabe des größten Traktors, einem Ungetüm mit einem nahezu 500 PS starken Motor und einem Getriebe mit 24 Gängen, sollte eigens aus Übersee ein Ingenieur eingeflogen werden, der eine Woche lang Mitarbeiter des Gutes mit diesem Traktor vertraut machen und bei praktischen Vorführungen auf Feldern die Einsatzmöglichkeiten vorführen sollte. Circa vierzehn Tage vor Beginn der Spargelsaison war das Geschäft abgeschlossen, Geräte und Maschinen geliefert, alle für deren Bedienung in Frage kommenden Mitarbeiter des Guts eingeführt. Die gebrauchten, nicht mehr benötigten, Maschinen waren verkauft oder der „BaLa“ in Zahlung gegeben. Die Rechnung für das Gesamtpaket wurde vom Gut nach positiv verlaufener Prüfung durch den Wirtschaftsprüfer, ohne Inanspruchnahme günstiger Finanzierungsangebote, anstandslos bezahlt.

Am Samstag, bevor die polnischen Erntehelfer anreisten, waren alle Vorbereitungen abgeschlossen, die Mitarbeiter des Guts am Nachmittag in das wohlverdiente und für die nächsten Wochen letzte freie Wochenende gegangen. Der Maschinenmeister Per Manhold besichtigte nochmals alle Geräte, die für die nächste Zeit zum Ernteeinsatz gebraucht wurden. Sie standen gereinigt, mit einem letzten Check geprüft und voll getankt in einer der beiden im letzten Jahr neu gebauten Halle. Einer der neuen Schaufellader fehlte allerdings in der Reihe. Bevor Manhold sich auch ein erholsames Wochenende gönnen wollte, unternahm er noch einen kleinen Rundgang um die Gebäude des Gutshofes um nachzusehen, wo das neue Gerät vergessen worden war. Ansonsten zufrieden mit seiner Inspektion, verschloss er Türen und Tore und machte sich auf den Weg.

Zwischen beiden neuen Hallen sah Manhold den vermissten Schaufellader. Er nahm sich vor, den, der für das unvorschriftsmäßige Abstellen der Maschine verantwortlich war, richtig heftig anzusch... Zuerst sah er gegen die schrägstehende Sonne und war etwas geblendet. Dann beim Näherkommen bemerkte er, dass die Schaufel des Laders abgesenkt am Boden lag. Dann fuhr ihm ein Schreck durch seine Glieder: Unter der Schaufel lag ein Mensch! Er glaubte, an den Stiefeln seinen Chef, den Gutsbesitzer, erkannt zu haben. Ohne nachzudenken liefen die nächsten Schritte ab. Mit einigen Sätzen stürzte er zu dem Schaufellader, kletterte mit Schwung ins Führerhaus, zum Glück steckte der Zündschlüssel, startete den Motor, hob mit zwei Hebeln die tonnenschwere Schaufel an und setzte den Lader einige Meter zurück. Mit Entsetzen stellte er fest, er hatte sich nicht getäuscht, am Boden lag von Zeilmann. Mit seinem Handy rief er über den Notruf 112 den Rettungsdienst und mit 110 die Polizei an. Manhold zog seine Lederjacke aus, knüllte sie zusammen und schob sie unter den Kopf seines Chefs, dass sie dabei mit Blut verschmiert wurde, spielte keine Rolle. Der Technikchef des Gutshofs war leichenblass geworden, Tränen stürzten aus seinen Augen. Nein, ein Notarzt konnte hier nicht mehr helfen, der

Gutsherr war tot, das sah auch er als Nichtmediziner, von der Schaufel des Laders erschlagen.

Es dauerte nur einige Minuten bis Polizei, Notarzt und Feuerwehr mit Blaulicht und Martinshorn angerast kamen. Angezogen vom Sirenengeheul stürzten zahlreiche Neugierige zur Unglücksstelle. Peter Meinke, Leiter des Ordnungsamtes und erster Polizist der Gemeinde, hatte alle Hände voll zu tun, die Gaffer zurückzudrängen und die Unfallstelle abzusichern. Dem Notarzt reichte eine erste oberflächliche Untersuchung. Dem Verunglückten war tatsächlich nicht mehr zu helfen, er war tot, von der Schaufel erschlagen und erdrückt. Der Arzt forderte einen Leichenwagen an und ließ den Toten zur Gerichtsmedizin bringen. Dann bekam er doch noch etwas zu tun. Die Gutsherrin, vom Lärm aufmerksam geworden, stürzte zur Unfallstelle. Als sie sah, wer auf dem Boden lag, schrie sie laut auf und fiel in Ohnmacht. Der Notarzt injizierte ihr ein Kreislauf stärkendes Mittel und der Rettungsdienst fuhr sie mit Höchstgeschwindigkeit und Sirenengeheul ins Kreiskrankenhaus. Amtsleiter Meinke hatte die Situation einigermaßen erfasst und mit seiner Leica eine Menge Fotos vom Verunglückten und der Unfallstelle geschossen. Ein Tieflader brachte den Schaufellader zur KTU, der kriminaltechnischen Untersuchung. Die Presse berichtete groß aufgemacht über den Unfall und zeigte der Öffentlichkeit schockierende Bilder von dem Unfalltoten und dem Unglücksgerät.

In der Gerichtsmedizin hatte der Pathologe die Leiche obduziert und sehr schnell seinen Bericht verfasst. Danach wies der Verunglückte am ganzen Körper schwere und schwerste Verletzungen auf. So hatte schon alleine die Zertrümmerung des Hinterkopfes zum Tode geführt, ebenso wie die Quetschungen des Brustkorbes mit zahlreichen Rippenbrüchen, die Lunge und das Herz durchbohrten. Weiter wurden Brüche des Kiefers, der Schulter, Beckenknochen und Oberschenkel sowie Hämatome über den ganzen Körper verteilt, festgestellt. Laut Befund war der Tod unmittelbar eingetreten, verursacht durch die herabfallende tonnenschwere Schaufel des Schaufelladers. Wichtig für die folgende Untersuchung des Unfalls war die Feststellung, dass sich keine Spuren von Alkohol, Drogen oder Medikamenten im Blut fanden. Die Leiche wurde von der Gerichtsmedizin und Staatsanwaltschaft zur Beisetzung freigegeben.

Die Trauerfeier und Bestattung der sterblichen Überreste des Gutsherrn Alexander von Zeilmann zeigte seine Beliebtheit bei Mitarbeitern des Guts, bei zahllosen Einwohnern von Neuwiesenfels, bei Politik und Wirtschaft. Die Kirche Sankt Emeran war von Trauernden überfüllt, wie es nur an wenigen hohen, kirchlichen Feiertagen vorkam. Auch im Friedhof, bei der Beisetzung des Gutsherrn im Familiengrab, fand sich kein freier Platz mehr. Die Presse berichtete nochmals ausführlich über den tragischen Unfall und die trauernde Bevölkerung. Die junge Witwe Barbara von Zeilmann konnte schon nach wenigen Tagen das Krankenhaus wieder verlassen, zeigte keinerlei organische Erkrankungen, war aber schwer depressiv. Sie erwartete ein Kind, hatte aber durch die Aufregung um den Unfalltod ihres Mannes den Fötus im vierten Monat der Schwangerschaft verloren. Auf Anraten ihres Hausarztes trat sie im Schwarzwald in einer Spezialklinik eine sechswöchige Kur an, kam danach völlig wieder hergestellt zurück und übernahm mit harter und starker Hand die Leitung des Guts und seiner Wirtschaftsbetriebe, ganz im Sinne ihres verstorbenen Mannes. In der Zwischenzeit leitete Ingo Berger als Gutsverwalter mit großem Sachverstand die Geschicke des Guts und hatte gerade in der beginnenden Erntezeit maßgebenden Anteil, dass der Betrieb und seine minutiös geplanten Abläufe reibungslos funktionierten. Trotzdem vermissten alle den verstorbenen Gutsbesitzer.

Unbeachtet von der Öffentlichkeit entbrannte ein heftiger Streit, wer den Unfall verursacht hatte. Die Techniker der KTU sahen sich überfordert und forderten die Unterstützung durch den Werkstattleiter des Lieferanten „BaLa“ und den erfahrenen Kundendienstingenieur des Herstellers des Schaufelladers an. Beide kamen übereinstimmend zu dem Ergebnis, das Gerät zeigte einwandfreie Funktionen, ein technischer Mangel konnte nicht festgestellt werden und scheidet als Unfallverursacher aus. Gegen diesen Bericht legten die Lebensversicherung und die Berufsgenossenschaft Einspruch ein und warfen dem Hersteller technische Mängel, Materialschäden und Sicherheitsmängel vor. Die Berufsgenossenschaft beschuldigte zusätzlich den Gutsherrn von Zeilmann der Fahrlässigkeit, falscher Bedienung und der Missachtung von Sicherheitsvorschriften. Alle vier Parteien, auch die Witwe Barbara von Zeilmann, beauftragten namhafte Anwaltskanzleien, die angeblich berechtigten Interessen ihrer Mandanten zu vertreten und durchzusetzen.

Schließlich ging es um Millionen, die von der Lebensversicherung und der Berufsgenossenschaft gefordert wurden. Daraufhin berief das Gericht mehrere Sachverständige des TÜVs, den Unfall näher zu untersuchen und die Unfallursache festzustellen. Auch diese vereidigten Fachleute bestätigten das Ergebnis der ersten Untersuchung: Kein technischer Mangel. Auch damit gaben sich die Lebensversicherung und Berufsgenossenschaft nicht zufrieden und gingen in die Berufung. Die nächste Instanz holte sich die besten Experten der Technischen Universitäten Aachen und München als Sachverständige. Nach aufwendigen Berechnungen, Untersuchungen und Versuchen kam das umfangreiche Gutachten zu dem Urteil: Kein technischer Mangel, kein Materialfehler, keine Sicherheitsmängel, weder Bedienungsfehler noch Missachtung der Sicherheitsvorschriften. Die Instanz lehnte ab, die zweite Revision wies die Berufung zurück, verurteilte die Lebensversicherung an die Witwe 1,5 Millionen Euro und die Berufsgenossenschaft eine lebenslange Rente zu zahlen. Weiter hatten die beiden Berufungsführer die Verfahrenskosten einschließlich der Gutachterkosten im sechsstelligen Bereich zu tragen und in einer weiteren Verhandlung mussten sie ein „Schmerzensgeld" im mittleren fünfstelligen Eurobetrag wegen übler Nachrede und Geschäftsschädigung an die „BaLa" und den Landmaschinenkonzern zahlen.

Eine längere Pause trat ein. Der Hauptkommissar Moritz von Stein legte ein Foto, das er aufmerksam betrachtet hatte, zurück. Er rutschte von der Schreibtischkante, auf der er interessiert dem Bericht seiner Kollegin zugehört hatte. Die beobachtete ihren Chef gespannt und meinte nach einer Weile: „Und?"

Der so angesprochene Kommissar flegelte sich in ihren Bürostuhl und legte scheinbar gelangweilt seine Beine auf den Schreibtisch, wobei die dort ausgebreiteten Schriftstücke und Fotos durcheinandergerieten.

„Was heißt hier ‚und'? Ausnahmsweise muss ich dich mal loben, meine liebe Erika. Du hast hervorragende Arbeit geliefert, natürlich nicht alleine. Bei den zahllosen Details deines Berichtes hast du sicher unsere halbe Abteilung vor deinen Karren gespannt und bestimmt hat auch die Pressestelle einen Anteil daran. Ihr habt zwei Tage und wahrscheinlich auch noch eine halbe Nacht lang recherchiert und du, als erfahrene Kriminalistin, bist bestimmt zu einem Ergebnis gekommen. Und dann fragst du mich jetzt ‚Und'? Nein, meine Liebe, ein verdientes Lob hast du bereits bekommen, jetzt schone meine Gehirnwindungen, verlange keinen Kommentar von mir und lass' mich endlich auch an deinen Schlüssen teilhaben, die du ja sicher aus diesem Fall, oder soll ich sagen „Mordfall", gezogen hast!"

Oberkommissarin Suchel zog einen Schmollmund wie ein beleidigtes Kind. „Konnte ich mir doch denken, du bist selbst zu einem Ergebnis gekommen, während du mir scheinbar gelangweilt zugehört und Fotos angesehen hast. Ja, ich bin überzeugt, dass es Mord war und als Unfall getarnt wurde. Die damaligen Ermittler haben den Vorfall äußerst schlampig und oberflächlich untersucht und nur zwei Möglichkeiten in Betracht gezogen, nämlich Unfall durch technischen Defekt oder menschliches Versagen. Nach einer dritten Möglichkeit, Fremdeinwirkung, wurde nicht einmal gefragt, noch viel weniger in diese Richtung ermittelt. Heute, nach über drei Jahren, als neutrale, damals unbeteiligte Person und in Kenntnis aller bekannten Details, komme ich zu dem Ergebnis, es war kein Unfall – es war Mord!
Technisches Versagen haben schon damals die Sachverständigen eindeutig ausgeschlossen, aber auch gegen einen Unfall sprechen die Fakten. Wie mir der Kundendienstleiter des Herstellers glaubhaft versicherte, hatte die Schaufel des Schaufelladers zwar eine Funktion, sie aus maximaler Höhe, die das Gerät erlaubt, herabfallen zu lassen, um Erdreich, Asphalt, Beton, wie zum Beispiel beim Straßenbau üblich, aufzubrechen. Um diese Funktion zu bedienen, müssen allerdings vom Führerhaus aus zwei weit auseinanderliegende Hebel, einer davon mit roter Warnlackierung, mit zwei Händen gleichzeitig bedient und gehalten werden. Zusätzlich ertönt fünf Sekunden lang ein Warnton, bevor die Schaufel fällt. Wie sollte also der Verunglückte die Hebel bedient haben und gleichzeitig unter die Schaufel geraten, also unmöglich! Aber auch die Witwe des Verunglückten von Zeilmann bestätigte mir, dass ihr Mann alle landwirtschaftlichen Geräte hervorragend beherrschte und bedienen konnte, aber auch gleichzeitig sorgfältig damit umging. Sicherheit bei der Arbeit war bei ihm oberstes Gebot, jeder, der leichtsinnig arbeitete und die vorgeschriebenen Unfallverhütungsvorschriften missachtete, musste mit seiner fristlosen Kündigung rechnen. Nebenbei: Alexander von Zeilmann war auch Sicherheitsbeauftragter der Innung und der Handwerkskammer.

Und schließlich wiesen die Verletzungen des Toten und seine Lage unter der Schaufel auf einen Mord hin. Die schwere und stark blutende Verletzung am Hinterkopf soll von der herabfallenden Schaufel verursacht worden sein. Wie konnte dann gleichzeitig der Tote mit dem Rücken auf dem Asphaltboden des Hofes liegen und die Schaufel auf der Vorderseite des Körpers? Warum lag der Tote exakt gerade ausgerichtet mit seinem ganzen Körper unter der Schaufel, nur die Füße ragten noch hervor? Das war nicht die „natürliche" Lage eines Menschen, der von einer tonnenschweren Metallschaufel zufällig erschlagen wurde. Versuche mit einem Dummy waren natürlich auch nicht angestellt worden. Fotos der Unfallstelle zeigten Blutspuren am Boden, herrührend von der Verletzung am Hinterkopf. Auf der Schaufel des Laders befanden sich keine Blutflecke, zumindest habe ich keinen Hinweis in den Berichten und Fotos gefunden.
Daraus rekonstruiere ich gedanklich den Tathergang: Der Täter überraschte und erschlug sein Opfer von hinten mit einem noch unbekannten, schweren Gegenstand. Den tödlich Verletzten legte er mit der Vorderseite des Körpers exakt unter die Schaufel des zufällig in der Nähe abgestellten Schaufelladers. Dann ließ er die Schaufel auf den schwer verletzten oder schon toten Gutsherrn fallen, um dem Körper weitere Verletzungen zuzufügen und dadurch den Mord zu vertuschen und als Unfall zu tarnen.
Aber meine Überlegungen gehen noch weiter. Wenn dieser vorgetäuschte Unfall keiner war, sondern Mord, wovon ich zu 100% überzeugt bin, ergeben sich weitere Fragen: Stehen möglicherweise der Mord an dem Gutsherrn Alexander von Zeilmann vor drei Jahren mit dem erwiesenen Mord an seinem Gutsverwalter Ingo Berger im Zusammenhang? Handelt es sich um ein und denselben Täter? Innerhalb von drei Jahren werden der Gutsbesitzer und sein Verwalter ermordet. Das kann kein Zufall sein. Wir haben es hier mit einem Mörder, besser gesagt, mit einem Doppelmörder zu tun! So schockierend es sein mag, dass der Gutsbesitzer ermordet worden war, bringt uns dieser Fall aber doch möglicherweise der Lösung und dem Täter näher!
Wie wir bereits bei der Ermordung des Gutsverwalters festgestellt hatten, müssen wir den Täter unter der einheimischen Bevölkerung und im weiteren Umfeld des Gutshofes suchen. Der Mörder hatte Ortskenntnisse, kannte den versteckt liegenden Klostergarten und den stillgelegten Brunnen und fand sich auch im Innenhof des Guts zurecht. Auch

muss er in einem besonderen, uns noch unbekannten, Verhältnis zu beiden Opfern gestanden haben. Ferner wurden beide mit einem brutalen Schlag auf den Hinterkopf erschlagen. Tatwerkzeug war in beiden Fällen ein noch nicht gefundener schwerer Gegenstand. Und schließlich ein völlig neuer Hinweis, der den Kreis der Verdächtigen stark einschränkt, der mutmaßliche Täter muss über technisches Verständnis verfügen, mit einem Schaufellader vertraut sein und ihn bedienen können. Wir sollten also auch die Ermordung des Gutsherrn in unsere Nachforschungen einbeziehen."

Der Hauptkommissar zeigte sich zum ersten Mal wirklich sprachlos, was ja wirklich selten vorkam. Die umfassenden Recherchen seiner Kollegin im Fall des Unfalls des Gutsbesitzers hatten ihn nicht nur beeindruckt, sondern vor allem auch ihr kriminalistischer Spürsinn und ihr logisches Denken. „Gelobt hatte ich dich ja schon", waren seine ersten Worte, nachdem er seine Sprache nach einer längeren Pause wiederfand. „Ich wusste ja schon immer, was ich an dir habe. Nicht ohne Grund habe ich dich in unsere Abteilung geholt und zu meiner Stellvertreterin vorgeschlagen. Aber richtig! Du hast mich überzeugt! Wir müssen von ein und demselben Täter ausgehen und auch die Ermordung des Gutsbesitzers näher untersuchen. Wir sollten jedoch unseren Verdacht für uns behalten und keine Vermutungen nach Außen verlauten lassen, der Täter soll sich weiterhin in Sicherheit wähnen." Auf seiner Pinnwand richtete von Stein eine neue Spalte unter der Überschrift „Gutsherr" ein, und beschrieb eine Karte mit dem Namen Per Manhold, dem technischen Leiter des Guts, der den ermordeten Alexander von Zeilmann als erster gefunden hatte und sowohl als Zeuge und auch als Verdächtigter in Frage kam.

Die seltenen Tage ohne Termine, ohne Pressekonferenzen, Sitzungen, Gespräche bei seinem Chef, dem Polizeirat, und dem Staatsanwalt, begann Hauptkommissar von Stein in aller Ruhe. Er gönnte sich eine große Tasse Kaffee, „dem *Guten* fürs Personal", wie er zu sagen pflegte und las ausführlich den Kurier. Zuerst überflog er die Schlagzeilen: Zum wiederholten Mal wurde der illegale Ankauf von Steuer-CDs und das missglückte Steuerabkommen mit der Schweiz erwähnt. Diese und zahlreiche Selbstanzeigen, auch die eines prominenten Managers, brachten angeblich zig Millionen Euros in die Staatskassen. Dann las er regelmäßig zuerst den Sportteil, arbeitete sich später durch den Regionalteil und beendete seine durchschnittlich mindestens eine Stunde dauernde Lesezeit oder wie er es nannte, „überlebensnotwendige Investition in Bildung und Information“ mit den vorderen Seiten und den überregionalen Berichten. Keiner seiner Mitarbeiter wagte es, ihn in dieser Zeit zu stören, ein gedanklicher Minuspunkt in seiner Personalakte wäre dem Störenfried sicher. Um nicht in „Ungnade“ bei ihrem Chef zu fallen, wurden auch alle Telefongespräche, intern oder extern, von ihm ferngehalten.

Mit einem Mal verbesserte sich die Laune des Kommissars, er strahlte übers ganze Gesicht und unterdrückte auch nicht ein herzhaftes, lautes Lachen. Ein ganzseitiger Bericht auf der ersten Seite des Regionalteils löste seine Heiterkeit aus. Unter der knalligen Überschrift „Führt die Spur ins Ministerium?“ hatte der Kurier die Recherche eines Journalisten veröffentlicht, der nochmals die Ermordung des Gutsverwalters in Neuwiesenfels ausführlich schilderte, so den Fund der Leiche und deren Bergung aus dem Brunnen des Klostergartens. Der Bericht wurde durch einige grausige Fotos, die der Kommissar schon in der Akte gesehen hatte und offensichtlich mit Meinkes Kamera geschossen worden waren, plastisch dargestellt. Gleichzeitig, in ebenso großer Aufmachung wurde eine mögliche Verbindung zur Staatssekretärin Martha Maler im Landwirtschaftsministerium angedeutet. Je ein Porträt der Politikerin und des Gutsverwalters waren geschickt nebeneinander platziert, so dass bei oberflächlicher Betrachtung, ohne den Text zu lesen, der Eindruck entstehen konnte, beide Personen ständen in einem bestimmten Verhältnis zueinander. Am Ende des Artikels wurde eine Erklärung der Pressestelle des Ministeriums abgedruckt. „Das Ministerium bedauert außerordentlich die Ermordung des beliebten Gutsverwalters und das Mitgefühl gehört den Angehörigen und Mitarbeitern des Gutshofes. Frau Staatssekretärin Mahler kenne jedoch den Ermordeten nicht, hätte ihn nur einmal kurz bei einem Empfang kennengelernt. Gleiches sei bereits vor einigen Tagen dem ermittelnden Kriminalbeamten mitgeteilt worden.“ Schlusskommentar, fast eine Drohung, des Kuriers: „Wir werden über den Fall weiter berichten.“

Zufrieden legte der Hauptkommissar die Zeitung beiseite, ohne die überregionalen Berichte gelesen zu haben. Die Sache war am Rollen und er wusste aus Erfahrung, der Journalist und der Kurier hatten „Blut geleckt" und würden nicht locker lassen, bis die Geschichte restlos aufgeklärt ist.

Den Tag nutzte der Kommissar um Routinearbeiten zu erledigen, sein Posteingangskörbchen zu leeren, die Schriftstücke kurz zu überfliegen und die meisten im Papierkorb „abzulegen". Unterbrochen wurde seine langweilige Arbeit durch ein Gespräch mit einem Kollegen aus dem Betrugsdezernat. Anfänglich meinte von Stein, es handele sich um einen Höflichkeitsbesuch und der Kommissar von der anderen „Fakultät" wolle sich nach einem längeren Urlaub zurückmelden. Was er aber zu hören bekam, elektrisierte ihn, brachte den Mordfall Ingo Berger zurück in sein Gedächtnis und möglicherweise einen entscheidenden Hinweis in seine weiteren Ermittlungen.

Der Gutsverwalter hatte in der Woche vor seiner Ermordung im Referat II angerufen und um einen Termin beim zuständigen Kommissar gebeten. Der war jedoch bei einem Gerichtstermin und wegen anderen Verpflichtungen nicht sofort erreichbar. Auf die Frage der Kriminalassistentin, um was es denn ginge und wie eilig die Angelegenheit sei, antwortete der Anrufer, der sich namentlich mit Berger gemeldet hatte, sinngemäß: „Es handelt sich um mehrere Betrugsfälle und um Erpressung. Ganz so eilig sei das Gespräch nicht, der Fall läge ja auch schon einige Jahre zurück."
Gutsverwalter Berger erhielt daraufhin einen Termin für den nächsten Mittwoch um 11:00 Uhr im Kommissariat. Diesen Termin vermerkte die Assistentin im PC ihres Chefs und mit einem handschriftlichen Hinweis im Kalender auf dessen Schreibtisch. Berger konnte diese Verabredung natürlich nicht mehr wahrnehmen, er war ja einige Tage nach seinem Anruf ermordet worden. Von Steins Kollege hatte sich drei Wochen Urlaub genommen und erst nach seiner Rückkehr den schon lange verstrichenen Termin in seinem Kalender gelesen. Von der Ermordung des Gutsverwalters war ihm per Mail an seinem Urlaubssitz berichtet worden. Jetzt sah er einen möglichen Zusammenhang mit dem Termin und den angegebenen Gesprächsgründen. Er war deshalb der Meinung, den Kollegen der Abteilung für Gewaltverbrechen, könnte eventuell dieser Zusammenhang interessieren.

Kommissar von Stein holte tief Luft. Tatsächlich hatte diese Information seines Kollegen ihn weitergebracht. Jetzt war ihm klar, was der Ein-

trag im Kalender des Ermordeten „Kripo“ bedeutete. Er beabsichtigte, einen Betrug und eine Erpressung anzuzeigen. War er selbst das Opfer oder wollte er sich selbst anzeigen, war er möglicherweise selbst der Täter oder war er in einen Betrug und eine Erpressung verwickelt, hatte er Kenntnis von möglichen Verbrechen?
„Vielen Dank, Kollege, du hast mir sehr geholfen, ich bin sicher, deine Hinweise bringen uns bei der Aufklärung des Mordfalls einen entscheidenden Schritt weiter! Aber mir fällt gerade ein, im Terminkalender des Ermordeten war nach dem Termin bei dir um 11:00 Uhr ein zweiter um 14:00 Uhr eingetragen. Ein Name war nicht genannt, nur das Kürzel „BA“. Kennst du eventuell eine Person in unserer Behörde, oder sonst wo mit den Anfangsbuchstaben B und A im Namen?“
Der Kollege überlegte einen Moment, „kann es vielleicht sein, dass diese Buchstaben nicht auf einen Namen hinweisen, sondern wie im Vermerk Kripo auf eine bestimmte Behörde, „BA“ ist üblicherweise die Abkürzung für Bauamt. Wie du weißt, sitzen die Kollegen vom Bauamt nebenan im Landratsamt, dann wäre auch der zeitliche Zusammenhang logisch: Zuerst bei uns bei der Kripo und dann nach der Mittagspause bei den Bauleuten.“
Kommissar von Stein schlug sich mit der flachen Hand an seine Stirn. „Natürlich, das ist die richtige Erklärung, warum bin ich eigentlich nicht selbst darauf gekommen, aber es ist schon viel wert, hilfsbereite und mitdenkende Kollegen zu haben.“
Der so Gelobte fühlte sich geschmeichelt und verließ mit einer kollegialen Umarmung das Büro.

Die jetzt logischen Fragen beschäftigten den Hauptkommissar die nächsten Stunden. Was der Ermordete bei der Kripo wollte, war jetzt klar, es ging um eine Anzeige wegen Betrugs und Erpressung. Noch unbeantwortet blieben, wer hatte betrogen, wer hatte erpresst, warum? Aber was wollte er ausgerechnet im Bauamt? Gab es möglicherweise Zusammenhänge? Die zeitliche Folge der beiden Termine sprachen dafür. Ein Telefonat mit dem Leiter des Bauamtes brachte keine Erklärung. Er konnte sich auch keinen Reim darauf machen, warum der Gutsverwalter einen Termin vereinbart hatte, über Gründe hatte er nicht gesprochen und machte auch keine Andeutungen. Von Steins schon ziemlich bunte Pinnwand erhielt drei weitere Karten aus rotem Karton: „Betrug, Erpressung, Bauamt.“ Er war einen Moment unschlüssig, wohin er sie stecken sollte. Schließlich erhielten sie einen Platz am noch freien Rand der Pinnwand und der Kommissar kreiste sie mit einem Filzstift ein und vermerkte noch drei Ausrufezeichen.

Das Gespräch mit der Gutsherrin stand auch noch an. Also rief er im Gut an und verlangte Frau von Zeilmann zu sprechen. Zuerst meldete sich die Assistentin des Verwalters, Vroni Schedel, die ihn weiter vermittelte. Dann Martina Euler, die Vertraute der Gutsherrin: „Die Chefin ist mit ihrem Jeep auf den Feldern unterwegs, um was geht 's, kann ich ihnen helfen?"
„Nein danke, ich will mit ihr persönlich sprechen und komme morgen vormittag im Gut vorbei."
Eine halbe Stunde später wieder Martina Euler in der Leitung: „Hab' mit Barbara, eh, mit Frau von Zeilmann gesprochen, sie hat jetzt überhaupt keine Zeit, hat bereits alles gesagt, was sie weiß, kann sich auch nicht vorstellen, was sie noch von ihr wollen."
„Auch gut, wenn sie nicht will, muss ich ihr eine offizielle Ladung schicken!" Der Kommissar hatte jetzt allmählich die Faxen dick. Er rief im Rathaus von Neuwiesenfels an und beauftragte den Leiter des Ordnungsamtes, sofort eine Vorladung für Frau von Zeilmann auszustellen mit einem Termin am nächsten Tag im Polizeipräsidium der Kreisstadt und diese umgehend, „noch heute", persönlich gegen eine Quittung zuzustellen. Mit Freude oder sogar mit Schadenfreude erledigte Meinke den Auftrag umgehend. Er konnte sowieso die Gutherrin nicht leiden, was auf Gegenseitigkeit beruhte. Woher die Abneigung kam, wusste er selbst nicht.

Kurz bevor Hauptkommissar von Stein Feierabend machen wollte, rief die Gutsherrin an. Sie war zornig, ihre laute und schrille Stimme überschlug sich, sie schäumte vor Wut: „Meine Assistentin hat Ihnen bereits deutlich gesagt, ich habe jetzt keine Zeit für ein belangloses Gespräch. Wir stecken mitten in der Spargelernte, jede Hand wird dringend gebraucht. Ich habe Ihnen alles gesagt, was ich weiß, mehr kann ich zu Ingos, äh, meines Verwalters, furchtbarer Ermordung nicht sagen. Ich werde natürlich morgen ins Präsidium kommen, aber meinen Anwalt mitbringen und mich beim Polizeipräsidenten und dem mir persönlich bekannten Innenminister, Ihrem obersten Chef, massiv beschweren!"
Diese Drohung hatte von Stein schon vor ein paar Tagen mal gehört,

sie ließ ihn jedoch völlig kalt. Dieser „arroganten Zicke mit 'ner schönen Larve“ wollte er einen Denkzettel verpassen und sie von ihrem „hohen Ross“ runterholen. „Tun Sie sich keinen Zwang an, bringen Sie ruhig Ihren Anwalt mit und beschweren Sie sich meinetwegen auch bei der Kanzlerin!“ Und dann nach einer kurzen Pause mit eisiger Stimme: „Tun Sie es nur, wenn Sie auch wollen, dass die Öffentlichkeit erfährt, dass die Gutsherrin wenige Stunden vor seiner Ermordung mit ihrem Verwalter im Bett gelegen war!“
Pause am anderen Ende der Leitung, er hörte nur ihr aufgeregtes Schnaufen und legte mit einem höhnischen Lächeln auf.
Kurze Zeit danach läutete wieder das Telefon. Jetzt meldete sich der Kommissar nicht mehr, hörte aber den Anrufbeantworter ab: „Lieber Herr von Stein, bitte entschuldigen Sie mein Verhalten von vorhin, ich bin völlig durcheinander und mit meinen Nerven am Ende, zuerst die Ermordung meines Verwalters, und jetzt hängt die ganze Arbeit und Organisation der Spargelernte an mir, bitte haben Sie ein bisschen Verständnis für meine Situation. Selbstverständlich können Sie morgen zu mir ins Gut kommen, ich werde alle Fragen beantworten und Ihnen helfen, so gut ich kann, bin selbst an der Aufklärung des Mordfalls interessiert!“
Kurz und knapp antwortete der Kommissar per Mail: „Danke, bin morgen um 9:00 Uhr im Gutshof.“

Der Besucherparkplatz vor dem Gut war um diese Tageszeit noch kaum belegt. Hauptkommissar von Stein stellte sein mit „Polizei“ beschriftetes Fahrzeug ab. Jedermann sollte sehen, der Gutshof, besser die Gutsherrin, bekommt Besuch von der Polizei. Mit diesem unzählige Male ausgeführten Trick hatte er meistens Erfolg, indem er seine Gesprächspartner unter Druck setzte, er rechnete auch heute mit einer entsprechenden Wirkung bei der Gutsbesitzerin.
Schon vor der Eingangshalle zum Haupthaus, auf der obersten Stufe einer mächtigen Steintreppe, begrüßte ihn überaus freundlich Martina Euler, die „Rechte Hand“ der Gutsbesitzerin und führte ihn in das im ersten Stock des Anwesens im Bürotrakt gelegene Privatbüro. Der repräsentative Raum war großzügig mit stilvollen Möbeln eingerichtet, an den Wänden hingen Zeichnungen, die das Gut in den Anfangszeiten im 18. und 19. Jahrhundert zeigten und hinter dem mächtigen Schreibtisch aus Eiche blickte von der Wand das Porträt eines Mannes mittleren

Alters – offensichtlich der verstorbene Gutsherr Alexander von Zeilmann. Frau Euler bat den Kommissar in einem der vier voluminösen Ledersessel Platz zu nehmen, „Sie trinken doch sicher Kaffee", und goss ihm in eine Tasse ein, ohne seine Antwort abzuwarten.

Schon am Duft des köstlichen, dampfenden Getränks erkannte er, es war „der Gute fürs Personal". Er hatte gerade nach dem ersten Schluck die Tasse aus feinstem Porzellan, war es Meissner oder Höchster, abgesetzt, als die Gutsherrin mit Schwung ihr Büro betrat. Sie war sich schon ihrer Erscheinung bewusst, hatte damit schon manchen Mann mehr als beeindruckt und unterstrich ihr Aussehen mit einem eleganten Outfit im stilvollen Landlook.
Der Hauptkommissar beschäftigte sich noch mit dem Gedanken, „warum ist diese attraktive, junge und wahrscheinlich überaus vermögende Frau noch nicht wieder in festen Händen?", so wie er informiert war, da begrüßte sie ihn überschwänglich und trat mit ausgebreiteten Armen auf ihn zu: „Mein lieber Herr von Stein, bleiben Sie doch bitte sitzen", nachdem er höflich aufgestanden war, „ich bin Ihnen ja so dankbar, dass Sie es möglich gemacht haben, mich heute hier, trotz Ihrer knappen Zeit, zu besuchen."
Der dachte bei sich: „Du scheinheiliges Biest, das klingt ja schon ganz anders als Dein gestriger Anruf!"

Nach einigen nichtssagenden Höflichkeiten kam der Hauptkommissar zur Sache, er wollte die Gutsherrin überrumpeln und ihr gar keine Zeit zum Nachdenken lassen: „Frau von Zeilmann, Ihre und meine Zeit ist viel zu kostbar, als dass wir sie mit Lügen und Ausreden verschwenden sollten. Wir wissen heute, dass Sie gelogen und behauptet hatten, Sie wären nach dem Abend im Weingut Neumann alleine nach Hause gegangen. Tatsächlich gibt es genügend Zeugen, die Sie und Herrn Berger gesehen hatten, wie Sie Arm in Arm Richtung Gut gegangen waren. Auch ist uns bekannt, dass Herr Berger im Gut übernachtet hatte." Mit dieser Formulierung wollte er ihr eine Brücke bauen und wartete gespannt auf ihre Reaktion.
„Ja es tut mit leid, dass ich nicht ganz die Wahrheit gesagt habe, ich wollte nur den guten Ruf von Herrn Berger schützen. Es ist auch richtig, dass Ingo, ah, ich meine mein Verwalter, im Gästezimmer geschlafen hat, er war viel zu betrunken, um noch sicher nach Hause gehen zu können."

Das von Natur aus weiche Gesicht des Kommissars nahm jetzt harte Konturen an, sein freundlicher und verbindlicher Ton klang plötzlich metallisch hart, unverbindlich, unpersönlich: „Frau von Zeilmann", dabei dehnte er den Namen doppelt so lang, wie er eigentlich war, „Sie lügen ja schon wieder, erstens war Herr Berger nicht betrunken, sein Blutwert deutet vielleicht auf drei bis vier Schoppen Wein am Abend hin, auf jeden Fall wäre er in der Lage gewesen, unbeschadet nach Hause gehen zu können, zweitens hat er nicht im Gästezimmer geschlafen, sondern in Ihrem Bett. Drittens wurden auf dem ganzen Körper des Toten Spuren einer Frau gefunden. Auf Bergers Rücken fanden die gründlichen Kollegen von der Gerichtsmedizin Kratzspuren von Fingernägeln, am Hals einen blutunterlaufenen Abdruck mehrerer Zähne, am Körper zahllose feine Körperhaare, und …", nach einer kurzen Pause setzte der Kommissar fort, „… auf seinem Penis zeugten Spuren einer Frau von einem intensiven Geschlechtsverkehr, kurz vor seiner Ermordung! All diese Beweise wurden als DNA gesichert, stammen von ein und derselben Person. Sie können sich aber einen Abgleich Ihrer DNA mit der Sichergestellten ersparen, wenn Sie jetzt endlich alle Karten auf den Tisch legen."
„Ja, es stimmt", war die kleinlaute Antwort, „Ingo hat bei mir übernachtet und wir haben auch miteinander geschlafen."
Interessant bemerkte der Kommissar, dass die Gutsherrin zum ersten Mal den Vornamen Ingo des Ermordeten nutzte, ohne sich gleich wieder zu korrigieren.
Nun war die beschämte von Zeilmann endlich so weit, offen und ehrlich alle Fragen zu beantworten, das Private zwischen ihr und ihrem Verwalter war bekannt, es gab keine Gründe mehr, von der Wahrheit abzuweichen und den Kommissar zu belügen. Ihr Interesse bestand jetzt ausschließlich darin, den Ermittlern zu helfen, so schnell wie möglich das fürchterliche Geschehen aufzuklären.
Sie berichtete, dass der Verwalter sie und das Gut um ziemlich genau 5:00 Uhr verlassen und als Abkürzung den Fußweg, dem Gutshof entlang durch Friedhof und Klostergarten, genommen hatte. Seine Wohnung im Hause der Witwe Steinhäuser hätte er bequem in einer halben Stunde erreichen können, war jedoch dort nie angekommen. Folglich musste die Tat Sonntagmorgen zwischen 5:00 und 5:30 Uhr geschehen sein. Jetzt war endlich die exakte Tatzeit festgestellt.

Wesentlich wichtiger erwies sich die Information der Gutsherrin, dass der Ermordete beim Verlassen des Gutshofs ein Handy dabei hatte. Sie konnte sich genau erinnern, wie Berger, als er die Treppe ins Erdgeschoss nahm, telefonierte. Ob es sein Gespräch war oder er angerufen wurde, konnte sie nicht sagen. Aber auch am Abend davor, im Keller des Weinguts Neumann, hatte er mehrmals telefoniert. Er war also im Besitz eines Handys, das aber nicht gefunden wurde, weder am Tatort, noch in der Gerichtsmedizin bei seinen persönlichen Sachen. Wo war also das Handy, hatte der Verwalter es auf seinem Weg verloren, die Spurensicherung am Tatort übersehen oder der Täter mitgenommen, was die wahrscheinlichste Möglichkeit war. Wollte er damit eine eventuelle Spur, die auf ihn deuten könnte, verwischen? Kommissar von Stein nahm sich vor, das Handy orten zu lassen und die letzten Gesprächspartner zu ermitteln.

Im weiteren Gespräch und auf die Frage des Hauptkommissars, ob sich ihr Verwalter vor seiner Ermordung anders als sonst verhalten hatte, meinte sie, schon bemerkt zu haben, dass er öfters abwesend und nachdenklich, manches Mal auch bedrückt gewesen sei. Ihre Nachfrage hätte er immer abgewiegelt und nur kleinere Probleme mit Lieferanten und Mitarbeitern vorgeschoben. Auch fand sie keine Erklärung, warum er Termine bei der Polizei und dem Bauamt vereinbart hatte. Auch als die Gutsherrin konfrontiert wurde, ihr Verwalter sei möglicherweise in Betrugsfälle verwickelt gewesen und denkbar auch Opfer einer Erpressung, war sie im ersten Moment erschrocken, ja schockiert, aber eine schlüssige Antwort fand sie nicht.

Nach einer längeren Pause und einer zweiten Tasse Kaffee versuchte Kommissar von Stein vorsichtig, etwas über den Unfall ihres Mannes zu erfahren. Sie erkannte sofort den Hintergrund dieser Fragen: „Sehen Sie denn einen Zusammenhang zwischen Ingos Ermordung und dem Unfall meines Mannes, ist er vielleicht auch ermordet worden? Mir kam damals gleich ein Unfall äußerst unwahrscheinlich vor, mein Mann war immer, obwohl mit allen Maschinen bestens vertraut, vorsichtig, nie leichtsinnig. Ich habe damals den Ermittlungen vertraut und meine inneren Bedenken zurückgestellt. Jetzt aber, auf Ihre Fragen, meine ich mich erinnern zu können, dass sich mein Mann vor seinem Unfall ähnlich verhalten hatte wie Ingo, auch oft abwesend und nachdenklich. Nein, in einen Betrugsfall war mein Mann sicher nicht in irgendeiner

Weise verwickelt und ich kann mir auch nicht vorstellen, er sei erpresst worden. Ich sehe hier überhaupt keinen Zusammenhang und bitte Sie, mir Ihre seltsamen Fragen in dieser Richtung zu erklären."
Kommissar von Stein versuchte das Gehörte richtig einzuordnen, aber auch gleichzeitig die Gutsherrin nicht – oder noch nicht – in seine Vermutungen einzuweihen, und wehrte geschickt ab: „Nein, nein, wir haben weder einen Verdacht, noch sehen wir einen Zusammenhang beider Vorfälle. Wir kommen im Mordfall Ingo Berger nur noch nicht weiter, tappen nach wie vor im Dunkeln, haben keinen Verdächtigen und kein Motiv. Wir sind deshalb gezwungen jedem, noch so kleinem Hinweis nachzugehen, das Umfeld des Ermordeten näher zu durchleuchten. Machen Sie sich jetzt keine Gedanken, melden Sie sich einfach, sollte Ihnen irgendetwas in Erinnerung kommen, das Ihnen doch aufgefallen sein mag, wenn es auch im Moment unwichtig erscheint."

Der Kommissar bat die Baronin um einen gemeinsamen Spaziergang den Weg entlang, den Berger am Sonntagmorgen genommen hatte, bevor er auf seinen Mörder traf. Sie wollten auch darauf achten, ob sie nicht vielleicht doch das Handy des Verwalters finden könnten. Er nutzte die Gelegenheit eines jetzt zwanglosen Gesprächs, um mehr über das Gut, die Größe, die Geschäftsfelder, die Mitarbeiter und vor allem die ausländischen Erntehelfer zu erfahren.
Bis zum Brunnen im Klostergarten hatten sie das Handy nicht gefunden. Sie blieben stehen und von Stein besichtigte zum ersten Mal den Tatort persönlich. Natürlich hatte die Spurensicherung gründliche Arbeit geleistet, auch waren inzwischen, fast vier Wochen nach dem Fund des Ermordeten, sämtliche Spuren verwischt und vernichtet. Drei Tage nach Fund des Toten hatte die Polizei die Absperrung des Klostergartens aufgehoben und sofort setzte eine Art „Besichtigungstourismus" zum Tatort ein, sodass spätestens jetzt mögliche noch vorhandene Spuren vernichtet wurden.

Danach gingen sie bis zum Haus der Witwe Steinhäuser weiter. Für den Weg hatten sie, trotz eines mindestens viertelstündigen Aufenthalts im Klostergarten, nicht länger als fünfundvierzig Minuten benötigt. Von Stein nutzte den Höflichkeitsbesuch, um die Hausbesitzerin persönlich kennenzulernen und sie zu bitten, sollte sie sich Auffälligkeiten im Zusammenhang mit dem Verschwinden und der Ermordung ihres ehemaligen Mieters erinnern, ihn sofort zu benachrichtigen. Nach der schnellen Verabschiedung der beiden Besucher und dem Hinweis des Kommissars, sie sei ein wichtiger Zeuge in diesem schrecklichen Mordfall, und sie solle weiterhin Augen und Ohren offen halten, fühlte sich die Steinhäuser als „Geheimnisträgerin“ und brachte diese wichtige Neuigkeit, gepaart mit ihren kriminalistischen Fantasien, noch am gleichen Tag auf dem Markt „unters Volk“.

Kurz bevor Bürgermeister Haberkorn in die „Goldene Glocke“ wie fast jeden Tag zum Mittagessen ging, meldete sein Assistent Urimehl hohen Besuch an. „Herr Bürgermeister, die gnädige Frau Baronin und der Kriminalhauptkommissar vom Polizeipräsidium wünschen Sie zu sprechen.“
Neuwiesenfels' Verwaltungschef eilte mit offenen Armen zur Tür.
„Welche Ehre, was für ein hoher Besuch“, begrüßte er die Baronin mit einem angedeuteten Handkuss und den Kommissar mit einem festen Handschlag. „Kommen Sie herein in meine karge Amtsstube, nehmen Sie bitte Platz, darf ich Ihnen einen Kaffee oder jetzt besser vor dem Mittagessen einen Aperitif anbieten?“
Mit der „kargen Amtsstube“ hatte der Bürgermeister natürlich maßlos untertrieben. Mit dem bescheidenen Budget einer kleinen Gemeinde konnte natürlich die protzige Einrichtung seines Büros, das selbst den hohen Ansprüchen eines Konzernchefs standgehalten hätte, nicht finanziert werden. Das geschmackvolle Mobiliar, die Hightech Ausstattung, dicke Orientteppiche und wertvolle Gemälde an den Wänden waren angeblich Haberkorns persönliches Eigentum, woher auch immer es kam.
„Nein danke, nein, jetzt nicht,“ wehrten die Besucher ab. „Wir statten Ihnen nur einen Höflichkeitsbesuch ab, wenn wir uns schon innerhalb der Mauern Ihres *Fürstentums* aufhalten“, lachte der Kommissar. Diese Gelegenheit möchte ich natürlich auch nutzen, einige Fragen zu unserem Mordfall zu stellen, und Sie um eine Gefälligkeit zu bitten.“

Der Bürgermeister zeigte sich geschmeichelt und war gerne hilfsbereit. Die Mitarbeiter des Ordnungsamtes werden selbstverständlich nochmals nach dem Handy des ermordeten Gutsverwalters suchen und auch er werde weiterhin in diesem Mordfall die Augen offen halten. Er selbst sei höchst interessiert, dass der Mörder schnellstens gefasst wird und die Einwohner der Gemeinde wieder beruhigt schlafen können.

Die Besucher lehnten dankend die Einladung zu einem „schlichten Imbiss“ in der „Goldenen Glocke“ ab, gaben wichtige Termine als Gründe an und verabschiedeten sich von Haberkorn.
Etwas zum Nachdenken und eine kleine Spitze hatte der Kommissar aber noch: „Vielleicht, lieber Herr Bürgermeister, können Sie mich mal im Präsidium besuchen, ich möchte mich gerne Mal mit Ihnen und dem ehemaligen Meister ihres früheren Landmaschinenhandels über den Unfall des geschätzten Barons von Zeilmann unterhalten, ich weiß, der tragische Unfalltod liegt schon über drei Jahre zurück, er hat natürlich nichts mit unseren jetzigen Ermittlungen zu tun, ich bin nur allgemein an den damaligen Rechtsstreitigkeiten interessiert“, und lachend beim Hinausgehen, „…das ist keine Vorladung, sondern eine Einladung zu einem Gläschen, ein Winzer hat mich mit einer Kiste besten Trollingers zu meinem Geburtstag *bestochen*.“

Die nächsten Tage brachten den Kriminalkommissaren keine neuen Erkenntnisse, mit Routinearbeiten waren sie voll ausgelastet.
„Ich kann manches Mal Bürger verstehen, die uns als „Schreibtischtäter“ beschimpfen, im Moment fühle ich mich auch so!“
Auch die Mitarbeiter des Gutshofs waren voll eingespannt, hatten gar keine Zeit, sich mit dem schrecklichen Geschehen vor einigen Wochen zu beschäftigen, die Spargelernte lief auf Hochtouren und sollte in zwei Wochen, bis zum 24. Juni, beendet sein.
Die ausländischen Erntehelfer bereiteten sich schon langsam auf ihre Heimkehr vor, hatten die meisten Einkäufe, Geschenke und Mitbringsel für Zuhause erledigt. Sie hofften auf eine großzügige Entlohnung und Boni für besonderen Einsatz und Leistungen. Der neue Verwalter schien mit der Ernte zufrieden zu sein und auch die Gutsherrin, die mindestens jeden zweiten Tag die Arbeit auf den Feldern inspizierte, zeigte jetzt wieder, nach wochenlanger Trauer, ab und zu ein fröhliches Lächeln und kam auch wieder regelmäßig zum gemeinsamen Frühstücken in die Kantine der Spargelstecher und Erntehelfer.

Dann, eines Tages, ging es wie ein Lauffeuer durch die Gemeinde. Der Mörder des Gutsverwalters war endlich gefasst und verhaftet. Überall war es das Tagesgespräch, in den Geschäften, Firmen, in der Kirche, der Schule, im Rathaus, auf dem Markt, überall auf der Straße.

Die Stimmung war aufgeheizt, „endlich haben sie ihn geschnappt, diesen Verbrecher, Mörder, ich habe es ja gleich gewusst, diese Gastarbeiter haben das Verbrechen in unsere Gemeinde gebracht, man sollte sie sofort rausschmeißen, dorthin wo sie hergekommen sind, den Mörder sollte man sofort aufhängen, stattdessen wird er noch mit unserem Geld fürstlich untergebracht und verwöhnt." Zum Boykott aller Gastarbeiter wurde aufgerufen, kein Zutritt in Geschäfte, keiner in Gaststätten, auch nicht in Kirchen, Schulen, Kindergärten. Mehr oder weniger, offen und auch versteckt, anonym kam der Ruf nach „Ausländer raus!"

Die Sensationspresse schürte diese Stimmung zusätzlich. Sie brachte Fotos vom brutal erschlagenen, in der Gemeinde überaus beliebten Gutsverwalter und direkt daneben ein Bild eines fremdländisch aussehenden Mannes mit einer wirren, schwarzen Lockenmähne. Das Foto zeigte überhaupt keine Ähnlichkeit mit dem tatsächlich Verhafteten.

Der Kurier war da schon wesentlich gemäßigter. Er berichtete lediglich von der Verhaftung eines Tatverdächtigen, der die Tat bisher aber leugnete. Die Beweiskraft wäre noch „sehr dünn", die Kripo sei auf weitere Zeugenaussagen angewiesen. Der Großteil der Einwohner von Neuwiesenfels und der Umgebung zeigte sich zum Glück zurückhaltend und wirkte mäßigend auf die hetzende Meute ein.
„Noch besteht nur ein Verdacht, noch ist der Gefasste nicht verurteilt und solange gilt die „Unschuldsvermutung". Außerdem könne man nicht alle Ausländer in diesen einen Topf werfen!"
Zur Ehrenrettung der Bürger von Neuwiesenfels muss schon erwähnt werden, die gemäßigt Auftretenden waren bei Weitem in der Mehrzahl und die Vernünftigen behielten die Oberhand, zu Ausschreitungen gegen Ausländer kam es zum Glück nicht.

Die Staatsanwältin hatte den Druck auf die Kommissare erhöht, auch sie musste täglich dem Oberstaatsanwalt erklären, warum im „Mordfall Gutshof Neuwiesenfels" keine Ergebnisse erzielt werden.
Jeden zweiten Tag hatte der Hauptkommissar von Stein bei der Staatsanwältin „anzutanzen". Auch die Presse forderte Ergebnisse, warf den ermittelnden Behörden „schlampige" Ermittlungen vor, der Polizeichef widersprach und brachte „Unterbesetzung, Überlastung" als Entschuldigungsgründe vor. Das übliche Spiel, Weitergabe des „Schwarzen Peters", mit wechselnden gegenseitigen Vorwürfen, wurde auch hier, wie in der Politik, gespielt. Im Referat 3 der Kripo herrschte „dicke Luft".

Dann ging es ganz schnell. Die Gastarbeiter waren gerade von den Feldern gekommen, hatten sich in den Waschräumen gereinigt, geduscht und für den Feierabend eingerichtet, das Abendessen in der Kantine war vorbereitet. Zwei Streifenfahrzeuge und eines in Zivil kamen ohne Vorwarnung auf den Innenhof des Guts gerast, ohne Martinshorn und Blaulicht. Vier Uniformierte und eine Beamtin in Straßenkleidung stürzten in das Gästehaus. Aufgeschreckt versammelten sich einige der Erntehelfer und andere Mitarbeiter davor, riefen aufgeregt hin und her, diskutierten den plötzlichen Einsatz der Polizei.
Nach wenigen Minuten führten zwei der Beamten in ihrer Mitte in Handschellen gefesselt einen der Spargelstecher, verfrachteten ihn in eines der Fahrzeuge und fuhren, jetzt mit Blaulicht, genau so schnell, wie sie gekommen waren, vom Hof. Die Beamtin und zwei von der Spurensicherung, mit einigen Kartons in den Händen, folgten eine halbe Stunde später. Zeitgleich informierte Hauptkommissar von Stein persönlich per Telefon die Gutsherrin und den Leiter des Ordnungsamtes über die Verhaftung einer der Erntehelfer im Gut.
Im Präsidium untersuchten mehrere Beamte gründlich den Verhafteten am ganzen Körper und der Kleidung, seine Personalien wurden festgestellt, Fingerabdrücke und Speichelproben genommen, Gewicht und Größe gemessen und zahlreiche Fotos geschossen. Sämtliche Daten, Merkmale und Fotos gingen automatisch an das Landes- und Bundeskriminalamt zum Datenabgleich. Beim anschließenden Verhör wurde er nochmals des Mordes beschuldigt, leugnete vehement, etwas mit der Tat zu tun gehabt zu haben. Der beim Verhör anwesende Dolmetscher kam nicht zum Einsatz, wurde nicht benötigt, der Beschuldigte sprach und verstand gut deutsch, lediglich an der harten Aussprache erkannte man ihn als Osteuropäer.

Am nächsten Tag führte ihn die Oberkommissarin Suchel zum Haftrichter. Nach seinem Namen, Beruf und Wohnort gefragt, antwortete er ohne zu zögern: „Mein Name ist Lucas Menorski, bin von Beruf Landarbeiter, wohne in Zgorzelec in Polen, bin zur Zeit Erntehelfer im Gutshof von Zeilmann in Neuwiesenfels und wohne auch dort im Gästehaus."
Dann wandte sich der Haftrichter an die Oberkommissarin: „Was wird Herrn Menorski eigentlich vorgeworfen?"
„Heimtückischer Mord aus niedrigen Beweggründen an dem Gutsverwalter Ingo Berger", war die Antwort der Beamtin.

„Und gibt es auch Beweise für ihre Anschuldigung?“
„Ja, selbstverständlich! Unmittelbar am Tatort wurde seine Mütze oder Kappe gefunden, im Schweißband waren die Anfangsbuchstaben seines Namens „L.M.“ handschriftlich markiert. Der Beschuldigte hat die Mütze eindeutig als sein Eigentum identifiziert. Weiter hatte er einen heftigen Streit mit dem Ermordeten, in dessen Verlauf er dem Opfer auch massiv gedroht hatte. Schließlich konnte er nicht nachweisen, wo er sich zum Tatzeitpunkt aufgehalten hatte. Weiterhin besteht Fluchtgefahr, der Einsatz als Erntehelfer geht in den nächsten Wochentagen zu Ende und er wird dann in seine Heimat nach Polen zurückkehren.“

Auf die Frage des Richters erklärte sich Menorski als völlig unschuldig, er sei Opfer einer Intrige, der wahre Täter wolle ihm den Mord in die Schuhe schieben. Der Untersuchungsrichter folgte den Argumenten der Kommissarin, verhängte daraufhin Untersuchungshaft und der Beschuldigte wurde in eine Zelle des Gefängnisses abgeführt.

Zwei Tage später saßen Hauptkommissar von Stein und seine Kollegin Suchel zusammen und diskutierten über den Mordfall und den mutmaßlichen Täter. Trotz der Indizien waren sie sich nicht sicher, den wahren Mörder festgenommen zu haben. Wenn der Erntehelfer tatsächlich der Mörder sein sollte, müssten sie jedoch ihre Ermittlungen eines Doppelmordes aufgeben. Menorski arbeitete zwar schon längere Zeit als Erntehelfer auf dem Gut, auch schon als der vorherige Gutsbesitzer Alexander von Zeilmann noch lebte, aber zum Zeitpunkt dessen Ermordung lebte er nachweislich noch in Polen und reiste erst Wochen später nach Neuwiesenfels zur Spargelernte an. Wenn also Menorski den Gutsverwalter Berger ermordet hat, dann müssten sie nach einem zweiten Täter, der den Gutsbesitzer von Zeilmann getötet hatte, suchen. Oder aber sie blieben bei ihrer Doppelmörder Vermutung, dann wäre der Pole unschuldig. Die beiden Kripobeamten vereinbarten, den Mordfall Berger vorläufig nicht abzuschließen, sondern weiterhin in beide Richtungen zu ermitteln.

Nach ein paar Tagen musste der Untersuchungsgefangene wieder freigelassen werden. Auch jetzt wurden die Baronin von Zeilmann und der Amtsleiter Meinke von Menorskis Haftentlassung informiert. Er kehrte zum Gut zurück und nahm seine Funktion als Vorarbeiter der polnischen Spargelstecher wieder auf. Seine Kollegen, aber alle Angestellten, besonders auch die Gutsherrin, waren erleichtert, dass keiner von ihnen der Täter war, der „das Nest beschmutzt“ und den bisher hervorragenden Ruf des Gutes auf Dauer beschädigt hatte. Die Baronin von Zeilmann hatte erhebliche Geschäftseinbußen befürchtet, einige Kunden hatten schon Aufträge storniert, aber jetzt wieder ihre Kündigungen zurückzogen. Anders verhielten sich die Bewohner der Gemeinde und Umgebung. Angst und Unsicherheit kehrten zurück, der Mörder lief ja noch frei herum, konnte vielleicht jederzeit wieder zuschlagen und unter der Bevölkerung ein weiteres Opfer finden. Auch die Presse brachte den Fall wieder in die Schlagzeilen, sie schürte zwar die Angst der Menschen nicht noch zusätzlich an, sondern überschüttete die ermittelnde Behörde, „natürlich die Polizei“, mit Spott und Hohn. Auch im Rathaus zeigten sich der Bürgermeister und der Leiter des Ordnungsamtes beunruhigt über die neue Situation. Was wäre, wenn der Erntehelfer doch der Täter gewesen ist, aber schon lange wieder ungeschoren in seiner Heimat, in Polen, lebt? Wenn er nicht der Mörder war, wer dann, wird er jemals gefasst werden, die dunkle Wolke des Generalverdachts würde drohend über den Bewohnern der Gemeinde liegen, solange der Mordfall nicht geklärt sein wird!

Einen Tag nach seiner Verhaftung verhörte ihn die Hauptkommissarin Suchel ein weiteres Mal. Auch jetzt leugnete Menorski vehement, mit der Ermordung des Gutsverwalters etwas zu tun zu haben. Auch konnte er nicht erklären, wie seine Mütze in die Nähe des Tatortes gekommen war. Er kenne zwar den Klostergarten und auch den Fußweg vom Gut zum Gemeindezentrum, hätte ihn aber in diesem Jahr noch nicht genutzt. Er behauptete, seine Kappe irgendwo verloren oder liegen gelassen zu haben. Er hätte auch im Fundbüro der Gemeinde nachgefragt, ob sie vielleicht abgegeben wurde, leider aber ohne Ergebnis. Bei einer Kontrollanfrage beim Assistenten des Bürgermeisters, bestätigte Hakan Urimehl, der auch für das Fundbüro zuständig war, dass Menorski bei ihm angerufen, nach seiner Mütze gefragt und ihren Verlust angezeigt hatte. Im Tagebuch des Fundbüros hatte Urimehl exakt auch das Datum der Verlustmeldung eingetragen, es war eindeutig einige Tage bevor der Gutsverwalter vermisst wurde.

Unverhoffte Hilfe erhielt der Pole von seiner Landsmännin Ivana Lewanskaja, Chefin der Gastarbeiter. Sie versicherte und unterschrieb ein Protokoll an Eides statt, wonach sie mit Menorski die Nacht vor Bergers Ermordung gemeinsam verbracht hatte. Sie könne sich auch noch genau an die Nacht erinnern, denn der Sonntag danach wäre der erste arbeitsfreie Tag seit ihres diesjährigen Einsatzes im Gutshof von Zeilmann gewesen. Auch nach einer Belehrung durch die Hauptkommissarin, bei einer Falschaussage unter Eid drohen ihr mehrere Jahre Gefängnis, blieb sie standhaft bei ihrer Aussage und verhalf ihrem Landsmann damit zu einem, mehr als fraglichen, Alibi. Somit blieben lediglich der Streit und die Bedrohung Bergers als mögliches Mordmotiv. Auch die zwei Stangen unverzollter Zigaretten, einige Gramm Marihuana und eine Tüte voller Anabolika Tabletten, die man bei der Durchsuchung seines Zimmers im Gästehaus des Guts gefunden hatte, waren aus Sicht des Untersuchungsrichters keine ausreichende Gründe, die Untersuchungshaft aufrecht zu halten. Zähneknirschend musste die Staatsanwältin der sofortigen Haftentlassung zustimmen.

Unzufrieden von dieser Entwicklung, aber auch wegen fehlender anderer Hinweise, las der Hauptkommissar missmutig zum x-ten Mal die vorhandenen Protokolle durch, betrachtete nachdenklich die bunten Karten auf seiner Pinnwand.
In diese miese Stimmung platzte Oberkommissarin Suchel, ohne anzuklopfen, in das Büro ihres Chefs. Sie strahlte übers ganze Gesicht, wedelte mit einem Stück Papier vor seiner Nase herum und knallte es auf den Schreibtisch vor ihr. „Stell' dir mal vor, was ich hier habe, ich komme gerade vom Labor, das endlich die DNA-Analysen erstellt hat, die ich schon vor einigen Wochen nach meinem Besuch im Pfarrhaus in Auftrag gegeben hatte. Du wirst Augen machen und staunen, wenn du das liest!"
Ärgerlich über die Störung, mitten in seine Überlegungen und Gedankenspiele, nahm von Stein uninteressiert das Blatt in die Hand. Je länger er aber las, umso entspannter wurden jetzt seine Gesichtszüge, bis er den Bericht lachend und kopfschüttelnd zurücklegte. „Ich bin jetzt über dreißig Jahre im Geschäft, aber man lernt nie aus, es gibt immer wieder nie geahnte Überraschungen! Dass die Zigarettenkippen im Klostergarten vom jungen Oertl stammen, ist ja nichts Neues. Aber die anderen Ergebnisse sind schon ein Hammer! Wenn ich es kaum glauben kann, aber Kaplan Stoffel zählt jetzt auch zu unseren Verdächtigen. Ich schlage deshalb seine sofortige Ladung ins Präsidium zum Verhör vor, und du nimmst dir morgen die anderen beiden im Pfarrhaus von Neuwiesenfels zur Brust, bin schon gespannt, was die zu sagen haben.

Diplomatisches Vorgehen ist jetzt nicht mehr angebracht, ich bin aber sicher, du wirst sie schon zum Schwitzen bringen!"

Kaplan Paul Stoffel saß auf einem harten Besucherstuhl im Gang vor dem Büro des Hauptkommissars. Auf den Anruf aus dem Polizeipräsidium war er nicht vorbereitet und auch nicht auf eine sofortige Vorladung. Sein Stadtpfarrer zeigte sich überrascht und hatte ihn schon äußerst misstrauisch nach den Gründen der so kurzfristigen Ladung gefragt, aber er wusste es selbst nicht und zuckte nur mit den Schultern. Jetzt saß er vor dem Büro des Kommissars, überlegte warum und wieso, was wusste die Polizei, wie sollte er sich verhalten, was erzählen und was nicht, er fing langsam an zu schwitzen.
Von Stein ließ ihn warten und schmoren.
Dann endlich hörte der Geistliche durch die verschlossene Tür ein hartes, widerspruchloses „Herr Stoffel, kommen Sie herein", und als er schüchtern vor dem Kommissar stand, „Kaplan Stoffel, setzen Sie sich." Der Kripobeamte blätterte in einer Akte, scheinbar hoch interessiert las er einige Seiten, schrieb ab und zu einige Worte auf ein Blatt und überrumpelte dann den Kaplan: „Herr Stoffel, Herr Kaplan, mit wem hatten Sie eigentlich Geschlechtsverkehr im Klostergarten?"

Volltreffer! Der Schlag saß! Darauf war er jetzt nicht gefasst.
Der Geistliche war leichenblass geworden, er zuckte zusammen, fasste sich an den Hals, schluckte, schnappte nach Luft, kalter Schweiß lief über sein Gesicht, ächzte und stöhnte, dann ein Gestammel: „Äh, stimmt nicht, hm, äh, ich nein, wieso, ich nicht, wie kommen Sie auf mich, äh, war nie dort, äh, was soll die Frage?"
Mitleidlos der Kommissar: „Verdammt noch mal, lassen Sie das blöde Gestotter, stehen Sie einfach zu dem, was Sie gemacht haben, Lügen haben keinen Zweck mehr. Wir haben im Klostergarten zwei Kondome mit Ihrem Sperma gefunden, Ihre DNA wurde zweifelsfrei festgestellt, abstreiten ist jetzt sinnlos!"

Zwei Fragen bewegten den Kommissar noch, wer war die Partnerin des Kaplans und wann war das Date? Die Antwort zur ersten Frage glaubte er zu kennen, wenn er sich an die Protokolle in der Akte erinnern konnte, die Beantwortung der zweiten könnte ihm unter Umständen bei seinen Ermittlungen zum Mordfall Berger entscheidend weiter helfen.

„Dass Sie im Klostergarten mit einer Frau zusammen waren, ist erwiesen, aber danach hab' ich Sie nicht gefragt. Ich will wissen, wer Ihre Partnerin war!"
Wieder dieses hilflose Stottern, nach Ausflüchten suchend: „Ich weiß nicht, kann es nicht verraten", und dann der vermeintliche Strohhalm, „darf es nicht sagen, bin doch, wie Sie wissen, an das Beichtgeheimnis gebunden."
Jetzt reichte es dem Kommissar, er sprang wütend auf, schlug mit der Faust auf den Schreibtisch, der Kaplan zuckte erschrocken zurück: „Das ist der Gipfel der Unverschämtheit, hat selbst Dreck am Stecken und beruft sich noch auf das Beichtgeheimnis. Wenn Sie es noch nicht wissen sollten, wir ermitteln in einem Mordfall, Sie haben sich am Tatort aufgehalten, haben gelogen, Sie sind ein Verdächtiger, und wenn Sie jetzt nicht alles auf den Tisch legen, was Sie wissen, nehm' ich Sie in U-Haft, bis die ganze Gemeinde von Ihren Verfehlungen erfährt. Ich kann aber auch Ihre Freundin …", und jetzt startete der Kommissar einen „Versuchsballon" und bluffte, „… Ihre Freundin Elsa befragen, oder ist es Ihnen lieber, wenn ich die Ehefrau des Bürgermeisters mit 'nem Streifenwagen, Martinshorn und Blaulicht hierher kommen lasse und Sie gegenüberstelle?"
Das war zu viel für den Kaplan, er sackte regelrecht zerstört zusammen und flüsterte kaum verständlich, „ja, es stimmt, ich war mit Elsa im Klostergarten, aber bitte lassen Sie Frau Haberkorn aus dieser peinlichen Geschichte, sie bekommt bestimmt eine Riesenauseinandersetzung mit ihrem Mann, er wird zum Gespött der Gemeinde und Elsa, äh, Frau Bürgermeister und ich verlieren das hohe Ansehen in der Bevölkerung. Bitte behalten Sie was ich gesagt habe für sich, verraten Sie uns nicht!"
Kommissar von Stein schüttelte angewidert seinen Kopf. „So viel Scheinheiligkeit, noch dazu von einem Geistlichen, ist mir selten untergekommen. Sie gehen in Schulen zum Religionsunterricht, zu Eltern, den Senioren, zu den Landfrauen und predigen „die Lehre vom guten Christen", aber gleichzeitig sündigen Sie drauflos, gegen wie viele Gebote haben Sie eigentlich verstoßen? Kennen Sie eigentlich die zehn Gebote? Ich schon, obwohl ich kein Pfaffe bin, das Siebte: Du sollst nicht ehebrechen … oder das Neunte: Nicht lügen … oder gar das Zehnte: Nicht begehren deines nächsten Weib! Wem haben Sie diese

Sünden gebeichtet, vielleicht dem Geistlichen Rat und Stadtpfarrer, Sie ekeln mich einfach nur an!"
Die weitere Befragung des Kaplans brachte keine neuen Erkenntnisse. Das Date mit der Frau des Bürgermeisters fand tatsächlich in der Nacht von Samstag auf Sonntag, vor der Ermordung des Gutsverwalters, statt. Sie waren nach dem Treffen im Keller des Winzers Neumann, zusammen Richtung Gemeindezentrum gegangen. Bevor sie sich vor dem Pfarrhaus trennen mussten, machten sie einen Abstecher in den Klostergarten, um dort ungestört ihren Trieben nachgeben zu können. Circa um 4:00 Uhr morgens verabschiedeten sie sich voneinander und gingen nach Hause.

Frau Haberkorn, die Ehefrau des Bürgermeisters, zeigte sich nicht überrascht, als der Hauptkommissar sie anrief und beantwortete gelassen und offen seine Fragen und bestätigte die Aussage ihres Liebhabers. Sie war offensichtlich vom Kaplan über dessen Befragung informiert und vor ihrer Vernehmung gewarnt worden. Sie bemühte sich auch nicht, den Kommissar um Geheimhaltung zu bitten, entweder wusste sie, dass dies vergeblich sein würde, oder sie fürchtete nicht ein mögliches Bekanntwerden ihrer Affäre. Ihre Ehe bestünde sowieso nur noch auf dem Papier, und ausschließlich finanzielle Gründe hinderten sie, die Scheidung einzureichen. Wann sie nach Hause gekommen sei, könne natürlich niemand bestätigen, auch nicht ihr Ehemann. Sie bewohnten in ihrem Haus zwei getrennte Wohnungen und sie wusste auch nicht, ob ihr Mann ihre Heimkehr mitbekommen hatte, oder er überhaupt in seinem Apartment war.

Von Stein schüttelte seinen Kopf, welch' Ironie des Schicksals! Die Beiden hatten sich bis 4:00 Uhr am Tatort aufgehalten, der Verwalter traf eineinhalb Stunden danach an gleicher Stelle auf seinen Mörder. Der Kommissar dachte bei sich, *hätten die Zwei sich doch etwas mehr Zeit genommen und nur noch eine ‚Nummer geschoben', sie hätten den Mord verhindern oder mindestens den Täter beobachten und identifizieren können, welche Tragik.*

Der nächste Tag war wieder mal ein stinknormaler Bürotag.
Die Suchel war nach Neuwiesenfels zum Pfarrhaus gefahren und er hatte sich vorgenommen, seine Eingangspost von mehreren Tagen zu sichten. Daraus wurde aber vorerst nichts.

Ein unangemeldeter Besucher, Bauamtsleiter Alex Obermüller, bat um ein vertrauliches Gespräch. Er entschuldigte sich für sein plötzliches Erscheinen, bat um Vertraulichkeit der folgenden Informationen. Er ist erst seit einem Jahr in diesem Amt, kennt nicht die Geschichte des Bauamtes. Im Zuge der von der Landesregierung verordneten Sparmaßnahmen mussten Mitarbeiter freigestellt oder in andere Behörden versetzt werden. Er selbst ist gerade dabei, seinen Bereich neu zu organisieren, die Unterabteilungen nach Erfahrung und Ausbildung an einzelne Mitarbeiter aufzuteilen, das Archiv nach ungeklärten Fällen zu durchforsten, Karteileichen zu entfernen und die elektronische Verwaltung der Aufgaben auf den neuesten Stand der Technik zu bringen. Weiter hatte er, in Absprache mit dem Landrat, die Innenrevision des Landratsamtes beauftragt, seinen Bereich nach Schwachstellen und möglichen Korruptionsfällen zu durchleuchten. Diesen einleitenden Vorspann sollte doch bitte der Hauptkommissar berücksichtigen, um diese delikate Angelegenheit entsprechend einordnen zu können. Er hat sich ganz bewusst an die Kripo, und nicht an seinen Vorgesetzten, außerhalb des Landratsamtes, gewandt, um Unruhe im Bauamt zu vermeiden, und sich nicht des Vorwurfes aussetzen zu müssen, er würde sein „eigenes Nest" beschmutzen. Sollten seine Bedenken unbegründet bleiben, wollte er, auch als Neuling im Amt, seine Mitarbeiter nicht verdächtigt und sich möglicherweise als unfähig für die Amtsleitung erwiesen haben. Deshalb bat Obermüller nochmals um Diskretion, zumindest bis Näheres ermittelt wird.

Nach Bergers Anruf, bei dem er um einen Termin gebeten hatte, wollte er sich die Bauakten des Gutshofs von Zeilmann in Neuwiesenfels ansehen, verlor aber aus Zeitgründen diese Absicht aus den Augen. Beim letzten Besuch bei von Stein und nach der Ermordung des Gutsverwalters war er neugierig geworden und ließ sich die gesamten Bauunterlagen bringen. Er selbst informierte sich an seinem PC mit direktem Anschluss an den Zentralrechner des Bauamtes. Die ersten Akten aus der Nachkriegszeit zeigten Pläne des damaligen Gutes, das sich äußerlich in den letzten fünfzig Jahren kaum verändert hatte. Kleinere Bauanträge und Zeichnungen waren unbedeutend. Erst vor acht Jahren wurden umfangreiche, mehrere Ordner umfassende Änderungen innerhalb des Hauptgebäudes und der angrenzenden Hallen beantragt und auch genehmigt. Zahllose Pläne in Zeichenrollen und Berechnun-

gen lagen dabei. Gleiches, was er in den Akten in Papierform vorfand, konnte er auch im Computer sehen. Diese Änderungen umfassten vor allem den Umbau von Lager- zu Büroräumen, einer großzügigen Wohnung, Modernisierung der Heizungsanlage und der elektrischen Installation. Auch das Dach des Haupthauses erhielt eine neue Eindeckung, ohne dass das Gesamtbild verändert wurde.
Etwas Merkwürdiges war ihm jedoch aufgefallen. Vom Besuch eines Hoffestes und einer Besichtigung der Hofanlagen im letzten Jahr hatte er noch in Erinnerung, dass sich innerhalb des weitläufigen Innenhofs, zwei mächtige Produktions- und Lagerhallen und ein Gästehaus im Landhausstil befanden. Diese mussten in etwa zur gleichen Zeit gebaut worden sein wie der innere Umbau des Haupthauses erfolgte. Das Genehmigungsverfahren, Pläne, Berechnungen, Stellungnahmen und Gutachten für diese aufwendigen Objekte fehlten gänzlich, sowohl in Papierform als auch im Zentralcomputer. Einigen Mitarbeitern im Amt waren diese Bauten zwar bekannt, hatten aber mit dem damaligen eigentlichen Genehmigungsverfahren nichts zu tun. Er selbst sei zum Leiter des Bauamtes berufen worden, nachdem sein Vorgänger, angeblich aus wirtschaftlichen Gründen, Selbstmord begangen hatte. Die damals zuständigen Sachbearbeiter waren im Ruhe- oder Vorruhestand oder im Zuge der Personalabbauaktion in andere Bereiche versetzt worden. Obermüller hatte tagelang im Archiv nach den Akten suchen und einen EDV-Spezialisten die sorgsam geordneten CDs durchforsten lassen, jedoch ohne Erfolg. Die Unterlagen zu diesen Bauobjekten blieben verschwunden. Der Amtsleiter zeigte sich äußerst beunruhigt, steckten hoffentlich nur menschliche Fehler, Schlampereien dahinter, oder waren es kriminelle Machenschaften Einzelner oder sogar ein Korruptionsskandal, inwieweit waren vielleicht sogar eigene Mitarbeiter beteiligt?

Der Hauptkommissar versuchte den verunsicherten und besorgten Bauamtsleiter zu beruhigen. Sollte er in seinem Amt, trotz weiterer Suche, die Akten und Pläne nicht finden, wäre dies sicher auch kein Problem. Zwar wurde auch das Bauamt in Neuwiesenfels vor einigen Jahren im Zuge der Einsparwelle aufgelöst, möglicherweise lagern dort aber doch noch bestimmte Vorgänge. Sicher fündig würde Obermüller jedoch im Gutshof werden und bei der damaligen ausführenden Baufirma. Sollten diese sich wider Erwarten nicht kooperativ zeigen, könnte er von Amts wegen „nachhelfen".

Einigermaßen beruhigt verabschiedete sich der Leiter des Bauamtes, ließ aber einen sehr nachdenklichen Hauptkommissar zurück. Sehr merkwürdig, mehr als das! Verschwinden Bauakten von zwei umfangreichen Bauprojekten, alle Pläne und auch die CD mit diesen Unterlagen sind nicht aufzufinden, ja sogar auf dem Inhaltsverzeichnis des Zentralrechners sind diese Neubauten, mit einem geschätzten Volumen von acht bis zehn Millionen Euro, nicht aufgeführt. Was oder wer steckt dahinter? An einen Zusammenhang mit dem Doppelmord wollte der Kommissar noch nicht denken. Zufall? Nein, in seiner langjährigen Praxis als Kripobeamter hatte er sich den Glauben an Zufälle abgewöhnt!

Die Angelegenheit ließ ihm keine Ruhe. Er versuchte, die Gutsherrin telefonisch zu erreichen. Nach mehreren Versuchen bekam er sie ans Handy, sie war mit ihrem Geländewagen unterwegs, kontrollierte gerade ihre Erntehelfer beim Spargelstechen und machte sich einen Überblick über das zu erwartende Ernteergebnis. Ihrer Stimmung nach wird es sicher mindestens so gut wie im Vorjahr ausfallen, und das war damals schon mehr als sehr gut! Selbstverständlich hätte sie alle Akten und Zeichnungen der Neubauten, so für die Produktionshallen und das Gästehaus. Auch könne der Leiter des Bauamtes jederzeit Einblick nehmen und bei Bedarf auch Kopien anfertigen. Als Generalunternehmen für diese Objekte war die Baufirma Staudacher aus der Nachbargemeinde verantwortlich. Die Frage des Kommissars nach dem Verhältnis zwischen dem Firmeninhaber und ihrem Verwalter verwirrte sie einen Moment. Von Stein spürte direkt, sie vermutete eine Fangfrage oder einen Stolperstein. Sie überlegte ziemlich lange und meinte dann, die Beiden arbeiteten geschäftlich sehr gut zusammen, so fern Aufträge des Guts an seine Firma vergeben wurden. Private Kontakte gab es kaum, es sei denn solche, wie sie bei offiziellen Anlässen üblich sind.

Spontan erkundigte sich der Kommissar nach dem Verhältnis ihres verstorbenen Mannes zum Bauunternehmer Staudacher. Jetzt geriet die von Zeilmann fast ins Schwärmen. Diese Verbindung sei mehr als freundschaftlich gewesen. Sie kannten sich schon seit ihrer Schulzeit, waren zusammen in mehreren Vereinen, hatten eine Jagd und unternahmen auch gemeinsam mehrere Urlaubsreisen. Sie kannten und schätzten sich so, dass sie Nick Staudacher auch als einen ihrer Trauzeugen auswählten. Geschäftlich arbeiteten sie sehr eng zusammen.

Besonders in die Planung und Bauausführung der beiden Hallen und des Gästehauses hatten sie gemeinsam viel Zeit und Energie investiert. Sie arbeiteten nahezu jeden Tag im Planungs- und später im Baubüro nebeneinander. Auch der damalige Assistent ihres Mannes und spätere Gutsverwalter Ingo Berger war an den Planungen beteiligt und beaufsichtigte seitens des Bauherrn die Bauausführung. Ihr Mann hatte sogar seine Verbindungen genutzt und Nick Staudacher Bauarbeiter aus Polen vermittelt. Soweit die Gutsherrin. Kommissar von Stein bedankte sich bei ihr für diese wichtigen Informationen und gab Namen und Anschrift der Baufirma an den Leiter des Bauamtes Obermüller weiter.

Um sich etwas abzulenken, holte er jetzt das nach, wovon ihn der aufgeregte und unangemeldete Amtsleiter Obermüller am Morgen abgehalten hatte, er las ausführlich den Kurier. Wieder einmal hatte der Finanzminister von NRW eine CD mit Daten von deutschen Staatsbürgern illegal gekauft und damit auch das von der Bundesregierung geplante Steuerabkommen mit der Schweiz unterlaufen. Strafverfahren und Selbstanzeigen, auch von prominenten Steuerflüchtlingen, spülten Hunderte von Millionen in deutsche Staatskassen.
Dazu fiel dem Hauptkommissar nur ein altes Sprichwort ein: „Bleib' im Lande und ernähre dich redlich!" Auch den zweiten Bericht im Kurier las er mit großem Vergnügen. Wieder wurde die Staatssekretärin im Landwirtschaftsministerium Martha Maler in Zusammenhang mit der Ermordung des Verwalters vom Gut von Zeilmann gebracht. Unter der Schlagzeile „Das seltsame Autogramm" wurde das, bei Bergers Unterlagen gefundene, Foto der Maler gezeigt, ebenso genüsslich die Rückseite mit der persönlichen Widmung. Neben einem montierten Foto, das die Staatssekretärin Maler neben dem ermordeten Gutsverwalter Berger zeigte, stellte der Verfasser des Artikels mehrere Fragen, „wie gut kannten sich die Beiden, sieht so eine Autogrammkarte aus, wie es die Maler behauptet hatte?" Mit Spott wurde die Erklärung der Pressestelle des Ministeriums kommentiert, „die Staatssekretärin habe gar keine Autogrammkarten und könne damit auch gar keine vergeben haben."
Nach Verweigerung eines Interviews wurde nochmals auf die Pressestelle verwiesen, die erklärte: „Frau Maler kenne den Ermordeten nicht, habe ihn nur einmal bei einem Empfang flüchtig kennengelernt."
Der Minister ergänzte: „Ich stehe voll hinter Frau Maler, sie genießt mein uneingeschränktes Vertrauen!"

„Das kommt mir so bekannt vor", dachte der Kommissar, „das hab' ich schon öfters gehört, immer wenn es diese Solidaritätsbekundung gegeben hatte, war das meistens der Anfang vom politischen Ende des so Gelobten."
Aber jetzt beabsichtigte der Hauptkommissar, doch noch etwas Produktives zu leisten und nahm sich seine Eingangspost vor. Die Hälfte davon bestand wie immer aus Rundschreiben des Innenministeriums, der Staatsanwaltschaft, des Landrats und jede Menge Infomaterial aller im Kreistag vertretenen Parteien. Dazwischen lagen Einladungen zu runden Geburtstagen, Ehrungen, Beförderungen, Verabschiedungen in den Ruhestand, Einführung des neuen Bischofs, zwei Ladungen des Landgerichts, als Zeuge auszusagen, die Aufforderung des Oberstaatsanwaltes, einen Kommentar zur bevorstehenden Haftentlassung eines Sexualstraftäters abzugeben. Auf etwas in seiner Post hatte von Stein schon länger gewartet, die Telefongesellschaft hatte die Aufstellung aller ein- und ausgehender Gespräche von Bergers verschwundenen Handys geschickt. Das Gerät war nach wie vor verschwunden! Die Aufzeichnungen umfassten zum Glück nur die letzten dreißig Tage bis zur Ermordung des Handyinhabers. Die Liste hatte einen Umfang von über dreißig Seiten oder rund eintausend erfasster Gespräche und SMS. „Fleißig, fleißig", dachte der Kommissar bei sich. Wenn man berücksichtigt, dass der Verwalter zusätzlich über einen dienstlichen und einen privaten Festanschluss verfügte, hatte er also einen täglichen Arbeitsaufwand von dreißig bis fünfzig Gesprächen zu bewältigen, was alleine schon beachtlich war. Leider war die Aufstellung so noch nicht zu gebrauchen. Sie zeigte lediglich die Rufnummer des Gesprächspartners, und wann und wie lange telefoniert wurde. Über die Inhaber der Anschlüsse und deren Anschriften sagte die Liste nichts. Diese Informationen mussten jetzt noch beschafft werden.
Dazu hatte Hauptkommissar von Stein jetzt aber überhaupt „keinen Bock". Aus seinem Bereich rief er einen jungen, ehrgeizigen Anwärter zum „höheren Polizeidienst" zu sich und beauftragte ihn mit der Ermittlung von Namen und Anschriften. „Das sind ja über tausend Gespräche, das dauert ja einige Tage!"
„Nicht so schlimm", meinte der Kommissar, „Sie werden feststellen, dass es sich höchstens um zwanzig bis dreißig Anschlüsse handelt, mit denen der Ermordete telefonisch Kontakt hatte, manches Mal auch mehrmals täglich. Machen Sie sich einfach eine Liste mit diesen weni-

gen Namen und Anschriften und eine Strichliste, wie oft miteinander gesprochen wurde."
„Brauchen Sie auch die Inhalte von SMS?"
„Nein, das reicht. Wenn ich mehr Details wissen will, melde ich mich wieder."
„Und wie schnell brauchen Sie diese Aufstellung", fragte der junge Mann ängstlich.
„Gestern", meinte der Kommissar und der Polizeianwärter wusste aus Erfahrung – es ist eilig!

Als am nächsten Morgen Kommissar von Stein ins Büro kam, wartete auf ihn eine kleine Überraschung, der junge Polizeianwärter stand schon vor seiner Bürotür und wedelte mit der ihm am Vorabend übergebenen Telefonliste. „Guten Morgen, Herr Hauptkommissar, Auftrag schon erledigt", verkündete er stolz.
„Danke, auch guten Morgen, haben Sie denn die ganze Nacht durchgearbeitet?"
„Nein, es war wirklich nicht so schlimm, es waren tatsächlich gerademal knapp dreißig verschiedene Anschlüsse. Ich habe neben dem jeweiligen Namen und der Anschrift notiert, wie oft und wie lange insgesamt gesprochen wurde."
„Mein Lieber, das war eine sehr gute und vor allem auch schnelle Arbeit, dafür bekommen Sie von mir einen Pluspunkt in Ihre Personalakte."
Strahlend über das Kompliment dankte der Anwärter und verließ das Büro des Kommissars. Der warf einen flüchtigen Blick auf die Aufstellung und es fielen ihm sofort einige bekannte Namen mit häufigen Kontakten auf. Wie er schon vermutete, telefonierte Berger mit seiner Freundin, der Staatssekretärin, am häufigsten, mindestens einmal am Tag, manches Mal auch öfters. Weitere häufige Gespräche gab es mit seiner Sekretärin Vroni Schedel, mit seiner Chefin von Zeilmann, dem Verantwortlichen für die Ernte, Josef Pfister. Die weitere Analyse dieser Aufzeichnungen und Ermittlungen des Anwärters wollte von Stein seiner Kollegin Suchel überlassen. Zuerst wollte er aber mehr von ihrem Besuch im Pfarrhaus von Neuwiesenfels erfahren.

Den dortigen Besuchstermin hatte die Oberkommissarin geschickt so gewählt, dass nur der Stadtpfarrer Peter Schneider und seine Haushälterin Frieda Landauer anwesend waren. Der Pflegesohn der Küste-

rin, Hans Oertl, war noch im Gymnasium, hatte noch Unterricht, und Kaplan Paul Stoffel gab in der Grundschule Religionsunterricht. So konnte die Kripobeamtin sicher sein, bei diesem Sechsaugengespräch nicht durch hierbei unerwünschte Personen gestört zu werden.
Frau Landauer begrüßte die Suchel und führte sie ins Arbeitszimmer des Geistlichen Rates, der sie schon neugierig erwartet hatte, und wollte den Raum wieder verlassen, um die zwei bei ihrem Gespräch nicht zu stören. Die Kommissarin hielt sie auf, „bleiben Sie nur hier, Frau Landauer, es wird Sie sicherlich interessieren, was ich zu berichten habe und Sie selbst sind ja auch davon betroffen. Nun vorweg: Sie hatten mir ja vor einigen Wochen im Zuge unserer Ermittlungen im Mordfall Berger eine Speichelprobe für eine DNA-Analyse gegeben, um die im Klostergarten gefundenen Beweisstücke richtig zuordnen zu können. Zu ihrer Beruhigung: Wir ahnten es ja schon vorher und wissen es jetzt 100%ig sicher, Sie haben beide mit der Ermordung des Gutsverwalters nichts zu tun."
Das sichtbare Aufatmen der beiden dauerte aber nur einen Augenblick, denn jetzt konfrontierte sie die Beamtin, „aber die DNA-Analyse hat auch ergeben, dass Sie, Frau Landauer, nicht die Pflegemutter von Hans sind, sondern seine leibliche Mutter!" Und zum Stadtpfarrer gewandt: „Und Sie, Herr Pfarrer Schneider, sind sein Vater! Sie beide sind die leiblichen Eltern von Hans Oertl! Ein Irrtum ist ausgeschlossen, leugnen – hat keinen Zweck mehr!"
Der Pfarrer und seine Haushälterin waren unvorbereitet auf dieses Ergebnis der DNA-Analyse, auf die schonungslos von der Kommissarin aufgedeckten Wahrheit, zu Tode erschrocken und kreidebleich zusammengesackt. Dann, nachdem der Geistliche Rat einige Male tief durchgeatmet hatte, „Frau Kommissarin, lassen Sie mich erklären", „Sie brauchen mir nichts zu erklären", wurde er unterbrochen, „ich bin kein Moralapostel, ich ermittle in einem Mordfall, moralische Verfehlungen zu bewerten, ist nicht meine Aufgabe, strafbar haben Sie sich nicht gemacht! Aber wenn Sie mir einen Rat erlauben, sollten Sie doch Ihrem Sohn, so bald wie möglich, seine wahre Herkunft schonend beibringen. Er hat ein Recht darauf! Er wird Sie nicht verurteilen, dass Sie seine Eltern sind, sondern vielmehr, dass Sie ihm die Wahrheit so lange verschwiegen haben. Damit müssen Sie leben, aber warten Sie also nicht noch länger und stehen zu Ihrem Sohn!"

Die Kommissarin ließ die beiden unschlüssig, voller Zweifel, ratlos wie sie waren, zurück und verließ das Pfarrhaus.
Auf den Stufen davor begegnete ihr der Kaplan Stoffel. Als dieser sie wahrnahm, zuckte er zusammen, murmelte ein „Grüß Gott“, und eilte ins Haus. Er meinte irrtümlich, die Beamtin hätte den Stadtpfarrer über seine Affäre mit der Frau des Bürgermeisters informiert.
Nach dem Mittagessen, das alle vier, Hans war auch inzwischen vom Gymnasium zurück, schweigend eingenommen hatten, bat der Kaplan den Geistlichen Rat um ein Vieraugengespräch und beichtete seine Verfehlung. Stadtpfarrer Schneider, der selbst noch mit seinem eigenen Problem beschäftigt war und noch nicht wusste, wie er seinem Bischof die Existenz eines Sohnes, noch dazu gezeugt mit seiner Haushälterin, erklären sollte, reagierte relativ gelassen auf die Sünden seines jungen Geistlichen, erteilte ihm die Absolution entsprechend der katholischen Lehre und legte ihm zur Buße eine Anzahl der üblichen Gebete auf. Richtig böse wurde er aber, als er erfuhr, wo der „Sündenfall“ stattgefunden hatte: Im Klostergarten und noch dazu an der Kirchenmauer, was für ein Frevel! Jetzt kam zur eigentlichen „Todsünde“ noch eine weitere hinzu, die „Schändung“ des Gotteshauses! Dass dies nicht innerhalb, sondern außen an der Kirchenwand geschah, stimmte den Geistlichen Rat kaum milder. Als weitere Buße sollte der Kaplan ab sofort während der Sommermonate täglich mindestens eine Stunde im Klostergarten arbeiten. „Richtig hart arbeiten“, meinte er, „Unkraut jäten, Hecke schneiden, Blumenbeete düngen und pflegen. Ich werde mich jeden Tag vom Fortgang der Arbeiten informieren!“

Mit vierzehn kamen ihre Eltern bei einem Verkehrsunfall ums Leben. Der jugendliche Unfallverursacher, gerade siebzehn und ohne Führerschein, hatte sich das Auto seines Vaters „ausgeliehen“ und angetrunken mit Freunden eine „Spritztour“, besser gesagt „Sprittour“, unternommen. Dabei überfuhr er eine rote Ampel und rammte das Fahrzeug ihrer Eltern, das sofort in Flammen aufging. Für die Insassen kam jede Hilfe zu spät. Der Jugendliche und seine Freunde flüchteten nahezu unverletzt. Ein Sachverständiger stellte später fest, hätten die Jungens gehalten und erste Hilfe geleistet, wären die Verunglückten zu retten gewesen. Die Flucht endete schließlich an einem Baum und auch diesen

Crash überstanden sie ohne größere Blessuren, das Auto des Vaters hatte jedoch nur noch Schrottwert. Geschickte Anwälte, vom Vater bestellt, verhinderten eine Freiheitsstrafe für den vorbestraften Jugendlichen, der schließlich zu fünfzig Sozialstunden verurteilt wurde. Die minderjährige Tochter der Verunglückten, mit einem Schlag Vollwaise geworden, erhielt keine anwaltschaftliche Hilfe, konnte so nicht als Nebenklägerin vor Gericht auftreten und berechtigte finanzielle Ansprüche geltend machen. Lediglich das Jugendamt trat in Erscheinung und wollte das Mädchen in ein Jugendheim stecken. Dies verhinderten zu ihrem Glück ein Bruder ihres Vaters, Onkel und Tante, die sie in ihrem Haus in einer kleinen Gemeinde, nahe zur französischen Grenze, aufnahmen und schließlich adoptierten.

Einige Monate trauerte sie ihren Eltern nach, vermisste sie. Doch dann fühlte sich Frieda langsam in ihrem neuen Zuhause und bei ihren Adoptiveltern immer wohler, die ihr sämtliche Freiheiten eines jungen Mädchens und heranwachsender Jugendlicher ließen. Sie erzogen ihre angenommene Tochter mit viel gebotener Liebe und Verständnis und ließen sie aber auch an „langer Leine" ihren Weg gehen. Nach dem Fachabitur absolvierte sie eine Ausbildung zur Erzieherin. Anschließend ging sie für eineinhalb Jahre in die Schweiz und besuchte eine Hauswirtschaftsschule und danach für sechs Monate mehrere Fortbildungsseminare für Behinderten- und Altenpflege. Mit ihren hervorragenden Zeugnissen und Empfehlungen erhielt sie trotz ihres jugendlichen Alters von erst 27 Jahren, als Berufsanfängerin und ohne jegliche Erfahrung, eine Anstellung als stellvertretende Leiterin des Altenheims der Kreisstadt.
Verheiratet war sie nicht, bis jetzt hatte sie den Richtigen noch nicht gefunden. Natürlich gab es einige Freunde, aber keinen von langer Dauer. Der erste, wie sie, gerade siebzehn, hatte beim ersten Mal mehr mit sich selbst zu tun, seinen Drang zu zügeln, als sich um seine Freundin zu kümmern und gemeinsam zum Ziel zu kommen. Beim zweiten, einem Schulkollegen aus der Abiturklasse, klappte es schon viel besser, sie gingen aber schon bald wieder auseinander, nachdem er beim Liebesakt mehrmals ihren Vornamen mit dem einiger ihrer Freundinnen verwechselt hatte. Den letzten in der Reihe ihrer Freunde lernte Frieda während ihrer Ausbildung zur Hauswirtschafterin in der Schweiz kennen, der im gleichen Semester studierte. Die Verbindung war ziemlich eng und ernst, sie war heftig verliebt. Auch er vergötterte sie regelrecht,

versicherte ihr mehrmals am Tag, wie sehr er sie liebe. Er hatte nur zwei Nachteile, zum einen war er ein ausgesprochenes „Weichei“, ging grundsätzlich jeder Diskussion oder Streitgespräch aus dem Weg, und zum anderen standen Vornamen in seinem Ausweis, mit denen sie sich nicht vorstellen konnte, ihn beim Austausch von Zärtlichkeiten anzusprechen oder ins Ohr zu flüstern, Emanuel-Teiwaz. Sie begnügte sich deshalb mit den üblichen Kosenamen, Liebling, Liebster, Schatz und Schätzchen und wenn es etwas heftiger zuging, dann auch „du Räuber, mein Teufelchen!“ Nachdem sie lange mit sich gerungen hatte, beendete sie schließlich schweren Herzens die Verbindung. Anlass war eine Einladung zu seinen Eltern, wobei er vom Heiraten und Gründen einer eigenen Familie sprach. Da bekam sie Panik und zog die „Reißleine“.

Die Kreisstadt und die umliegenden Orte bereiteten sich auf ein großes Fest vor. Die seit längerer Zeit verwaiste, katholische Gemeinde sollte wieder einen Stadtpfarrer und das Gymnasium einen neuen Religionslehrer erhalten. Dazu wurde der Bischof erwartet, der den Geistlichen in sein neues Amt einführen sollte. Der feierliche Gottesdienst und das Hochamt bestritten der neue Pfarrer und der Weihbischof der Diözese. Gleichzeitig erhielt der neue Stadtpfarrer vom Bischof persönlich den Ehrentitel „Geistlicher Rat“, den üblicherweise nur Geistliche im Pensionsalter für ihre Verdienste an der Kirche oder aber für hervorragende wissenschaftliche Studien erhalten. Der hier Geehrte hatte mehrere Bücher zur Kirchengeschichte geschrieben und veröffentlicht. Danach gab es im Rathaus einen Empfang des Bürgermeisters und der Stadtverordneten für den neuen Stadtpfarrer, den Bischof, seine zahlreichen geistlichen Würdenträger und natürlich für geladene Gäste und Honoratioren der Stadt. Die Leiterin des Altersheims hatte auch eine Einladung erhalten, konnte sie aber wegen einer anderen Verpflichtung nicht wahrnehmen und gab sie deshalb an ihre Stellvertreterin weiter. Sie und die zahlreichen Gäste wurden zu Beginn des Empfangs dem Bischof und dem neuen Stadtpfarrer vorgestellt. So lernte Frieda Landauer den Pfarrer Peter Schneider kennen.

Mehrere Wochen später, der Alltag war wieder in die Kleinstadt zurückgekehrt, die katholische Gemeinde hatte ihr neues geistliches Oberhaupt mit Freude und Dankbarkeit angenommen, erfuhr Frieda, dass der Kirchenvorstand für die Pfarrei, den Stadtpfarrer und seine zwei Kapläne, eine Haushälterin und Küsterin für die Stadtkirche Sankt Marien suchte. Sie bewarb sich, überstand beim Vorstand und dem Geistlichen Rat das Bewerbungsgespräch und wurde schließlich angenommen. Ihre Kündigung im Altenheim wurde zwar mit großem Bedauern von der zuständigen Stadtverwaltung akzeptiert, man war jedoch letztendlich froh, dass Frau Landauer in ihrer neuen Aufgabe der Stadt mit den sozialen und kirchlichen Diensten erhalten blieb.

Schnell lebte sich Frieda im Pfarrhaus ein und gewöhnte sich an den täglichen Ablauf. Ihre Hauptaufgabe war für den großen Haushalt mit sechs Personen zu kochen, den täglichen Bedarf einzukaufen und für den Blumenschmuck in der Kirche zu sorgen. Neben dem Stadtpfarrer mussten zwei Kapläne und zwei Haushaltshilfen, zuständig für die Kleidung und Wäsche der Geistlichen und ihrer eigenen, und verantwortlich für die Bett- und Tischwäsche, versorgt werden. Für die Reinigungsarbeiten im Pfarrhaus kamen zwei Halbtagskräfte aus der Stadt. Kleinere Instandhaltungs- und Gartenarbeiten erledigten Mitarbeiter des städtischen Bauhofs. Wichtig für Frieda war der tägliche Zeitplan. Mittagessen gab es generell, auch an Sonn- und Feiertagen, um 12:15 Uhr und das Abendbrot um 18:00 Uhr. Diese Mahlzeiten wurden gemeinsam im großen Esszimmer eingenommen. Auf Pünktlichkeit und Einhaltung der Uhrzeiten zum Mittag- und Abendessen achtete peinlichst genau der Geistliche Rat persönlich; wer zu spät und nach dem Tischgebet kam, wurde bei den späteren Gesprächen mit Missachtung bestraft.
Für die Geistlichen begann der Tag um 5:45 Uhr mit einer gemeinsamen Andacht im Gebetszimmer. Durch unterschiedlichen Dienstbeginn, Frühgottesdienst, Unterricht in der Schule und sonstigen seelsorgerischen Aufgaben, wie Krankenbesuche, Teilnahme an Veranstaltungen verschiedener kirchlichen Einrichtungen, Messdienerschulung, Kommunionunterricht, Beichtabnahmen und vieles mehr, wurde das Frühstück getrennt in der Küche eingenommen, das Frieda schon am Abend vorher vorbereitet hatte.
Der Geistliche Rat führte, soweit es kirchliche und religiöse Dinge betraf, ein „strenges Regiment“. Für den Haushalt war Frieda zuständig, für Disziplin, Sauberkeit und Ordnung. Auch achtete sie auf höflichen Umgang miteinander; die Kapläne bekamen so manchen Rüffel, was der Stadtpfarrer mit Schmunzeln registrierte, wenn sie zu locker mit ihrem Verhalten und Umgangston wurden.

Im Laufe der Zeit wurden die beiden Kapläne immer frecher, anzüglich und oft sehr eindeutig in ihren Äußerungen, dies jedoch immer nur in Abwesenheit des Stadtpfarrers. Frieda sah gut aus, die Rundungen zeigten sich deutlich an den richtigen Stellen und sie verstand es, ihre Weiblichkeit zu zeigen. Die jungen Geistlichen standen untereinander im Wettbewerb um ihre Gunst und versuchten, mit Macht und allen Verführungskünsten aus der dienstlich verpflichteten Keuschheit und Enthaltsamkeit auszubrechen. Als Frieda eines Tages mit einem der Kapläne alleine im Pfarrhaus war und in der Küche das Abendbrot vorbereitete, schlich sich einer der liebeshungrigen Geistlichen zu ihr, umfasste sie von hinten und seine frechen Hände fanden ihre Brüste. Überrascht von diesem Angriff trat sie mit einem Bein nach hinten und traf ihn an seiner empfindlichsten Stelle. Er heulte kurz auf, ließ sie los und bekam einen Augenblick später mit Wucht ein Küchenbrett auf den Kopf geknallt. Sein Liebesfieber war augenblicklich abgekühlt und er verschwand in sein Zimmer. Tagelang lief er mit einer riesigen Beule am Kopf herum, erzählte, er habe sich im Keller des Pfarrhauses gestoßen, und nur der Geistliche Rat ahnte den Übergriff seines jungen Kaplans, oder hatte dem seinen „Sündenfall" gebeichtet. Jedenfalls hatte Frieda von diesem Tag an ihre Ruhe vor den liebeshungrigen Kaplänen.

Frieda war dem Stadtpfarrer dankbar für sein Eingreifen, sie hatte starkes Vertrauen zu ihm, freute sich, wenn sie ihn sah und errötete, wenn er ihr ein Kompliment machte oder eine kleine Aufmerksamkeit schenkte. Zuerst sah sie in ihm einen Vaterersatz, dann einen Mann, den sie jetzt mit anderen Augen betrachtete. Sie errötete, wenn er sie ansprach oder ein kleines Kompliment machte. Aber auch der Stadtpfarrer hatte einen Blick auf sie geworfen, waren es die Kapläne, die ihn aufmerksam machten und die er als Wettbewerber ausgeschaltet hatte, oder war es ihre Weiblichkeit, ihre Blicke, Sympathie? Immer öfters berührten sie sich anscheinend zufällig, beim Essen, wenn sie servierte oder Geschirr abräumte, oder in der Kirche und Sakristei, wenn sie für den Blumenschmuck sorgte. Ihre Blicke waren gegenseitig mehr als aufmerksam, fordernd, begehrlich. Es knisterte zwischen ihnen, die Anspannung stieg unerträglich an, der Drang zueinander konnte nicht länger aufgehalten werden. Die Gelegenheit kam, als sie und der Geistliche Rat alleine im Pfarrhaus waren. Dann geschah es: Frieda brachte dem Pfarrer seinen nachmittäglichen Tee in das Arbeits- und Lesezimmer. Kaum hatte sie das Gedeck abgestellt, fielen sie, ohne viele Worte auszutauschen, übereinander her. Die ganze angesammelte Kraft, die lange Zurückhaltung und Enthaltsamkeit entlud sich in wilden Umarmungen, mehreren Akten und lustvollen Schreien. In ihrem Zimmer kam sie wieder zu sich. Zuerst meinte sie zu träumen, aber unter der Dusche merkte sie, es war tatsächlich geschehen. Sie schämte sich nicht, hatte kein schlechtes Gewissen. Im Gegenteil: Sie fühlte sich zufrieden, fast glücklich. Zum vollkommenen Glück störte nur die Heimlichtuerei, das Versteckspiel und es fehlte das öffentliche Bekenntnis: „Ja, ich liebe dich, wir gehören zusammen!"

Von jetzt an trafen sie sich ein-, zweimal in der Woche bei ihm in seiner kleinen Zweizimmerwohnung im ersten Stock des Pfarrhauses. Hier waren sie ungestört, unbeobachtet, konnten nicht belauscht werden und lebten ihren sexuellen Drang voll aus. Dann, nach einigen Monaten, veränderte sich Frieda. Waren die beiden zu dumm, naiv, leichtsinnig, unvorsichtig, hatte der sexuelle Trieb ihren Verstand außer Kraft gesetzt, hatten zwei hochintelligente Menschen alle gebotene Vorsicht missachtet, mögliche Konsequenzen nicht bedacht? Die Fragen waren eindeutig mit „ja" zu beantworten: Ein Test bestätigte Friedas Gefühl, sie war schwanger!

Drei Tage kämpfte sie mit sich. Ihr Verstand war zurückgekehrt, die Vernunft siegte über Gefühle, ihr eigenes Wohl wurde zurückgedrängt, eine ungewisse Zukunft in Kauf genommen. Sie traf drei Entscheidungen: Sie wollte das Kind austragen und bekommen, eine Abtreibung war für sie keine Alternative. Der Geistliche sollte nichts von seiner Vaterschaft erfahren. Sie wollte ihm Häme, Spott, Anfeindungen, Ende seiner beruflichen Laufbahn, Aberkennung aller Ehrungen, ja auch die logisch folgende Exkommunikation, ersparen. Mehrmals hatte sie in den letzten Tagen mit einer ehemaligen Studienkollegin in Bayern telefoniert. Die wollte ihr eine Wohnung vermitteln, einen Arbeitsplatz und einen Platz in einer Kinderkrippe besorgen. Weiter sicherte ihr die Freundin Unterstützung und Hilfe zu.
Frieda nahm ihren Jahresurlaub, kündigte im Pfarramt und der Personalabteilung der Stadt ihr Arbeitsverhältnis. Als Grund gab sie an, eine Tante sei nach einem Schlaganfall ein Pflegefall geworden und als einzige näherstehende Verwandte sehe sie es als ihre Pflicht an, die Pflege zu übernehmen. Sie verließ das Pfarrhaus und ihr Umfeld mit unbekann-

tem Ziel. Auch der Stadtpfarrer erfuhr noch nichts von seiner bevorstehenden Vaterschaft, ahnte aber etwas, da er überzeugt war, die angebliche Pflegschaft ihrer Tante sei nur ein vorgeschobener Grund gewesen. Auch wohin sie gehen wollte, hatte sie im Unklaren gelassen.

Friedas plötzliches Verschwinden trieb die Spekulationen und Gerüchte hoch. Viele, die sie näher kannten, glaubten der Geschichte mit der pflegebedürftigen Tante nicht. Zuerst hieß es: Im Urlaub hätte sie einen reichen Amerikaner kennengelernt und wäre mit ihm in die USA gegangen. Eine andere Version unterstellte ihr in einen der Kapläne unsterblich verliebt gewesen zu sein und wegen fehlender Gegenliebe hätte sie die Flucht ergriffen. Eine Wendung erhielten die Gerüchte, als eine Apothekenhelferin unter dem Mantel der Verschwiegenheit erzählte, Frieda hätte bei ihr einen Schwangerschaftstest gekauft; wieder kamen die beiden jungen Kapläne in Verdacht. Der Wahrheit ziemlich nahe kam einige Wochen später eine weitere Indiskretion. Ein Azubi der Stadtsparkasse berichtete hinter vorgehaltener Hand, er hätte ein Überweisungsformular gesehen, mit dem „der Herr Stadtpfarrer" zehntausend D-Mark an eine ihm unbekannte Anschrift geschickt hätte. Der Schwangerschaftstest und die Banküberweisung passten für die Klatschmäuler genau zusammen: Der Stadtpfarrer Schneider hatte Frieda Landauer, seine junge Haushälterin, geschwängert und ihre Verschwiegenheit mit viel Geld erkauft. Nach einigen Wochen gab es keine Neuigkeiten mehr im Fall der fluchtartig verschwundenen Frau Landauer, sie geriet langsam in Vergessenheit und die Öffentlichkeit widmete sich aktuelleren Themen zu.

Für Frieda begann ein neuer Lebensabschnitt in einer unbekannten Umgebung und einer zusätzlichen Verantwortung für ein neues Leben, das schnell in ihr wuchs und immer größer wurde. Ihre Freundin und deren Ehemann bemühten sich rührend um sie. Eine kleine Wohnung und einen Aushilfsjob in einer Kita hatten sie für Frieda gesucht und gefunden. Eine größere ärztliche Vorsorge wurde nicht benötigt, die Schwangerschaft verlief problemlos. Wie auch immer, der Vater des noch ungeborenen Kindes und Stadtpfarrer Schneider fand ihren Aufenthaltsort heraus und sie telefonierten ein- bis zweimal in der Woche zusammen. Ihr Umgang miteinander wechselte wieder von einem innigen und heftigen Liebesverhältnis zu einer Verbindung, ähnlich die eines besorgten Vaters zu seiner in Not befindlichen Tochter. Er stand zu Frieda und seinem zukünftigen Kind, ein öffentliches Bekennen scheute er aber nach wie vor. Zumindest finanziell unterstützte er die werdende Mutter, überwies ihr für den Anfang zehntausend D-Mark und sicherte weitere Zahlungen zu.

Der kleine Erdenbürger, es war ein Junge, kam ebenso problemlos zur Welt, wie die ganze Schwangerschaft verlaufen war. Kind und Mutter waren wohlauf. Wie der Vater die Nachricht von der Geburt seines Sohnes aufgenommen hatte, war nicht bekannt. Es war schon etwas paradox, dass der katholische, natürlich unverheiratete Pfarrer, plötzlich einen Stammhalter bekommen hatte. Die Frage nach dem Namen des Kindsvaters beantwortete Frieda immer wieder hartnäckig mit „unbekannt". Taufpate sollte der Mann ihrer Freundin werden, also erhielt ihr Sohn den „seltenen" Vornamen Hans. Kurz vor ihrer Entlassung aus der Entbindungsstation des Krankenhauses erkrankte Frieda ziemlich schwer. Die Ärzte standen vor einem Rätsel, ihr Zustand wurde immer schlechter, keiner erkannte die Ursache, alle herkömmlichen Mittel sprachen nicht an. Erst ein spezialisiertes Ärzteteam aus der Uniklinik fand heraus, dass sie von unbekannten Krankenhauskeimen befallen war, die in anderen Kliniken schon Todesfälle verursacht hatten. Frieda wurde sofort isoliert, in ein künstliches Koma versetzt und auf einer Intensivstation behandelt. Es dauerte mehrere Wochen bis die akute Lebensgefahr überwunden war und sie langsam wieder aus dem Koma zurückgeholt werden konnte. Der Heilungsprozess erforderte eine langwierige, intensive, fachärztliche Betreuung und viel Geduld der Patientin. Nach fast eineinhalb Jahren galt sie als geheilt und wurde nach mehreren stationären REHA-Maßnahmen aus dem Krankenhaus entlassen.

In der Zwischenzeit gab es ein heftiges Gerangel um das Baby. Die Mutter war lebensgefährlich erkrankt, der Vater unbekannt, nähere Verwandte gab es nicht, folglich trat das Jugendamt auf den Plan und wollte den kleinen Jungen in einem Kinderheim unterbringen. Friedas Freundin und deren Mann ließen dies jedoch nicht zu, und bewarben sich als Pflegeeltern. Nach mehreren Überprüfungen durch das Jugendamt und Empfehlungen kirchlicher Einrichtungen erhielten sie schließlich das Baby. Da die Mutter aus gesundheitlichen Gründen noch keinerlei Entscheidungen treffen konnte, eine Genesung unsicher war oder zumindest in weiter Ferne lag, wurde das Ehepaar Oertl zu Pflegeeltern des kleinen Jungen bestellt, der ab jetzt Hans Oertl jun. hieß.

Nachdem Frieda die heimtückische Krankheit überwunden hatte und als geheilt wieder ins normale Leben zurückkehrte, war sie glücklich und äußerst dankbar, dass die Oertls ihren Jungen angenommen hatten. Sie brachte es nicht übers Herz, das Kind zu sich zu holen. Auf der einen Seite wollten die Pflegeeltern am liebsten den Kleinen für immer behalten, es ging ihm gut, fühlte sich pudelwohl, wuchs und gedeihte, und hatte wahrscheinlich ein besseres Zuhause, als Frieda es ihm bieten konnte. Andererseits hatte sie noch eine ungewisse Zukunft vor sich und wollte zuerst eine sichere Existenz aufbauen, bevor sie sich psychisch und finanziell, trotz Unterstützung des Kindsvaters, in der Lage fühlte, die Verantwortung für ihren kleinen Jungen zu übernehmen. Sie ging nach Österreich und übernahm in Innsbruck in einer Privatklinik die Leitung der Hauswirtschaft. Die Verbindung zu den Oertls und ihrem Sohn blieb sehr eng, mit häufigen Telefongesprächen und Besuchen nahm sie Anteil an der Entwicklung des Kleinen, war glücklich und unglücklich zugleich! Der Kleine wuchs heran, fing auf wackeligen Beinen an zu laufen und die ersten Worte zu brabbeln, bei jedem Abschied weinte sie bitterlich, hätte ihn am liebsten jedes Mal mitgenommen. Noch war es nicht so weit, sie hatte jedoch ein Ziel!

Stadtpfarrer Schneider fand auch nach Friedas Flucht keine Ruhe. Er ließ über einen Anwalt und den Meldeämtern ihre neue Anschrift ermitteln. Er hatte dann telefonischen Kontakt, sprach wiederholt mit ihr und erfuhr so von seiner Vaterschaft. Die Gerüchte in der Kleinstadt waren zwar verstummt, hatten aber dann doch, nach längerer Zeit, den Weg bis zum Bischof gefunden. Nach verschiedenen Gesprächen wurde Schneider schließlich als Stadtpfarrer abberufen und erhielt eine Aufgabe in der Verwaltung am Bischofssitz. Als Spezialist für Kirchengeschichte wurde er zum Leiter des bischöflichen Archivs ernannt und vervollständigte die Chronik des Bistums. Nach drei Jahren der Bewährung schickte ihn der Bischof für ein weiteres Jahr als Sekretär des Abtes in ein bayerisches Benediktinerkloster. Dort sollte er sich in Demut und Bescheidenheit den strengen Regeln des Ordens unterwerfen und das harte Leben eines Benediktinermönchs kennenlernen. Bei Bewährung und guter Beurteilung durch den Abt sollte er wieder als Seelsorger in einer Kirchengemeinde eine neue Aufgabe übernehmen. Am

Bischofssitz war Schneiders Fehltritt vor Jahren lange vergessen, außer dem Bischof konnte sich niemand mehr an diese Geschichte erinnern. Ohne „Vorbelastung“ wurde er deshalb vom Oberhirten der Diözese in die Provinz in eine Großgemeinde als Stadtpfarrer geschickt. Auch seinen Ehrentitel „Geistlicher Rat“ durfte Schneider behalten.

Dann trat plötzlich eine Wende in Friedas Lebensgeschichte ein. Die Ehe der Pflegeeltern ihres Kleinen wurde von einem Tag zum anderen auseinandergerissen. Oertl sen. wurde beim Handel mit Drogen von der Polizei erwischt, verhaftet und zu einer langjährigen Haftstrafe verurteilt. Friedas Freundin, Frau Oertl, ließ sich scheiden, wollte von ihrem Wohnsitz wegziehen und mit einem neuen Lebenspartner ein neues Leben beginnen. Der kleine Hans stand aber dieser Verbindung im Wege. Bevor er wieder einmal in ein Kinderheim abgegeben werden sollte, nahm Frieda ihn kurz entschlossen zu sich. Nach außen hin gab sie sich als Hans' Pflegemutter aus, der auch danach den Namen seiner eigentlichen Pflegeeltern behielt. Frieda war glücklich, ihren Kleinen wieder bei sich zu haben. Kurz vor der Einschulung des Kleinen änderte sich das Leben der beiden schon wieder.

War es ein Zufall oder doch von seinem leiblichen Vater gesteuert und in die Wege geleitet. In Schneiders Gemeinde wurde eine neue Haushälterin für das Pfarrhaus und für die Pfarrkirche eine Küsterin gesucht. Pfarrer Schneider rief Frieda an und empfahl ihr, sich auf diese Stelle zu bewerben. Sicher hatte er bei der Auswahl der Bewerberinnen seine Hand im Spiel, jedenfalls wurde sie als Haushälterin des Pfarrhauses eingestellt. Dass sie ihr „Pflegekind“ mitbrachte, war für die Gemeinde kein Problem. So wurde die kleine Familie im Pfarrhaus von Neuwiesenfels zwar räumlich zusammengeführt, blieb aber nach außen hin getrennt. Der Kleine fühlte sich in der neuen Umgebung schnell wohl, auch die Einschulung in die erste Klasse bereitete ihm keine Schwierigkeiten, brachte ihm viele, neue Eindrücke und auch zahlreiche Freunde. Frieda war seine „Mama“, auch als er feststellte, sie hatte einen anderen Namen und erfuhr, sie wäre nur seine Pflegemutter. Den Unterschied kannte er sowieso nicht, interessierte ihn auch nicht, und rief sie weiterhin „Mama“, die er so inniglich liebte. Zu seinem leiblichen Vater, der vom Alter sein Großvater hätte sein können, hatte der kleine Hans ein ganz anderes Verhältnis. Er hatte großen Respekt vor ihm, bewunderte ihn und sprach ihn immer höflich, wie seine Freunde, mit

„Hochwürden“ oder „Herr Pfarrer“ an. Der Geistliche konnte seine Vaterliebe nicht zeigen und äußern, setzte dagegen seinen ganzen Ehrgeiz in eine ausgezeichnete Ausbildung und Erziehung des Jungen. So kam es, dass Hans bald nicht nur der Beste seiner Klasse, sondern sogar dem Ausbildungsstand seiner ganzen Klasse weit voraus war. Auch im musischen Bereich genoss Hans eine hervorragende Ausbildung. So lernte er schnell auf dem Flügel, der im Besucherzimmer des Pfarrhauses stand, Klavierspielen. Ganz begeistert zeigte sich der Knirps, wenn ihn Hochwürden mit in die Kirche nahm und er auf der Orgel spielen durfte.
So lebten die Drei unter einem Dach, der hoch geachtete und beliebte „Herr Stadtpfarrer“, die fleißige Frau Landauer, die den Haushalt im Pfarrhaus in mustergültiger Ordnung hielt und die Kirche immer mit frischen Blumen aus dem Klostergarten schmückte und der junge intelligente Hans, der schon vorzeitig zum Gymnasium in der Kreisstadt wechseln konnte. Ob Frieda und der Geistliche, „ihr Peter“, das frühere Liebesverhältnis wieder aufnahmen, blieb unbekannt, auf diesbezügliche Fragen schwieg sie und überließ eine Antwort den Fantasien der Kommissarin. Über zehn Jahre blieben die tatsächlichen verwandtschaftlichen Verhältnisse unbekannt, nicht entdeckt und nicht aufgeklärt. Und sie wären es auch heute noch, wenn nicht der heranwachsende junge Hans verbotenerweise geraucht, als Versteck den Klostergarten gewählt und dort zufällig die Leiche des vermissten Gutsverwalters entdeckt hätte.

Mit einem tiefen Seufzer beendete sie ihre Geschichte. Sie zeigte sich aufgeregt, aufgewühlt, ihr Puls war an die obere Grenze angestiegen, sie atmete heftig, wie nach einer anstrengenden Tätigkeit. Kommissarin Suchel legte ihre Hand beruhigend auf Friedas zitternde Hände. Einige Minuten Stille, jeder hing seinen eigenen Gedanken nach. Nach einigen Minuten Ruhe hatten sich Atem und Puls wieder beruhigt.
„Ich bin zufrieden, erlöst, befreit, ein Felsbrocken ist von mir abgefallen, fast zwanzig Jahre Lügengeschichten, Angst vor Entdeckung und der weiteren Zukunft, Scham, Heucheln, Vertuschen, meinen eigenen Sohn verleugnen, das ist jetzt endlich vorbei! Meine größte Sorge, wie wird Hans die Wahrheit aufnehmen, wie wird er reagieren, war unbegründet. Er benötigte einige Zeit das Gehörte, die Wahrheit über seine

Herkunft, zu verarbeiten. Dann reagierte er aber spontan, vernünftig und doch voller Emotionen. ‚So lang' ich denken kann, ward ihr meine Eltern, ob Pflegeeltern oder leibliche Eltern, spielte nie eine Rolle, ich habe mich hier im Pfarrhaus immer zu Hause gefühlt, war glücklich, zufrieden, habe euch immer verehrt und geliebt. Und ab jetzt seid Ihr auch meine richtigen Eltern und ich kann voller Stolz immer sagen, das ist meine Mutter und das ist mein Vater. Und sollte jemand es wagen, dumme Sprüche zu machen, erhält er eigenhändig von mir eine auf die Schnauze.' Und dann, nachdem er das zu mir gesagt hatte, umarmte er mich, drückte mich heftig, dass ich fast keine Luft mehr bekam. ‚Ich liebe dich, du bist meine Mutti!' Und auch seinen Vater umarmte er, dass ihm, der sich sonst so im Griff hatte und nie Emotionen zeigte, einige Tränen die Wangen herunter liefen." Dann wurde Frieda von ihren Gefühlen überwältigt, der Körper zitterte, bebte, es brach aus ihr heraus, sie heulte und schluchzte los, lehnte sich, Trost und Schutz suchend, an die Kommissarin. Die legte ihren Arm um sie und unterdrückte selbst mit Mühe einige Tränen.

Die kleine „Großgemeinde" Neuwiesenfels ist normalerweise ein ruhiger, eher beschaulicher Ort. Natürlich ist im Sommer, während der Erntezeit, viel los auf den Straßen, vor allem die Erntehelfer prägen das Straßenbild. Die Bürger ärgern sich regelmäßig über die von den Landmaschinen verschmutzten Wege, wenige Urlauber besichtigen den Ort ohne nennenswerte Sehenswürdigkeit. Im Herbst ist meistens etwas mehr Betrieb durch Wanderer, Besucher der Weinlese und der zahlreichen Weinfeste in den umliegenden Gemeinden. Abwechslung für die Bewohner bringen die hohen kirchlichen Feiertage, ein kaum erwähnenswerter Faschingsumzug und ab und zu ein Vereinsjubiläum. Etwas abseits von den Hauptverkehrswegen und dem Eisenbahnnetz verlieren sich selten Fremde und Touristen und damit bleibt die Gemeinde auch weitgehend verschont von größerer Kriminalität. Die Einheimischen sind über diesen Zustand und das fehlende Interesse an „ihrem Dorf" zufrieden, die Einwohnerzahl bleibt dank „Inzucht" einigermaßen konstant.
Im Gegensatz zu früheren Jahren wurde das beschauliche Leben der Bürger in diesem Jahr, innerhalb von nur wenigen Wochen, schon zweimal geradezu empfindlich gestört: Zuerst durch die Ermordung

des beliebten Gutsverwalters, kurze Zeit danach die Verhaftung eines Erntehelfers und seine spätere Freilassung. Und jetzt der nächste Schock:

Nein, dieses Mal gab es keinen lauten Aufschrei in der Gemeinde, sondern nur Gerüchte, die leise hinter vorgehaltener Hand, aber genau so schnell wie ein Lauffeuer, verbreitet wurden. Die Namen des Bürgermeisters Haberkorn und des Bauunternehmers Staudacher sollen sich auf einer CD mit Steuerflüchtigen und Steuerhinterziehern gefunden haben, die das Finanzministerium von einem ehemaligen Mitarbeiter einer großen Schweizer Bank gekauft hatte. Dieses Gerücht erhielt zusätzliche Nahrung durch angebliche Durchsuchungen der Wohnung des Bürgermeisters und des Wohnhauses und der Geschäftsräume des Bauunternehmers durch Steuerfahnder in einer „Nacht- und Nebelaktion".

Woher diese Informationen kamen und wer sie in Umlauf brachte, blieb unentdeckt. Der „Kurier" berichtete zwei Tage lang auf der ersten Seite des Regionalteils, brachte Fotos der angeblichen Steuersünder, Vermutungen, Beschimpfungen und Vorverurteilungen. Die Beschuldigten wehrten sich heftig gegen die erhobenen Vorwürfe.

Haberkorn bestritt, jemals Steuer hinterzogen zu haben, berief sich auf das „Steuergeheimnis" und drohte mit einer Verleumdungsklage. Staudacher wiederum verweigerte dem „Kurier" ein Interview, gab keinerlei Auskünfte und verwies auf ein „schwebendes Verfahren".

Nach zwei Tagen wurde diese „Steueraffäre" von der nächsten dramatischen Nachricht abgelöst.

Zuerst der Gutshof und nur wenig später war die ganze Gemeinde in höchster Aufruhr und von der nächsten Schreckensmeldung überrascht. Noch vor dem Morgengrauen, noch bevor die Erntehelfer des Guts auf die Spargelfelder zum Stechen gefahren werden konnten, rasten mehrere äußerlich neutrale Fahrzeuge und Streifenwagen des Zolls und des LKA mit Martinshorn und Sirene auf das Hofgelände. Mindestens zwanzig Beamte in Zivil und in Uniform sprangen aus den Autos, stürmten in das Gästehaus und in die Wohncontainer der Erntehelfer. Zwei Beamte mit Spürhunden gehörten zu dem Polizeiteam. Nach knapp einer Stunde war der Einsatz beendet. Fünf der polnischen Gastarbeiter, unter ihnen ihr Vorarbeiter Lucas Menorski, wurden mit Handschellen gefesselt verhaftet, aus ihren Unterkünften geführt und in einen Polizeimannschaftswagen gebracht. Einige Beamte trugen Kartons, mit unbekanntem Inhalt, in ein anderes Fahrzeug. Nach einem ausführlichen Gespräch des Einsatzleiters mit der Gutsherrin hinterlegte Barbara von Zeilmann eine Kaution von zehntausend Euro, worauf vier der Arbeiter wieder freigelassen wurden. Menorski blieb in Handschellen und wurde mitgenommen. So überraschend der Einsatz begonnen hatte, so schnell waren die Fahrzeuge verschwunden; lediglich zwei Beamte blieben zurück, bis ein Lkw mit Kran Menorskis alten roten VW-Bus auflud und ihn zum Landeskriminalamt zur näheren Untersuchung brachte.

Was war geschehen, wie kam es zur Untersuchung der Unterkünfte der polnischen Gastarbeiter und weshalb wurde deren Vorarbeiter verhaftet? Die Lösung war einfach, schließlich war es der Polizeiroutine und der eingesetzten Technik zu verdanken, dass ein größerer Schmuggel unverzollter Zigaretten und etlicher Kilos verschiedener verbotener Drogen aufgeklärt werden konnte.

Als der polnische Gastarbeiter Lucas Menorski wegen Verdachts der Ermordung des Gutsverwalters Berger verhaftet und erkennungsdienstlich behandelt und fotografiert wurde, gelangten seine Fotos zum Bundeskriminalamt in den Zentralcomputer und wurden mit anderen Fahndungsfotos verglichen. Der Computer erkannte dabei das Foto eines Fahrers eines roten VW-Busses. Dieses Fahrzeug hatte ein Hamburger Autokennzeichen, das vor einigen Wochen in Polen auf einem Hotelparkplatz von einem BMW eines deutschen Touristen aus Hamburg gestohlen worden war. Der rote VW-Bus war am gleichen Tag bei einer Routinekontrolle fotografiert und später zur Fahndung ausgeschrieben worden. Da dieses Fahrzeug mit einem gestohlenen Kennzeichen, von Polen kommend, in der Nähe der Grenze identifiziert wurde, lag die Vermutung nahe, dass mit diesem Transporter Schmuggelware nach Deutschland gebracht werden sollte. Der Aufenthaltsort des Fahrers und des möglichen Schmuggelfahrzeugs ergab sich durch die Verhaftung Menorskis wegen Mordverdacht. Er hatte seinen vorübergehenden Wohnsitz im Gutshof von Zeilmann in Neuwiesenfels und eine befristete Arbeitserlaubnis als Erntehelfer auf diesem Gut.

Eine größere Aktion des Zolls und der Polizei wurde daraufhin geplant und durchgeführt, ohne dass vorher Informationen an die Presse und Öffentlichkeit gelangten. Dabei wurden bei einer Durchsuchung seines Zimmers im Gästehaus des Guts mehrere Stangen unverzollter Zigaretten und eine Unmenge Rauschgift und Anabolikatabletten sichergestellt. Mehrere auf Rauschgiftsuche ausgebildete Polizeihunde stöberten in Menorskis VW-Bus eine Menge Stangen von unverzollten Zigaretten und Rauschgift mit einem Schwarzmarktwert von einhunderttausend Euro und mehr auf. Im Landeskriminalamt wurde der Bus komplett zerlegt, alle Verstecke entdeckt und weiteres verbotenes Material und Zigaretten sicher gestellt.

Auch in einigen anderen Zimmern der Erntehelfer wurden Zigaretten und geringe Mengen Kokain und Heroin aufgespürt. Diese Gastarbeiter beteuerten die geringen Mengen an Rauschgift für den Eigenbedarf und nicht für den Handel zu gebrauchen. Für die unversteuerten Zigaretten sollten sie Zoll und eine vierstellige Strafe zahlen, was sie jedoch nicht konnten, so viel Geld hatten sie nicht. Um sie von einer Verhaftung zu verschonen, die Gutsherrin benötigte jede Hand, jeden einzelnen Arbeiter für die letzten Tage der Spargelernte, hinterlegte sie beim Zoll eine Kaution in der geforderten Höhe. Sie beabsichtigte diesen Betrag ihren Erntehelfern vom letzten Lohn abzuziehen. Menorski blieb jedoch in Haft, auch die Einschaltung ihres Rechtsanwaltes nutzte der Baronin nichts. Aufgrund der Riesenmenge sichergestellter Schmuggelware, Fluchtgefahr und möglicher Vertuschung sah der Haftrichter keine Möglichkeit den verhafteten Menorski, selbst bei Hinterlegung einer fünfstelligen Kaution, freizulassen. Im Gegenteil: Bei weiteren Verhören nannte er den Beamten Namen von Abnehmern des geschmuggelten Rauschgifts und der Zigaretten, die alle in Neuwiesenfels oder Umgebung ansässig waren. Die erhielten in den folgenden Tagen unangemeldet Besuch von Polizei und Zoll. Dies blieb natürlich der neugierigen Nachbarschaft nicht verborgen, sodass die Ertappten nicht nur zum Gespött in der Gemeinde, sondern auch mit Schadenfreude überschüttet und beim dörflichen Geschwätz an den Pranger gestellt wurden. Der nachzuzahlende Zoll und die Geldstrafe waren noch der kleinere Teil des erlittenen Schadens.

Die Aufregung um die Razzia im Hofgut von Zeilmann hatte sich noch nicht gelegt, die Aktion des Zolls und der Polizei bei einigen Bewohnern von Neuwiesenfels war noch im Gange. Die Kripo der Kreisstadt war am Einsatz jedoch nicht beteiligt, wurde nur amtshalber über Vorhaben der Polizei und Ergebnis informiert. Hauptkommissar von Stein und seine Kollegin, Oberkommissarin Suchel waren noch immer mit den Mordfällen am Gutsbesitzer von Zeilmann vor drei Jahren und an seinem Verwalter Berger vor einigen Wochen beschäftigt. Zahlreiche Hinweise hatten sie gesammelt, unzählige Gespräche geführt, einen Verdächtigen verhaftet, den sie später wieder entlassen mussten, aber entscheidend weiter gekommen waren sie nicht. Mit einer gewissen Genugtuung hatten sie aber die Verhaftung und Beschuldigung des Vorarbeiters der Spargelstecher Menorski verfolgt. Sie selbst mussten ihn zwar wegen erwiesener Unschuld im Mordfall Berger wieder frei lassen, sahen aber seine voreilige Verhaftung als entschuldbar an, denn er wurde ja jetzt doch noch „hinter Schloss und Riegel“ gebracht. Er hatte mächtig viel „Dreck am Stecken“, wie die Suchel schadenfroh meinte, „es hätte doch den Richtigen erwischt!“

Ohne auf das „Herein“ zu warten, stürmte die Oberkommissarin in das Büro ihres Chefs und flegelte sich in einen Besucherstuhl. „Während du deinen überfüllten Schreibtisch aufgeräumt und unwichtige Nachrichten gelesen hast, hab’ ich für mindestens zwei geschuftet, deine Arbeit mitgemacht, und den Lohn dafür steckst – wie üblich – alleine du ein!“ Von der offensichtlich guten Stimmung seiner Kollegin angesteckt, konterte von Stein: „Jetzt mach’ mal halblang, zügle dein loses Mundwerk, denk’ daran, für deine Beförderung wird meine Beurteilung verlangt, ich glaub’, ich verschieb’ das Ganze und leg’ deine Personalakte zuunterst meiner unerledigten Akten mit dem Vermerk ‚unwichtig’! Aber lass’ mich an deiner guten Laune teilhaben, du hast mir sicherlich etwas zu berichten!“
„Du kannst dich sicher noch erinnern, du hattest mir vor ein paar Tagen eine Liste mit Telefonnummern gegeben, mit denen der Berger vor seiner Ermordung mit seinem Handy Kontakt hatte. Dein Assi, der junge Anwärter, hat ja diese Liste mit den Namen und Anschriften der Gesprächspartner von Berger ergänzt. So viele waren es ja zum Glück nicht, die meisten waren bekannt oder unwichtig für unsere Ermittlungen. Zwei sind mir besonders aufgefallen, die eine von der Staatssekretärin Mahler, wie du sicher auch erkannt hast. Die Zwei haben ja mindestens einmal am Tag zusammen gesprochen, etwas viel, selbst für einen hartnäckigen, angeblichen Autogrammjäger“, meinte die Suchel süffisant, „der Inhalt der ‚Turteleien’ wäre sicher für einen Lauscher von besonderem Interesse, nicht aber für unsere Ermittlungen.

Merkwürdig waren jedoch vier Anrufe vom gleichen Anschluss am Freitag und Samstag vor dem Mord.“
„Ja und, wer war der Anrufer?“ Die Oberkommissarin ließ sich mit ihrer Antwort viel Zeit, wollte die Neugier ihres Chefs noch steigern: „Ein gewisser Axel Fink“, meinte die Suchel leichthin.
„Ja verdammt noch mal, wer ist denn dieser Axel Fink, den Namen hab’ ich noch nie gehört, was hat der mit unserem Fall zu tun?“, reagierte der Hauptkommissar etwas heftig und ungeduldig.
Die Kommissarin erkannte aus Erfahrung, sie hatte die Geduldsgrenze ihres Chefs fast überschritten und beantwortete jetzt eifrig seine Fragen betont sachlich, ohne ihre eigenen Kommentare und ihres meistens üblichen Spotts: „Den Namen Axel Fink hast du sicher noch nicht gehört, zumindest nicht im Zusammenhang mit unseren Fällen. Axel ist ein fünfzehnjähriger Schüler, der absolut mit den Morden nichts zu tun hat, er ist bestenfalls nur eine Randfigur, wenn überhaupt!“
„Aber warum hat er den Berger dann mehrmals angerufen, was wollte er von ihm, hat er nach einem Ferienjob nachgefragt, wollte er bei der Spargelernte helfen, oder weshalb sonst?“
„Nein, weder noch, Axel hat den Berger überhaupt nicht angerufen, er war ihm gar nicht bekannt.“
„Ja wer denn sonst, kannst du nicht mal deutsch mit mir sprechen und nicht immer nur in Rätseln“, blaffte der Hauptkommissar, jetzt schon etwas ungehaltener, leicht verärgert.

Ihre anfängliche Überheblichkeit war jetzt in Verlegenheit gewechselt, sichtlich unangenehm waren die Fragen ihres Chefs: „Das ist eine merkwürdige Geschichte, die ich noch nicht aufklären konnte. Ich weiß nicht, wer Berger angerufen hat! Der Fahrer eines Schulbusses hatte Axel Finks Handy, geschützt in einem roten Lederetui, unter einem Sitz gefunden und es im Fundbüro der Gemeinde Neuwiesenfels abgegeben. Hakan Urimehl, der Assistent des Bürgermeisters, verwaltet dort auch das Fundbüro. Na ja, Büro ist schon zu viel gesagt. Die Fundgegenstände werden in einem Regal im Vorzimmer des Bürgermeisters aufbewahrt, größere Teile, wie Fahrräder, im Keller des Rathauses. Urimehl führt ganz exakt Buch, wann, wo und von wem ein Gegenstand gefunden und abgegeben wurde. Das Regal mit Fundsachen ist gut gefüllt, wie ich mich selbst überzeugen konnte. Hauptsächlich Regenschirme, Handtaschen, Schlüsselbunde, Regenjacken, Mützen und zahlreiche Handys lagern dort, und sind mit kleinen Schildern ausgezeichnet.

Axel Finks Handy wurde am Donnerstag vor Bergers Ermordung abgegeben. Aus Zeitmangel, aber auch wegen des bevorstehenden Wochenendes, kam Urimehl erst am darauffolgenden Montag dazu, den Handybesitzer über die Telefongesellschaft zu ermitteln und zu benachrichtigen. Zwei Tage später, am Mittwoch, hat dann Axel Fink das Handy als sein Eigentum identifiziert, es zurück bekommen und den Erhalt quittiert. Auch hierüber gab es einen Eintrag in Urimehls Buch ‚Fundgegenstände'. Das Handy lagerte also nahezu eine Woche offen im Büro des Assistenten des Bürgermeisters. In dieser Zeit, am Freitag und Samstag, erhielt unser Mordopfer vier Anrufe. Dieses Handy, unverschlossen in einem offenen Regal lagernd, war also für fast alle Mitarbeiter im Rathaus, aber auch für zahlreiche Besucher des Assistenten oder des Bürgermeisters, zugänglich. Wer es dann tatsächlich benutzt hatte, konnte ich nicht feststellen. Urimehl beschwor, während seiner Anwesenheit im Büro wäre es unmöglich gewesen, damit zu telefonieren oder SMS zu verschicken. Und noch etwas konnte ich feststellen. Der unbekannte Nutzer des Handys hatte zwischen zwei Gesprächen mit Berger auch mit einer weiteren Person gesprochen. Höre und staune: Wie ich von der Telefongesellschaft ermitteln konnte, gehört der Anschluss dem Bauunternehmer Nick Staudacher."

Oberkommissarin Suchel hatte sofort, nachdem sie ihn als Gesprächspartner des Unbekannten ermittelt hatte, mit Nick Staudacher, Inhaber und Geschäftsführer in einer Person des gleichnamigen Bauunternehmens, Kontakt aufgenommen und ihren Besuch angekündigt.
Der Firmeninhaber wollte zuerst ein Gespräch ablehnen, dann nur in Anwesenheit seines Anwalts. Erst, als die Kripobeamtin versicherte, nur im Falle des ermordeten Gutsverwalters verschiedene Fragen zu stellen und keinesfalls im Zusammenhang mit Ermittlungen anderer Behörden tätig zu sein, willigte er ein, mit ihr zu sprechen.
Erika Suchel vermutete gegen Staudacher würde die Steuerbehörde ermitteln, wie Gerüchte in der Gemeinde gehandelt wurden, und nur deshalb sei er ihr gegenüber, einer Polizeibeamtin, mehr als reserviert gewesen. Als sie ihn mit dem Anruf des Unbekannten konfrontierte, konnte er sich zuerst nicht an ein diesbezügliches Gespräch erinnern. Nachdem er jedoch den genauen Tag und sogar die Uhrzeit des Anrufs

genannt bekam, glaubte er sich erinnern zu können, dass es sich um eine falsche Verbindung gehandelt und, nachdem er den Irrtum aufgeklärt habe, hätte er das Gespräch sofort wieder beendet.
Mit dieser Antwort gab sich die Kommissarin natürlich nicht zufrieden und meinte um eine fehlerhafte Verbindung zu beenden, hätte das Gespräch mit viereinhalb Minuten doch außergewöhnlich lange gedauert. „Herr Staudacher, wollen Sie nicht endlich die Wahrheit sagen, wer Sie angerufen hat und um was es bei diesem Gespräch gegangen ist? Oder ist es Ihnen lieber, wenn ich Sie ins Polizeipräsidium vorlade?"
Nach längerem, angestrengtem Nachdenken, Staudacher hatte dabei seine Stirn in Falten gelegt, um ein ausführliches Überlegen vorzutäuschen, erhellte sich sein Gesicht und er berichtete von einem Versicherungsagenten, der ihm eine Unfallversicherung verkaufen wollte. Er hätte jedoch abgelehnt, sein Bedarf an Versicherungen sei mehr als gedeckt.
Oberkommissarin Suchel stand auf, beendete das Gespräch: „Für wie blöd halten Sie mich eigentlich, mir reichen jetzt Ihre Lügengeschichten, gehen Sie davon aus, Sie erhalten in den nächsten Tagen eine Vorladung, und dann …", setzte die Suchel noch eine Drohung an, „… wird es nicht nur um dieses Gespräch gehen, sondern um weit unangenehmere Dinge, die Ihnen auch zu Last gelegt werden!"

Vor zwei Wochen war die Spargelernte, traditionell am Johannistag, dem 24. Juni, beendet, lediglich das Gut lieferte noch kleinere Mengen an die Konservenfabrik. Dank der hervorragenden Arbeit des Agraringenieurs Josef Pfister hatten sich die Qualität des Spargels und der Ertrag pro Hektar positiv weiter entwickelt. Während der Ertrag im Bundesdurchschnitt bei 5,6 Tonnen pro Hektar lag, wurden auf den Äckern des Guts von Zeilmann fast 7 Tonnen pro Hektar gestochen. Die meisten ausländischen Erntehelfer waren gut entlohnt in ihre Heimat zurückgekehrt. Die Schulferien hatten begonnen. Es war die Jahreszeit, in der es in der Gemeinde ruhig zuging, es wieder beschaulich wurde.

Nicht so in diesem Jahr: Im Ort war es zwar wieder ruhiger geworden, die Erntefahrzeuge waren aus dem Straßenbild verschwunden, aber eine gewisse Nervosität hatte sich breitgemacht, die Einwohner waren immer noch verunsichert und verängstigt, der Mord am Gutsverwalter immer noch nicht aufgeklärt. Noch nie wurde unter den Einheimischen so viel getuschelt, noch nie wurden so viele Gerüchte verbreitet:

Der Bauunternehmer Staudacher besuchte außergewöhnlich häufig den Gutshof und traf sich zu vertraulichen Gesprächen mit der Gutsbesitzerin Barbara von Zeilmann. Beide sollen sich auch mit dem Landrat an einem geheimen Ort getroffen haben, nachdem Mitarbeiter des Finanz- und auch des Sozialamtes in der Baufirma und im Gut aufgetaucht waren.
Bürgermeister Haberkorn trat einen vierzehntägigen Urlaub an, verreiste ohne seine Ehefrau Elsa. Er fuhr mit seinem Kombi, in dem mehr Koffer als für eine Person notwendig untergebracht waren. Rein zufällig nutzte Heike Albrecht, Leiterin des Verkehrsamts, die Abwesenheit des Bürgermeisters, ihre kranke Mutter in Niedersachsen zu besuchen.
Unangemeldet erschien der Weihbischof mit einem hochrangigen Geistlichen im Pfarrhof und kehrte nach einem Kurzbesuch wieder zum Bischofssitz zurück, hatte nicht einmal Zeit, eine Messe in der Pfarrkirche zu lesen oder diese zu besichtigen. Einige Tage später wurde ein bekannter Rechtsanwalt und Notar ebenfalls im Pfarrhof gesehen.
Ein Schüler der achten Grundschulklasse brach einen Opferstock in der Kirche auf, um einige Euros für seinen Zigarettenkonsum zu entwenden und ertappte dabei die Frau des Bürgermeisters, wie sie und der junge Kaplan sich umarmten und heftig küssten. Wie es weiter ging, hatte der Junge nicht beobachtet, die Gerüchte wussten es anscheinend besser.
Vroni Schedel, die Assistentin des ermordeten Gutsverwalters und der Leiter des Ordnungsamtes, Peter Meinke, wurden von einem Jogger auf einem für Kraftfahrzeuge gesperrten Waldweg, in seinem Dienstfahrzeug, überrascht; was sie dort zu suchen hatten, blieb unbekannt, gab aber ausgiebige Nahrung für die Gerüchteküche.
Und noch etwas: Stefanie Urimehl, die Frau des Assistenten des Bürgermeisters, erwartete ihr zweites Kind. „Ein Andenken an unseren Kurzurlaub in der Schweiz," wie sie voller Freude ihren Freunden und Bekannten zuflüsterte.

„Woher weißt du denn das schon wieder?", fragte der Hauptkommissar von Stein erstaunt seine Kollegin. „Seit dem Tod des Gutsverwalters hat sie keinen Gesprächspartner mehr, der ihr geduldig zuhört, dem sie

den Tratsch der Gemeinde weitergeben könnte. Aber die Witwe Steinhäuser ist nicht nur immer bestens informiert, sondern auch äußerst mitteilungsbedürftig. Seitdem ich das festgestellt habe, besuche ich sie alle vierzehn Tage zu einer Tasse Tee in der Hoffnung, sie könnte mit ihrem Wissen uns bei der Aufklärung der Morde helfen, leider war bis jetzt nichts Brauchbares dabei. Aber es ist schon erstaunlich, über welche Informationen aus der Gemeinde sie verfügt, man könnte meinen, sie sei das „Schwarze Brett“ des Dorfes.“
Der Kommissar hatte ihr aufmerksam zugehört, meinte aber auch: „Du hast sicher recht, für den Stammtisch viel Gesprächsstoff, für uns aber, zumindest bis jetzt, nichts, womit wir weiterkommen könnten. Mach’ deine Besuche ruhig weiter, wir haben ja nichts Besseres zu tun, vielleicht bringst du ja doch mal eine wirklich wichtige Information mit“, meinte von Stein etwas spöttisch.

Ärgerlich warf der Hauptkommissar den nächsten Urlaubsprospekt in den schon gut gefüllten Papierkorb. Er hatte seinen Jahresurlaub fest geplant und beabsichtigte in drei Wochen in den Süden zu fahren, in der Hoffnung, die beiden Mordfälle bis dahin aufgeklärt zu haben. Er wusste auch, je länger eine Aufklärung dauern wird, desto geringer die Erfolgsaussichten. Und er war der Meinung, die Aufklärung liege direkt vor ihm, er sehe sie nur nicht; das ärgerte ihn maßlos und ließ ihn an seine Fähigkeiten zweifeln.

Zwei unerwartete Anrufe brachten wieder Bewegung in seine Ermittlungen. Sein, in dieser Angelegenheit, ermüdeter Jagdinstinkt wurde wieder neu geweckt. Die Telefonvermittlung meldete eine Staatssekretärin, namens Maler. Von Stein war überrascht, mit diesem Anruf hatte er überhaupt nicht gerechnet. Nach einigen Sekunden hatte er sich wieder gefasst und das Gespräch angenommen. Seine vorgefasste Meinung über die Staatssekretärin musste er jetzt neu überdenken. Beim letzten Gespräch zeigte sie sich arrogant und unnahbar, jetzt freundlich, höflich, eher etwas zurückhaltend, verschüchtert. Sie gab sofort zu, den ermordeten Gutsverwalter näher, als bisher zugegeben, gekannt zu haben und bat den Kommissar um ein persönliches Gespräch in ihrem Haus im Taunus. Möglicherweise könne sie zur Aufklärung des Mordes beitragen. Natürlich wollte von Stein jeden sich bietenden Strohhalm ergreifen, Bergers Mörder zu überführen, und verabredete sich mit der Staatssekretärin für den übernächsten Tag.

Kaum hatte sich der Kommissar von dem überraschenden Anruf der Maler erholt, folgte das nächste Gespräch; den Anrufer hatte er schon beinahe vergessen, es war der neue Leiter des Bauamtes Obermüller. Der befürchtete, das Gespräch mit dem Hauptkommissar könnte abgehört werden und bat deshalb um eine persönliche, streng vertrauliche Unterredung. Viel versprach sich von Stein nicht von diesem Gespräch, konnte es aber dem Quasikollegen nicht abschlagen. Gut, dass er es nicht abgelehnt oder verschoben hatte, er erfuhr Neuigkeiten, die dem Fall Berger möglicherweise eine entscheidende Wendung geben könnten.

Amtsleiter Obermüller hatte den Bürgermeister Haberkorn der Gemeinde Neuwiesenfels besucht und erkundigte sich nach der Bauakte des Gutshofes für die neuen Hallen und das Gästehaus. Wie schon bekannt, war das Bauamt der Gemeinde schon vor Jahren aus Kostengründen aufgelöst und alle Aktivitäten und Verantwortlichkeiten, Bauakten und sämtliche Unterlagen in das Landratsamt verlegt worden. Haberkorn wollte sich jedoch noch genau erinnern, dass auch die umfangreichen Unterlagen des Bauvorhabens für den Gutshof, auch die für den Neubau der Hallen und des Gästehauses, an das Kreisbauamt abgegeben worden waren. Es handelte sich dabei um mindestens drei Ordner, mehrere Zeichenrollen und eine CD. Natürlich enthielten die Ordner auch die offizielle Baugenehmigung, die mit kleineren Auflagen erteilt worden war, und auch die Bauabnahme durch das Bauamt der Kreisstadt.

Die Gutsherrin von Zeilmann und ihre Sekretärin Euler waren behilflich, sämtliche Akten, die Neubau- und Renovierungen betreffend, zu sichten. Zum ersten Mal sah Obermüller Pläne und Berechnungen für die neuen Geräte- und Produktionshallen und des Gästehauses. Nur kurz und oberflächlich überprüft, konnte der Leiter des Bauamtes keine gravierenden Fehler feststellen. Etwas fehlte jedoch an den sonst kompletten Unterlagen. Die Baugenehmigung, die Bauabnahme und der zugehörende Schriftverkehr fehlten komplett. Wo diese wichtigsten Bestandteile der Bauakten geblieben waren, konnte sich weder die

Gutsherrin noch ihre Sekretärin erklären. Alle Bauaktivitäten und der zugehörende Schriftverkehr mit Behörden hatten der verunglückte Gutsbesitzer und später sein Verwalter persönlich erledigt.

Auch ohne Ergebnis fiel ein ähnliches Gespräch beim Bauunternehmen Staudacher aus. Die vorhandenen Unterlagen vom Neubau der Hallen und des Gästehauses im Gut waren die gleichen, wie er sie im Gutshof gesichtet hatte. Lediglich die Pläne waren verschmutzt und mit handschriftlichen Vermerken versehen, wie eben damit auf Baustellen umgegangen wird. Auf Kopien der Baugenehmigung angesprochen, konnten weder der Firmenchef Staudacher, noch seine Mitarbeiter, Hinweise auf deren Verbleib geben. Möglicherweise liegen die noch beim Architekten. Der sei aber schon vor einigen Jahren verstorben und seine Erben hätten das Büro aufgelöst.
Bauamtsleiter Obermüller zeigte sich auch über das mehr als magere Ergebnis der eigenen Nachforschungen und der seiner Mitarbeiter etwas unglücklich. Zumindest sah man das seinem Gesichtsausdruck an. Nach einem längeren Schweigen der beiden meinte Obermüller: „Ich habe aber noch etwas festgestellt, bitte dies aber streng vertraulich zu behandeln, ich hatte deshalb um ein persönliches Gespräch mit Ihnen, Herr von Stein, gebeten. Nicht in meinem Amt, aber in einer Behörde, mit der wir sehr eng zusammenarbeiten, oft auch zusammenarbeiten müssen, habe ich rein zufällig erfahren: Die Anlage des Guts der von Zeilmann, nicht nur das Haupt- und die Nebengebäude, sondern das gesamte großflächige Areal, teilweise mit alten Mauern und Bäumen umgrenzt, ist denkmalgeschützt und das schon seit Jahrzehnten! In allen Akten fand ich auch keinen einzigen Vermerk der Denkmalschutzbehörde oder auch Ausnahmegenehmigungen der Behörden.“ Diese Information machte den Hauptkommissar im ersten Moment sprachlos. Er und der Bauamtsleiter sahen sich lange an, dachten wohl dasselbe, sprachen es aber nicht aus.

Auf der Terrasse der Villa im Landhausstil am sonnigen, südlichen Taunuskamm hatte es sich Martha Maler in einem Liegestuhl bequem gemacht. Nur mit einem knappen Tanga bekleidet, genoss sie den heißen Julitag. Das großzügige, von einem Gärtner gepflegte, Grundstück war von einer hohen Hecke umgeben und schützte vor neugierigen

Blicken. Aus einer eisgekühlten Champagnerflasche schenkte sie sich schon das dritte Glas ein, nahm genussvoll einen tiefen Schluck und seufzte tief auf. Zufrieden lehnte sie sich zurück und blätterte oberflächlich in einem Modejournal. Nach einer Weile ließ sie gelangweilt das Blatt fallen, nein, dafür hatte sie heute kein Interesse. Ihre Gedanken konzentrierten sich vielmehr auf die vergangenen Jahre ihres bewegten Lebens und auf ihre Zukunft.

Geld- und Existenzsorgen hatte sie nie gekannt. Ihre Eltern, früh verstorben, hatten ihr ein Millionenvermögen und das wertvolle Anwesen, um das sie von zahlreichen Bekannten und sogenannten Freunden beneidet wurde, vererbt. Schon kurze Zeit nach ihrem Studium hatte sie ihre Zukunft in der aktiven Politik gesehen und war in der Hierarchie ihrer Partei schnell die Leiter nach oben gestiegen. Wie in der freien Wirtschaft war auch hier dabei der Weg über ihr Bett sehr hilfreich. Bei einem Parteikongress hatte sie dann ihren Mann kennengelernt und nach einer kurzen Affäre geheiratet. Nach zwei stürmischen Jahren verblassten Liebe und Leidenschaft und die berufliche Karriere war ihnen wichtiger als ein harmonisches Eheleben. Dass sie überwiegend eine Wochenendehe führten, trug auch zur Entfremdung bei. Ihr Mann wurde ein hochrangiger Beamter der EU in Brüssel und sie stieg bis zur Staatssekretärin im Landwirtschaftsministerium auf. Der Beruf verlangte von beiden die Anwesenheit vor Ort, oft auch an Wochenenden. Die gegenseitigen Besuche wurden immer seltener und beschränkten sich wesentlich auf die größeren Feiertage und je einen gemeinsamen Kurzurlaub im Winter und Sommer. „Gute Freunde“ trugen ihr schließlich zu, dass ihr Mann in Belgien eine neue Beziehung eingegangen wäre. Sie einigten sich schließlich auf den „Status quo“, Fortbestand ihrer Ehe auf dem Papier, um der Karriere nicht zu schaden und nicht negativ in die Schlagzeilen der Boulevardpresse zu gelangen. Sie lebten getrennt, jeder ging seine eigenen Wege, jeder lebte sein eigenes Leben.

Nun, ganz ohne Mann kam Martha natürlich nicht aus. Wenn sie sich auch für eine berufliche Karriere und gegen ein harmonisches Familienleben entschieden hatte, sie war der Meinung, beides zusammen geht nicht, verträgt sich nicht, hatte sie doch bestimmte natürliche Bedürfnisse. Die landläufige Meinung: Die Politiker haben es gut, verdienen leicht ihr Brot, arbeiten einige Stunden, sitzen bei Tagungen und Besprechungen ihre Zeit ab, dazwischen einige Gespräche mit Bürgern im Wahlkreis, aktiv erst im Wahlkampf, wenn es ernsthaft um die „Futtertröge“, gut bezahlte Posten geht, an Wochenenden zu Bällen und Festlichkeiten eingeladen, stimmt natürlich nicht! Erfolgreiche Spitzenpolitiker, nicht nur im Bund oder Land, kennen kaum ein Privatleben, sind sechzig, achtzig Stunden pro Woche im Einsatz und auch das scheinbare Vergnügen am Wochenende muss oft für Kontaktpflege, Lobbyarbeit, Pressegespräche und Eigenwerbung genutzt werden. Eine funktionierende Ehe bei Spitzenpolitikern ist eher die Seltenheit, auch langjährige Verbindungen gehen dabei in die Brüche, werden der Politik geopfert.

Auch Martha gehörte zu diesem Typus Politiker. Aber auch sie brauchte eine Verbindung, die nicht unbedingt „stationär“ sein musste. Sie wollte nicht in eine Abhängigkeit geraten, trotzdem brauchte sie einen Partner, auf den sie sich verlassen konnte, der da war, wenn sie das Verlangen hatte. Ihr berufliches Engagement und die damit verbundene Hektik verlangten einfach das Aufladen ihres oft leeren Akkus. Dazu brauchte sie ab und zu einen Mann an ihrer Seite, der nicht nur ihre geschlechtlichen Bedürfnisse befriedigte, sondern an dessen Schultern sie sich anlehnen und Kraft tanken konnte für den gnadenlosen Einsatz der nächsten Tage und Wochen.

In dieser Situation, getrennt von ihrem Mann, traf sie bei einem Kongress der Landwirtschaftlichen Gesellschaft auf Ingo Berger. Er wurde ihr als „rechte Hand“ des Gutsbesitzers von Zeilmann und als Experte von großen landwirtschaftlichen Produktionsbetrieben vorgestellt. Sie fanden sich schnell sympathisch, hatten über das gemeinsame berufliche Fachgebiet viel Gesprächsstoff, trafen sich nach dem ersten Kontakt öfters und landeten schließlich in ihrem Bett in der Villa im Taunus. Eine Bedingung stellte sie an die neue Beziehung: Sie musste geheim bleiben, die Öffentlichkeit durfte davon nichts erfahren. Sie fürchtete um ihre Karriere, wenn ihre konservativen Parteifreunde von dieser „außerehelichen“ Verbindung erfahren. Ingo Berger war dies gleich. Er hatte keine feste Verbindung, trug keine Verantwortung gegenüber einer Partnerin und Familie. So waren die Treffs der Beiden immer heimlich, meistens irgendwo, weit ab von ihrem Zuhause. Gemeinsamen Urlaub verbrachten sie an der Ostsee, im Allgäu oder Österreich. Nur zwei Personen wussten von der Beziehung, waren eingeweiht. Auf ihre Haushälterin konnte sich Martha hundertprozentig verlassen, sie zeigte sich gegenüber ihrer Arbeitgeberin absolut loyal und verschwiegen. Auch Ingo Berger hatte eine Mitwisserin, seine Sekretärin im Gut, Vroni Schedel. Zuerst hatte sie sich in ihren Chef verliebt, sah aber dann schnell ein, dass ihre Zuneigung nicht erwidert wurde. Sie begnügte sich deshalb mit der Rolle als Vertraute und zeigte sich absolut zuverlässig, sowohl geschäftlich, als auch in fast allen privaten Belangen.

Martha und Ingo waren mit dieser „ambulanten" Beziehung, wie sie ihr Verhältnis oft im Scherz bezeichneten, zufrieden und strebten zumindest nicht kurzfristig, eine, auf dem Papier legale, feste Verbindung an. Einen anfänglichen Riss bekam diese, als Ingos Chef plötzlich einen tödlichen Arbeitsunfall im Gut erlitt. Obwohl Ingo bereits zu Lebzeiten des Gutsbesitzers von Zeilmann der verantwortliche Verwalter war, musste er jetzt eine zusätzliche Aufgabe übernehmen, wurde die geschäftliche Stütze der jungen Witwe. War es die attraktive Erbin und neue Gutsbesitzerin oder Ingos knapp bemessene Freizeit und seltener gewordene gemeinsame Treffs und Reisen, Martha wurde eifersüchtig, eine Eigenschaft, die sie bisher nicht gekannt, wie sie bis dahin immer behauptet hatte. Bald aber normalisierte sich ihr Verhältnis wieder, sie meinte, keinen Anlass zu Eifersucht mehr haben zu müssen. Dass Ingo kleinere Affären in seiner Umgebung sicher hatte, störte sie nicht weiter, die „Konkurrenz" der Gutsbesitzerin musste sie jedoch nicht fürchten.

Einige Monate nach dem Tod des alten Gutsherrn veränderte sich plötzlich Ingos Verhalten. Er zeigte sich oft abwesend und nervös, auch im Bett, wie Martha besorgt feststellte. Seine frohe, lebenslustige Art verschwand, sein Gesicht zeigte harte, abweisende Züge. Ingo war ein anderer Mensch geworden, nicht mehr der, den sie kennen und auch lieben gelernt hatte.

Seine neue Art fing an, ihre Verbindung zu belasten. Martha versuchte, sie zu retten. Sie hinterfragte wiederholt, was ihn denn belaste und bedrücke. Seine stereotypen Antworten waren stets: Zu viel Arbeit, Probleme mit den Gastarbeitern, Druck des Finanzamtes, die „liebe" Konkurrenz und vieles mehr. Martha gab sich aber damit nicht zufrieden, es musste mehr hinter Ingos Verhalten stecken. Also organisierte sie ein gemeinsames, verlängertes Wochenende in einem ruhigen Hotel in der Heide. Zuerst versuchte sie mit viel Geduld hinter seine Maske zu blicken, dann schließlich, als er sich noch immer nicht öffnete, machte sie Druck und stellte ihn vor die Alternative: Entweder die Karten offen legen, die wahren Gründe seines Verhaltens erklären, oder, und das fiel ihr sicher nicht leicht, es war ihr aber absolut ernst damit – Trennung und jeder geht in Zukunft seinen eigenen Weg.

Natürlich wollte Ingo sich von Martha nicht trennen, er hatte sie schätzen und auch lieben gelernt, zeigte sich hoch zufrieden mit der Art ihrer lockeren Verbindung, bei der er seine persönliche Freiheit, die er so sehr brauchte, behalten konnte. Während einer dringend notwendigen Pause in einer leidenschaftlichen Nacht erzählte er von einer Erpressung im größeren Stil, die zwar gegen ihn persönlich gerichtet war, aber jedoch eigentlich dem Hofgut von Zeilmann galt. Er und das Gut werden um einen sechsstelligen Betrag erpresst, und das nicht zum ersten Mal! Martha zeigte sich zuerst erschüttert, hatte mit allem, nur nicht mit einer Bedrohung Ingos gerechnet. Sie hatte sich aber schnell wieder gefasst und nach dem Namen des Erpressers gefragt. Nach längerem Zögern sagte er, wer der Verbrecher ist und was ihn und das Gut erpressbar gemacht hatte. In einem langen Gespräch wurden verschiedene Vorgehensweisen diskutiert. Schließlich konnte Martha Ingo überzeugen, sich und den Erpresser anzuzeigen, auf keinen Fall jedoch weitere Gelder zu zahlen. Nach längerem Hin und Her war Ingo überzeugt und beabsichtigte, in der kommenden Woche erste Schritte einzuleiten. Beide waren schließlich erleichtert, offen miteinander gesprochen und eine übereinstimmende Entscheidung über das weitere Vorgehen getroffen zu haben. Der Rest der Nacht endete genau so leidenschaftlich, wie sie begonnen hatte, als ahnten sie, dass es das letzte intime Zusammensein gewesen sein sollte.

Die nächsten Tage hatte Martha einen prall gefüllten Terminkalender. Eine Sitzung im Ministerium jagte die nächste, Pressegespräche folgten, Eröffnungen von regionalen Ausstellungen, Ehrung von Jubilaren, Interviews mit einer Frauenzeitung, dazwischen Vorträge vor Parteifreunden in der Region. Für ein längeres Gespräch mit Ingo fand sie jedoch jeden Tag noch genügend Zeit. Sie zeigte sich beruhigt, als sie erfuhr, dass er Termine mit dem Bauamt und der Kripo vereinbart hatte, um Anzeigen zu erstatten. Dann eines Tages war Ingo nicht zu erreichen, weder auf seinem Handy, noch auf dem dienstlichen Festanschluss. Auch ein Anruf bei seiner Sekretärin, Vroni Schedel, seiner Vertrauten, blieb ohne Erfolg. Auch sie wusste nicht, wo ihr Chef gerade ist, er hatte auch keinerlei Informationen zurückgelassen. Äußerst beunruhigt zeigte sich Martha, als eine Pressemitteilung erschien, „Gutsverwalter vermisst“, und seine Sekretärin dies bestätigte. Ingo Berger blieb verschwunden, auch die Schedel konnte sich sein Verschwinden nicht erklären.

Dann der Schock: Ingos Sekretärin hatte über ihr Handy angerufen und Martha mitten in einer Vorstandssitzung der Partei erreicht. Unter Heulen und Schluchzen stammelte die Schedel, der Gutsverwalter, ihr Chef, sei aufgefunden worden, tot, ermordet. Näheres konnte sie noch nicht berichten. Martha war leichenblass geworden, griff sich an den Hals, schnappte nach Luft, Tränen überströmten ihr Gesicht, mit einem Satz sprang sie hoch, dass ihr Stuhl nach hinten umkippte und stürzte ohne Erklärung aus dem Sitzungszimmer. Die nächsten Tage hatte sie sich krankgemeldet, ihr Arzt diagnostizierte einen Nervenzusammenbruch, den sie in ihrem Ministerium mit Überarbeitung erklärte. Details zu Ingos Ermordung erfuhr sie über die Tagespresse, die in großer Aufmachung über den Fall berichtete und auch von Vroni Schedels Anrufen. Alle bisherigen Vorsichtsmaßnahmen, ihr Verhältnis mit Ingo geheim zu halten, warf sie über Bord und telefonierte mehrmals mit seiner Sekretärin und erfuhr dabei auch Einzelheiten über den Stand der polizeilichen Ermittlungen. Martha fühlte sich wie in einem falschen Traum, einem Albtraum. Sie rechnete jeden Augenblick damit, das Telefon würde läuten, Ingos fröhliche Stimme wäre am anderen Ende der Leitung zu hören und sie könnte wieder aufwachen. Es war aber kein Traum, sie träumte nicht, die Wirklichkeit zeigte sich brutal, kaum auszuhalten. Das Schicksal hatte sie eingeholt, unerwartet zugeschlagen und eine ziemlich glückliche Verbindung auseinandergerissen.

Nach einer Woche hatte sich Martha wieder gefangen, etwas blass und nervös ging sie wieder in ihr Büro im Ministerium, wirkte gefasst. Lange hatte sie nachgedacht: Stand Ingos Ermordung möglicherweise mit der Erpressung, von der er ihr gebeichtet hatte, in Zusammenhang? Hatte er noch die Zeit gehabt, dieses Verbrechen bei der Polizei anzuzeigen, was wusste die Kripo, sollte sie selbst die ermittelnden Beamten informieren? Nein, davon hatte sie sich schnell verabschiedet. Wenn sie jetzt zur Polizei ginge, hätte sie auch über ihre jahrelange Beziehung zu Ingo sprechen, die Geheimhaltung aufgeben, müssen, mit allen Konsequenzen! Sie entschloss sich zu schweigen, vertraute den polizeilichen Ermittlungen. Sie stürzte sich in ihre Arbeit und versuchte, das Geschehen zu verarbeiten. Vergessen konnte sie Ingo natürlich nicht, und auch nicht die Umstände seines Todes. Aber jetzt musste sie sich auf ihr eigenes Leben konzentrieren und es neu ordnen. Und ausgerechnet in dieser schwierigen Phase ihres Lebens meldete sich dieser Kriminalkommissar für ein Gespräch an, der vorgab im Mordfall des Gutsverwalters Berger zu ermitteln. Sie zeigte sich überrascht, leicht irritiert. Wie kam die Polizei eigentlich zu ihr, war ihr Verhältnis doch nicht so geheim geblieben wie gedacht, hatte die Schedel vielleicht doch geplaudert – oder wer sonst?

Den Kripomenschen ließ sie zum vereinbarten Termin eine halbe Stunde warten. Sie wollte ihm damit zeigen, wie uninteressiert sie an einem Gespräch ist, und er nur ein kleiner Beamter sei, der ihre kostbare Zeit stehlen will. Martha hatte sich auf die Begegnung ausführlich vorbereitet. Die Frage, woher sie Berger kannte, hatte sie erwartet und antwortete gelangweilt mit „irgendwo auf einen Empfang, aber näher kenne sie ihn nicht.“ Etwas aus der Fassung geriet sie allerdings, als sie mit einem Foto von ihr konfrontiert wurde, das man bei den Unterlagen des Ermordeten gefunden hatte. Sie versuchte sich rauszureden und meinte, es wäre eine „Autogrammkarte“ gewesen. Sie wusste sofort, dass sie mit dieser Antwort einen schweren Fehler begangen hatte, konnte und wollte ihn aber nicht korrigieren. Denn postwendend kam die nächste Frage nach der Widmung auf der Rückseite des Fotos. Als der Kommissar ihr zudem ein Verhältnis mit dem Gutsverwalter unterstellte, verlor sie die Nerven und verwies ihn mit lautstarken Beschimpfungen aus ihrem Büro. Sie konnte sich noch genau an seinen spöttischen Gesichtsausdruck erinnern, als sich der Beamte beim Verlassen des Büros zu ihr umgedreht und gemeint hatte, „Sie hören sicherlich noch von mir!“ Das war wohl eine versteckte Drohung und sie fasste diese Worte auch so auf.

Schon zwei Tage später erschien im Kurier ein Bericht mit der Schlagzeile: „Führt die Spur ins Ministerium?“, und brachte zwei Fotos von ihr und dem Ermordeten. Sie sah sich veranlasst und berief umgehend eine Pressekonferenz ein und dementierte den Bericht. Aber wie es so üblich ist, wenn Spürnasen auf eine Spur gestoßen sind, lassen sie nicht locker, bis sie weitere Details entdecken. Und richtig: Bald danach berichtete der Kurier erneut über den Fall, nannte ihn schon eine “Affäre“ und veröffentlichte ein weiteres Foto, das sie und das Mordopfer in einer unmissverständlichen Pose, Arm in Arm, zeigte. Sie erinnerte sich, dass dieses Foto von einem Straßenfotografen in Heringsdorf gemacht worden war, als sie in Usedom einen gemeinsamen Urlaub verbracht hatten. Wieder leugnete sie vor der Presse ihr Verhältnis, der Minister sprach ihr sein uneingeschränktes Vertrauen aus, und „er stehe voll hinter ihr.“ Wenn ein Politiker dieses Bekenntnis aus dem Mund des Chefs zu hören bekommt, ist es langsam Zeit, die Koffer zu packen. Der Chef steht dann zwar noch hinter ihm, aber „mit dem Dolch in der Hand“. Die Opposition forderte schon ihren Rücktritt.

Das war aber noch lange nicht alles. Der nächste Zeitungsartikel, eine Woche später, war „garniert“ mit einem Foto, das sie beim Tanz zeigte, eng aneinander gedrückt, Wange an Wange, seine Hand fest an ihren verlängerten Rücken gepresst. Der Bericht war jetzt nicht mehr freundlich. Ihr wurden Verschleierung und ein Lügengespinst vorgeworfen. Noch heftiger wurden die Rücktrittsforderungen der politischen Gegner und auch die ersten Parteifreunde wendeten sich von ihr ab.
Nochmals verteidigte sie der Minister, jetzt nicht mehr voller Überzeugung, vielmehr lenkte er ab und verwies auf die „großen Verdienste“ seiner Staatssekretärin, was so viel wie „eine Verabschiedung“ zu deuten war.
Das Ende ihrer politischen Karriere war vorprogrammiert und kam unausweichlich mit dem nächsten Bericht. Ein hartnäckiger Reporter hatte ein Urlaubshotel ausfindig gemacht, in dem sie sich unter ihren richtigen Namen und als Ehepaar eingetragen hatten. Sie war nicht mehr zu halten, der Minister beurlaubte sie auf unbestimmte Zeit. Der Presse gegenüber lobte der Minister seine Staatssekretärin für ihre hervorragenden Leistungen, ihren selbstlosen Einsatz, der über ihre Kräfte gegangen sei und der schließlich zu einer ernsten Erkrankung geführt hätte. Wann sie wieder dienstfähig sei, könne noch nicht gesagt werden.

Ihre Aufgaben im Ministerium werden vorläufig von einem anderen Staatssekretär wahrgenommen.

Martha verkroch sich weit ab in ein kleines Landhotel, trug sich unter ihrem Mädchennamen ein und mied jeglichen Kontakt zum Ministerium und ihrer Partei. Jetzt hatte sie die Ruhe und Zeit, über die letzten Jahre in der Politik, aber auch über ihr Privatleben und das mit Ingo, nachzudenken. Sie tankte neue Kraft bei langen Spaziergängen, nutzte das Hallenbad, ging in die Sauna. Sie ließ sich pflegen, massieren, maniküren und pediküren und legte sich eine neue Frisur und Haarfarbe zu. Sie genoss die Mahlzeiten, trank die besten Weine, die das Hotel im Keller lagerte und auf der Weinkarte anbot. Nach zehn Tagen hatte sie zur alten Stärke wieder gefunden, für sich Entscheidungen getroffen und kehrte gut erholt in ihre Villa im Taunus zurück.

Ihre Haushälterin hatte alle Besucher und Anrufe abgewimmelt, „Frau Maler ist zur Erholung in einem Sanatorium und wird voraussichtlich längere Zeit dort bleiben. Besuche und telefonische Kontakte haben ihr die behandelnden Ärzte untersagt."

Nach ihrer Rückkehr hatte sie die eingegangene Post gesichtet und den größten Teil ungelesen in den Papierkorb geworfen. Ein Brief erregte aber doch ihre Aufmerksamkeit. Absender war eine Anwaltskanzlei in Brüssel. Der Inhalt des Schreibens hatte sie nicht besonders überrascht, sondern ihn eher erwartet. Das passte gut zu ihrer weiteren Lebensplanung. Nachdem sie die notwendigsten Dinge erledigt hatte, setzte sie sich an ihren Schreibtisch und verfasste zwei Schriftstücke, einen Brief an ihren Minister und einen anderen an den Parteivorsitzenden und brachte beide umgehend zum Postkasten an der nächsten Straßenecke.

Ein Punkt bedrückte sie noch, das Geheimnis, das ihr Ingo in der letzten gemeinsamen Nacht anvertraut hatte, dass er erpresst wird und was der Erpresser gegen ihn verwenden könnte. Sie vermutete, Ingos Ermordung und die Erpressung könnten in Zusammenhang stehen. Bis jetzt hatte sie auf die Ermittlungen der Kripo gehofft, sie werden den Täter schon finden und überführen. Leider tappte die Polizei aber nach wie vor im Dunkeln, was sie der lokalen Presse, aber auch den Telefongesprächen mit seiner Sekretärin entnehmen musste. Ihre Erkenntnisse und Vermutungen hatte sie bisher für sich behalten und die ermittelnden Beamten nicht informiert. Sie hätte ihre Beziehung zu Ingo offenlegen müssen, damit ihre politische Karriere und ihre Ehe gefährdet. Jetzt war jedoch eine andere Situation eingetreten. In der Politik war sie erledigt, die Ehe in Brüche gegangen. Es gab jetzt keinen Grund mehr, ihre Beziehung mit Ingo geheim zu halten. Sie hatte sich entschieden, unter ihr bisheriges Leben einen Schlussstrich zu ziehen, mit allen Konsequenzen. Dazu gehörte ein letzter Dienst, den sie Ingo noch erweisen konnte, indem sie half, seinen Mörder zu finden.

Sie entschloss sich deshalb, die Kripo über Ingos Geständnis zu informieren. Nach einigen Telefongesprächen wurde sie an Hauptkommissar von Stein weiter vermittelt. Am Telefon wirkte der Beamte ausgesprochen freundlich, fast sympathisch, nicht so arrogant, wie sie ihn vor einigen Wochen kennengelernt und ihn schließlich aus ihrem Büro gewiesen hatte. Sie ahnte auch, dass er es gewesen war, der ihr die Journalisten auf den Hals gehetzt und damit den Anstoß zum Ende ihres politischen Wirkens und ihrer Ehe gegeben hatte. Ihre Wutausbrüche von damals waren vergessen, der Zorn gegen ihn verraucht. Im Gegenteil: Heute war sie ihm sogar dankbar. Ohne es zu wissen, hatte er ihr doch geholfen, unter ihr bisheriges Leben voller Lügen, Heimlichkeiten, Scheinheiligkeit einen Schlusspunkt zu setzen. Nachdem Martha Maler dem Hauptkommissar ihr Anliegen andeutete, hatten sie schnell einen Termin bei ihr im Taunus verabredet.

Die beiden Kommissare saßen im Chefbüro und sahen sich lange die Pinnwand mit den farbigen Karten und den Namen darauf an, die alle eine Bedeutung in ihrem Mordfall hatten. Hauptkommissar von Stein informierte seine Kollegin über das Gespräch bei der Exstaatssekretärin Maler. „Aus heutiger Sicht ein einfacher Fall, wir hatten alle Puzzel beisammen, bis auf das Motiv, aber warum sind wir nicht eher auf die Lösung gekommen?“, klagte der so erfahrene Kommissar.

Seine Kollegin zuckte mit den Schultern, „vielleicht sind wir schon zu lange im Dienst, sehen jeden Fall als äußerst kompliziert an und übersehen das Naheliegende.“
Oberkommissarin Suchel blätterte mehr aus Verlegenheit in der erheblich an Dicke angewachsenen Akte, „meinst du, es reicht für die Staatsanwaltschaft?“

„Ich quittiere den Polizeidienst und gehe in den Ruhestand, wenn wir nicht einen Haftbefehl erhalten“, Hauptkommissar von Stein lächelte nachsichtig, „streng genommen müssten wir zwei Haftbefehle beantragen, aber einer reicht auch! Ich mach’ schnell den Antrag und die Papiere fertig und du gehst damit rüber zur Staatsanwältin. Wenn sie mehr Informationen benötigt oder sich zickig anstellt, ruf’ mich an. Ich verständige inzwischen den Fahrdienst und die Bereitschaft.“

Die Einwohner von Neuwiesenfels waren in Schockstarre verfallen. Viel zu tuscheln und tratschen gab es nicht, die meisten Bürger hatten es hautnah mitbekommen, als am helllichten Tag plötzlich drei Polizeifahrzeuge mit Blaulicht und Martinshorn beim Rathaus vorfuhren, und Polizeibeamte hineinstürmten. Wenige Minuten später führten sie den an Händen gefesselten Bürgermeister heraus, verfrachteten ihn in einen Streifenwagen und rasten mit quietschenden Reifen davon.
So schnell der Spuk gekommen war, so schnell verschwand er wieder. Schnell machte es die Runde: „Die Polizei hat unseren Bürgermeister verhaftet, der Bürgermeister ist der Mörder des Gutsverwalters!“
Ungläubig und mit Entsetzen erfuhren die Neuwiesenfelser den nächsten Schock: „Der Bürgermeister hat auch vor drei Jahren den Gutsbesitzer von Zeilmann umgebracht, es war damals kein Unfall gewesen!“
Dann begann ein Wehklagen: „Und das in unserer Gemeinde, mitten in unserem anständigen Dorf, nie hat es einen Verbrechen bei uns gegeben, und jetzt ausgerechnet unser Bürgermeister, ein Doppelmörder! Unser guter Ruf ist auf Jahre zerstört, wir können nicht mehr sagen ‚wir sind Neuwiesenfelser’, wir schämen uns in solch einer Gemeinde leben zu müssen!“ Die kleinen Unternehmer fürchteten um ihr Geschäft „wer will denn jetzt bei uns noch etwas kaufen?“

Als ranghöchster Beamter der Gemeinde übernahm vorläufig der Leiter des Ordnungsamtes und Stellvertreter des Bürgermeisters, Peter Meinke, die Amtsgeschäfte. Die sensationelle und überraschende Aufklärung des Doppelmordes und die einschlägigen Presseveröffentlichungen sorgten in den nächsten Wochen für einen regelrechten „Tatorttourismus“. Ganze Horden von sensationsgeilen Neugierigen, nicht nur aus der näheren Umgebung von Neuwiesenfels, überschwemmten den kleinen, sonst so verträumten Ort. Die in der Lokalpresse erwähnten Plätze des Geschehens, das Rathaus, die Amtsstube des Bürgermeisters, die Kirche Sankt Emeran, das Gut von Zeilmann und vor allem der Tatort, der Klostergarten, waren begehrte Objekte von Tausenden Fotos, die von den Besuchern geschossen wurden. Aber auch seltene Fotos des verhafteten Bürgermeisters und seines Mordopfers wurden hoch gehandelt. Für Interviews standen bereitwillig selbsternannte „Zeitzeugen", wie Peter Meinke, der prahlerisch behauptete, maßgeblich an der Aufklärung des Doppelmordes mitgewirkt zu haben und natürlich auch die Witwe Steinhäuser, die allzu gerne Besucher durch ihr Haus und die Wohnung des ermordeten Gutsverwalters führte und zahllose wahre und halbwahre Geschichten weitergab.

Die Vernehmungen des verhafteten Doppelmörders erwiesen sich als nicht besonders ergiebig, er leugnete beide Taten und schwieg auf Anraten seines bekannten Anwalts und berüchtigten Strafverteidigers. Genau genommen war Stefan Haberkorn noch nicht als Täter überführt und verurteilt, sondern lediglich ein Tatverdächtiger in Untersuchungshaft. Mit dessen Festnahme endete die Ermittlungsarbeit der Kripo noch lange nicht. Hauptkommissar von Stein und die Oberkommissarin Suchel standen unter gehörigem Druck der Staatsanwaltschaft und hier besonders unter täglichen Fragen und Forderungen der „zickigen" Staatsanwältin. Nachdem der Untersuchungshäftling hartnäckig keinerlei Angaben machte, mussten sich die Kripobeamten und die Staatsanwältin auf einen reinen Indizienprozess vorbereiten. Dem Verdächtigen mussten lückenlos die Morde nachgewiesen werden. Entsprechend arbeiteten von Stein und die Suchel mit Hochdruck an der Suche nach Antworten auf noch offene Fragen, so nach dem Tatwerkzeug, mit was wurden die Opfer erschlagen, wo war es versteckt und zu finden?

Sie hatte ihren raschen Aufstieg im gehobenen Dienst der Polizei, unüblich schon in jungen Jahren, auch ihrem außergewöhnlichen Gedächtnis zu verdanken. Erika Suchel erinnerte sich oft noch an lange zurückliegende Fälle, an Gesichter und auch an wichtige Aussagen in Strafverfahren. Sie kannte ihre Fähigkeit und versuchte, sie immer wieder einzusetzen. So auch im vorliegenden Fall. Mit geschlossenen Augen, voll konzentriert, ging sie in Gedanken nochmals die einzelnen

Protokolle der Akte durch. Dann, plötzlich, schlug sie die Augen wieder mit einem triumphierenden Lächeln auf. Sie glaubte, einer Lösung nahe zu sein. Sie erinnerte sich an die Befragung der Ehefrau des Bürgermeisters. Die hatte damals ausgesagt, am Morgen nach dem Treffen im Weinkeller und am Tag der Ermordung des Gutsverwalters, wäre ihr Mann entgegen seiner Gepflogenheiten nicht zum sonntäglichen Gottesdienst gegangen, sondern hätte vielmehr im Geräteschuppen den Rasenmäher repariert und bei ihrer Begegnung nach Benzin gerochen. Nein, die Kommissarin schmunzelte, sie konnte sich noch genau erinnern, Frau Haberkorn hatte nicht von „gerochen" gesprochen, sondern vielmehr, ihr Mann hätte nach Benzin „gestunken".

Die Beamten der Spurensicherung stellten den Geräteschuppen auf den Kopf. Unter zahlreichen Gartengeräten fanden sie schließlich einen Holzstiel, über einen Meter lang, passend zu einer Schaufel, Spaten, Gabel, Rechen oder Vorschlaghammer, jedoch ohne Arbeitsgerät. Aufgefallen war ihnen der Holzstiel, da er nicht, wie alle anderen Werkzeuge im Schuppen, verschmutzt und voller Spinnweben, sondern vollkommen sauber war. Im Labor stellten sie fest, die Rundung des Holzstiels würde genau zur Schädelverletzung des ermordeten Gutsverwalters passen. Allerdings konnten keine Fingerabdrücke oder Blutreste festgestellt werden. Der Stiel war völlig frei von jeder Verschmutzung, er musste vor einigen Wochen gereinigt worden sein, es fanden sich Spuren eines Reinigungsmittels, möglicherweise von Waschbenzin. Die Oberkommissarin war sich sicher, der Holzstiel musste das Tatwerkzeug gewesen sein, mit dem der Gutsverwalter erschlagen worden war. Ein weiteres Glied in der Beweiskette gegen den mutmaßlichen Doppelmörder wurde gefunden. Zwar passte die Form des Holzstiels auch zur Schädelverletzung des vermutlich ebenso ermordeten Gutsbesitzers Alexander von Zeilmann, jedoch war dies nicht zweifelsfrei erwiesen, der Fall lag über drei Jahre zurück und es konnten keine weiteren Spuren gefunden werden. Stolz nahm Erika Suchel das anerkennende „gute Arbeit gemacht" ihres Chefs entgegen, das ihr weit mehr wert war, als das gnädig wirkende Kopfnicken der Zicke von Staatsanwältin.

Bei der Suche nach weiteren Beweisen half den Kripobeamten der „Kommissar Zufall". Der wegen Schmuggel und Handel von Drogen und unversteuerten Zigaretten inhaftierte ehemalige Vorarbeiter im Gut von Zeilmann, Lucas Menorski, versuchte bei Vernehmungen, seine Haut zu retten oder doch zumindest den Staatsanwalt und Strafrichter milde zu stimmen. So behauptete er dreist, der Bauunternehmer Nick Staudacher hätte ihn zum Schmuggel der Zigaretten angestiftet und sei ein „Großabnehmer“ gewesen. Bei der kurz danach erfolgten Durchsuchung der Büro- und Wohngebäude Staudachers wurden keine unverzollten Zigaretten oder auch nur Hinweise darauf gefunden, er war erwiesenermaßen Nichtraucher, wie seine gesamte Familie und die meisten Angestellten auch.

Der Zoll war zwar bei der Suche nach unverzollten Zigaretten nicht fündig geworden, jedoch entdeckten die Beamten ein viel schwerer wiegendes Vergehen: Der Bauunternehmer hatte jahrelang polnische Arbeiter illegal beschäftigt und keine Lohnsteuer und Sozialabgaben bezahlt. Nachdem sich die Schulden im sechsstelligen Bereich bewegten, wurde ein Haftbefehl wegen Verdunklungs- und Fluchtgefahr sofort vollstreckt. Schon nach gut zwei Wochen und mehreren Verhören kam Staudacher gegen Zahlung einer hohen Kaution wieder frei. Ausschlaggebend für seine Freilassung war nicht die gestellte Kaution oder deren Höhe. Die ermittelnden Beamten fassten ihn nicht gerade mit Samthandschuhen an, sodass er schließlich sein Leugnen aufgab, nicht nur die Anschuldigungen zugab, sondern auch mögliche Verbindungen zu den beiden Mordfällen an dem Gutsbesitzer von Zeilmann und zu seinem Gutsverwalter Ingo Berger. Seine Aussagen waren derart überraschend für die Beamten, die sofort die Kommissare von Stein und Suchel einschalteten. Was Staudacher zu berichten hatte, war nicht nur sensationell, sondern brachte die letzten fehlenden Mosaiksteine, den inhaftierten Bürgermeister Haberkorn der beiden Morde zweifelsfrei zu überführen. Der Bauunternehmer wurde daraufhin aus der Untersuchungshaft entlassen und Kronzeuge der Anklage.

Die Kripobeamten waren erleichtert, ihre harte Arbeit lohnte sich schließlich, auch dass von Stein seinen Jahresurlaub verschob und gerade wie besessen an der Aufklärung beider Mordfälle gearbeitet hatte. Sie waren überzeugt, die Indizienkette lückenlos ermittelt zu haben, und übergaben an die Staatsanwaltschaft, genauer gesagt an die „Zicke“ von Staatsanwältin, alle zusammengetragenen Unterlagen, die daraus die Anklageschrift erstellen sollte.

Die beiden Mordfälle hatten ihren ursprünglichen Anlass schon vor dreißig Jahren. Niemand ahnte damals, dass die verträumte, kleine Gemeinde Neuwiesenfels eines Tages Schauplatz zweier Gewaltverbrechen werden wird. Der damalige Gutsbesitzer Hugo von Zeilmann plante seinen Betrieb mit einem zweiten Standbein zu erweitern, um für die Zukunft besser gegen mögliche Krisen in der Landwirtschaft gewappnet zu sein. Er wollte seinen Jugendtraum verwirklichen und das riesige Areal des Gutshofs wirtschaftlich erschließen und einen beginnenden Freizeitboom nutzen. Im Innenhof sollten eine große Reithalle, eine Pferdepension mit zahlreichen Boxen und eine kleine Gaststätte, ein „Reitertreff", entstehen. Skizzen des Vorhabens und eine Nutzungsbeschreibung erstellte der befreundete Architekt und reichte die Unterlagen als Bauvoranfrage an das Bauamt der Gemeinde und an das Kreisbauamt. Nach langem Schriftverkehr, Tauziehen zwischen Bauherrn, seinem Architekten und den Behörden, wurde das Projekt abgelehnt mit dem Hinweis, der Gutshof insgesamt, nicht nur das bestehende Haupthaus und die anschließenden Wirtschaftsgebäude, sondern die gesamte Anlage, bebaut und alle Freiflächen, stünden unter Denkmalschutz. Der Gutshof als solcher sollte unverändert der Nachwelt erhalten bleiben, die Außenmauern und das Dach dürften nicht verändert werden, Neubauten seien nicht zulässig. Lediglich Renovierungsarbeiten an der Fassade und dem Dach unter Beibehaltung des ursprünglichen Erscheinungsbildes sind erlaubt, ebenso Modernisierungen im Inneren der Gebäude. Das Verfahren zog sich über mehrere Jahre hin, ging durch zwei Instanzen, das Projekt wurde schließlich höchstrichterlich abgelehnt.

Über zwanzig Jahre später griff Alexander von Zeilmann, Sohn und Erbe des damaligen Gutsbesitzers, den Plan wieder auf, das riesige ungenutzte, unbebaute Areal der Innenanlage des Gutshofs wirtschaftlich zu nutzen und zu bebauen. Das Architekturbüro, vor allem der Inhaber, der schon für seinen Vater tätig war und sein damaliges Projekt federführend betreut hatte, sah keine Möglichkeit einen neuen Bauantrag zu stellen, denn der Denkmalschutz für die gesamte Anlage bestände nach wie vor. Ein öffentliches Interesse, mit einem Nutzungsänderungsantrag den Denkmalschutz auszuhebeln, oder ihn nur auf die bestehenden Gebäude zu beschränken und nicht auf die Freiflächen, bestehe nicht.

Alexander von Zeilmann war ein hartnäckiger Typ, was er sich in seinen Kopf gesetzt hatte, wollte er auch durchsetzen und sich nicht von „Bürohengsten", die sich hinter überholten, nicht mehr zeitgemäßen Vorschriften und veralteten Gesetzen verstecken, abhalten lassen. Er sah jedoch ein, dass ein legaler Weg, eine Baugenehmigung zu erhalten, aussichtslos war. Der Architekt, Alexander von Zeilmann und sein Jugendfreund und Bauunternehmer Nick Staudacher schmiedeten einen Geheimplan, in dem nach Möglichkeit nur wenige Mitwisser eingeweiht werden sollten.

Ihr Vorhaben sah als erstes Projekt die Entkernung des Hauptgebäudes vor, den Umbau und Einbau zweier großzügiger Wohnungen, Büros, einer Küche, Kantine, Sozialräume und eines Saals für kulturelle Veranstaltungen. Die Modernisierung der elektrischen Leitungen und der Anschluss der Wasserversorgung an den hofeigenen Brunnen sollten folgen. Weiter war der Bau angrenzender Betriebshallen, und eines kleinen Heizkraftwerkes außerhalb des denkmalgeschützten Geländes des Guts, in dem die riesigen Mengen von Abfällen aus der landwirtschaftlichen Produktion verarbeitet und genutzt werden sollten, geplant. Dafür erstellte das Architekturbüro umfangreiche Pläne und Berechnungen und reichte über das Bauamt der Gemeinde einen Bauantrag ein. Da dieses Vorhaben völlig korrekt war, alle Auflagen erfüllt, und auch seitens des Denkmalschutzes keinerlei Bedenken erhoben wurden, erhielt der Bauherr dafür die Baugenehmigung.
Damit war der „Deckmantel" für das zweite Projekt gegeben. Dieses war nicht genehmigungsfähig, da mit dem Denkmalschutz nicht vereinbar, und wurde schließlich ohne Genehmigung, also illegal, durchgeführt. Der Bau sollte nicht, wie es der Vater des jetzigen Gutsbesitzers vorgehabt hatte, für den Aufbau eines zweiten Geschäftsbeins gedacht sein, sondern für die dringend notwendige Erweiterung des landwirtschaftlichen Betriebs. Für dieses Projekt, zwei moderne Produktionshallen und ein Gästehaus, erstellten die Architekten komplette Baupläne, die aber aus verständlichen Gründen nicht an die Bauämter eingereicht wurden. Um vor einer Entdeckung dieses „Schwarzen Bauprojektes" einigermaßen sicher zu sein, wurden die Leiter des Kreisbauamtes und der Denkmalschutzbehörde zu einem vierzehntägigen kostenlosen Aufenthalt mit ihren Familien in Staudachers Finca auf die Kanaren-Insel Teneriffa eingeladen und erhielten ein großzügiges „Schweigegeld" in mittlerer fünfstelliger Höhe. Für beide Projekte engagierte

der Gutsbesitzer für seinen Freund „kostengünstige" Bauarbeiter und nutzte dabei seine hervorragenden Verbindungen nach Polen. Dass diese Arbeiter ebenfalls illegal beschäftigt wurden, für sie keine Steuer und Sozialabgaben abgeführt wurden, lag zwar nicht im Interesse der Gastarbeiter, aber Bauunternehmer und Gutshof profitierten davon.

Das erste und genehmigte Bauprojekt wurde zuerst begonnen, um die öffentliche Aufmerksamkeit und mögliche behördliche Kontrollen nur darauf zu konzentrieren. Nach einigen Monaten folgte dann der illegale Bau der Produktionshallen und des Gästehauses. Eine Bauaufsicht des Kreisbauamtes erfolgte nicht, auch das Amt für Denkmalschutz führte keine Kontrollen durch. Die „Investitionen" in die Amtsleiter machten sich offensichtlich bezahlt. Die Öffentlichkeit und Bevölkerung sahen beide Bauprojekte als eines an, kannten nicht die Auflagen der Denkmalschutzbehörde und interessierten sich auch nicht dafür. Die Neuwiesenfelser sahen nur „Ihr Gutshof" wird modernisiert und erweitert und es entstehen zusätzliche Arbeitsplätze. Nach knapp zwei Jahren waren alle Baumaßnahmen abgeschlossen und mit einem Volksfest wurde das „moderne Gut" den Bürgern vorgestellt.

Der illegale Bau wäre wohl nie entdeckt worden, hätten schlaue Beamte des Landes und des Kreises nicht strenge Sparmaßnahmen für alle Gemeinden und Zusammenlegen von kleineren Verwaltungseinheiten beschlossen. Auch die Gemeinde Neuwiesenfels blieb vom „Rotstift" nicht verschont. So gab es einen Beschluss, unter anderem auch, das örtliche Bauamt aufzulösen und die Verantwortung der Kreisbehörde zu übertragen. Alle vorhandenen Bauakten, Baupläne und Schriftverkehr wurden in Kisten verpackt und dem Kreisbauamt übergeben. Wie so üblich, wenn einem Amtsträger die Verantwortung über einen Teil seines Bereiches entzogen wird, wehrte sich hier auch der neue Bürgermeister der Gemeinde, Stefan Haberkorn, mit Händen und Füßen gegen diese Entscheidung, letztlich aber ohne Erfolg, „der Ober sticht den Unter". Mit schwerem Herzen verabschiedete er sich von einem wichtigen Verantwortungsbereich und blätterte mehr gedankenlos in den Dutzenden von Kisten umfassenden Unterlagen des Bauamtes. Durch Zufall stieß er beim Stöbern auf die zahllosen Aktenordner des Gutshofs. Mehr aus Interesse an dessen Geschichte durchforschte er die Papiere und Zeichnungen.

Als er sie schließlich schon zum Versand freigeben wollte, stieß er plötzlich auf eine Ungereimtheit. Die Unterlagen neuesten Datums betrafen den Umbau und die Modernisierungsmaßnahmen des Haupthauses und der Nebengebäude, sowie die Baugenehmigung dafür. Unterlagen, Pläne und Genehmigung für die Neubauten im Innenhof des Guts fehlten gänzlich. War es ein Fehler seines Amtes, waren die Unterlagen falsch abgelegt, oder lagen sie noch irgendwo auf einem Schreibtisch? Oder war er hier auf einen „dicken Hund“ gestoßen?
Sein Jagdtrieb war geweckt und er forschte nach. Beim Leiter des Kreisbauamtes wurde er mit fadenscheinigen Gründen abgewimmelt, der Gutsbesitzer und das Architekturbüro verwiesen auf die Akten, die bei den Ämtern der Gemeinde und des Kreises liegen müssten. Haberkorn stolperte bei seinen Nachforschungen über derart viele offene Fragen und Ungereimtheiten, dass er schließlich zu dem Schluss kam: Die Bauten im Innenbereich des Gutshofs waren illegal erstellt worden, dafür gab es keine Unterlagen bei den Behörden, Genehmigungen fehlten, es handelte sich um einen illegalen Bau, einem „Schwarzbau“ im größeren Stil.
Drei Tage überdachte Haberkorn seine Entdeckung und die zwei grundsätzlich möglichen Konsequenzen. Sollte er seinen dienstlichen Verpflichtungen und dem Amtseid gehorchend sie anzeigen, oder für sich behalten und persönlichen Nutzen daraus ziehen?
Die stetige Gier nach Geld, Reichtum und Macht ließen ihn seine Amtspflichten vergessen, zumindest als nicht so wichtig erscheinen. Er entschied sich also, das entdeckte Geheimnis für sich zu behalten und es zu Geld zu machen.
Sein erster Anruf galt dem Architekturbüro und erlitt gleich eine Pleite. Der Inhaber war plötzlich verstorben, seine Erben am Geschäft nicht interessiert, ein Käufer nicht oder noch nicht gefunden.
Als Nächstes ein Anruf beim Gutshof. Nach mehrmaligen Versuchen bekam er endlich den Gutsbesitzer an die Leitung. Am Telefon gab es zuerst keine Antwort, dann wurde ein Treffen unter vier Augen vereinbart. Alexander von Zeilmann stritt anfangs alle Vorwürfe ab, reagierte sogar empört, wollte die Polizei einschalten. Bei weiteren Treffen drehte Haberkorn den Spieß um und drohte seinerseits mit einer Anzeige. Schließlich erhielt der Erpresser ein Schweigegeld im sechsstelligen Eurobereich. Er versprach, keinerlei weitere Forderungen zu stellen und über diese Vereinbarung absolutes Stillschweigen zu bewahren.

Gutsherr von Zeilmann bezahlte den erpressten Betrag aus seinem Privatvermögen, wie gefordert in bar und großen Scheinen, ohne eine Quittung oder eine Unterschrift unter einer schriftlichen Vereinbarung zu erhalten. Haberkorn überwies das Geld auf ein Nummernkonto bei einer Bank in Zürich.

Der verbrecherische Bürgermeister gab sich damit aber noch nicht zufrieden. Der Gutsbesitzer und Architekt konnten nicht die Einzigen sein, die am illegalen Bau beteiligt waren oder zumindest davon wussten. Die bauausführende Firma musste doch in diesen betrügerischen Plan eingeweiht gewesen sein! Also wurde ein Versuchsballon gestartet und ein Gespräch mit dem Inhaber der Baufirma gesucht. Wie schon der Gutsbesitzer, leugnete auch Nick Staudacher, etwas vom illegalen Bau im Gutshof gewusst zu haben, wurde wütend und warf den Bürgermeister aus seinem Büro. Der zeigte sich jedoch davon nicht besonders beeindruckt, vielmehr hatte er das Gefühl in ein Wespennest gestoßen zu sein, denn schon am nächsten Tag erhielt er einen Anruf und wurde um ein nochmaliges Gespräch, dieses Mal persönlich unter vier Augen, gebeten. Haberkorn grinste vor sich hin: Volltreffer!

Der Bauunternehmer erwies sich als nicht so harter Hund wie der Gutsherr. Staudacher war es in seinem Geschäft gewohnt, Schmiergelder zu zahlen, um Konkurrenten auszustechen. Also lenkte er schon beim zweiten Gespräch ein und zeigte sich bereit, einen gewissen Betrag zu zahlen. Von der geforderten Höhe war er jedoch schockiert, sie ging fast über seine Möglichkeiten und an die obere Grenze seines Vermögens. Haberkorn blieb hart, wich von seinen Forderungen keinen Cent ab, Staudacher könne ja auch einen Kredit aufnehmen, als gesundes und im Kreis bekanntes Unternehmen, sei dies sicherlich kein Problem. Zähneknirschend zahlte der Firmeninhaber, nachdem er erfuhr, dass auch sein Freund, der Gutsbesitzer, für Haberkorns Schweigen bezahlt hatte. Staudacher musste dafür die, über die letzten Jahre angesammelte, Schwarzgeldkasse plündern. Dies war hart für ihn und sein Unternehmen, fehlten ihm doch damit die Mittel, bei den nächsten Ausschreibungen für öffentliche Bauvorhaben die Angebote der Konkurrenz zu unterbieten und Entscheidungsträger für sich zu gewinnen. Das erpresste Geld ging wieder auf die Bank in Zürich.
Staudacher zeigte sich jedoch als ergiebiger und reuiger Kronzeuge. Er wollte „reinen Tisch" machen, alles offen legen, beantwortete bereitwil-

lig alle Fragen der Kommissare und arbeitete kooperativ mit ihnen zusammen.

Seine Erpressung brachte dem Bürgermeister auch noch eine unerwartete nützliche Information, die er zusätzlich zu Geld machen wollte. In den Gesprächen mit dem Bauunternehmer erfuhr er mehr zufällig, dass der Leiter des Kreisbauamtes Schmiergeldzahlungen erhalten hatte. Bei dem Beamten musste Haberkorn nicht die harte Linie fahren. Der fürchtete nicht nur um seinen guten Ruf, sondern vor allem um die stattliche Beamtenpension, die er in einigen Jahren erwartete. Im Laufe seines Beamtenlebens konnte er keine größeren Reichtümer ansammeln, also löste er das Sparbuch auf, das er mit dem vom Gutsbesitzer erhaltenem Schweigegeld angelegt hatte. Er hoffte damit, seine Unabhängigkeit wieder zu gewinnen, und in Zukunft von Haberkorns weiteren Erpressungsversuchen verschont zu bleiben. Der Inhalt des Sparbuchs nahm den gleichen Weg, wie eine anonyme Spende in Höhe von fünfzigtausend Euro an die Partei, deren Schatzmeister der Bürgermeister war.

Ein Jahr später erwies sich eine „zweite Runde" von Erpressungen nochmals erfolgreich. Gutsbesitzer von Zeilmann zahlte den gleichen Betrag wie beim ersten Mal und hob das Geld wieder von einem Konto seines Privatvermögens ab. Ein in Wirtschaftsstraftaten erfahrener Beamter des LKA fand bei Durchsuchung der Privatkonten einen Bankauszug mit dem handschriftlichen Vermerk „Stiftung CH-SH".

Hauptkommissarin Erika Suchel hatte schnell die Bedeutung dieses Kürzels gefunden. „CH" war ein eindeutiger Hinweis auf die Schweiz. In der Liste mit Hunderten von Stiftungen fand sich jedoch keine mit dem Namen „SH", für die Suchel erklärlich: Die Buchstabenkombination wies klar auf den Namen des Erpressers hin, Stefan Haberkorn.

Ebenfalls ein zweites Mal wurde der Bauunternehmer Staudacher erpresst. Das Schwarzgeldkonto war noch von der ersten Erpressung leer und noch nicht wieder aufgefüllt. Das Firmenkonto wollte er nicht anrühren, es blieb für ihn tabu. Also belastete er seine schuldenfreie Finca auf der Kanareninsel Teneriffa mit einem Kredit einer spanischen Bank in Höhe von einhunderttausend Euro. Nick Staudacher schwor sich, dies wäre das allerletzte Schweigegeld, das er an Haberkorn gezahlt hatte.

Am schlimmsten erwischte es jedoch den Ärmsten, den Leiter des Bauamtes. Auch ihn erpresste der verbrecherische Bürgermeister ein weiteres Mal. Dieser verfügte über kein größeres Privatvermögen, also weihte er seine Frau in die Erpressungsgeschichte und Hintergründe ein. Auf ihren Namen gewährte ihr die örtliche Hausbank einen Kredit im fünfstelligen Bereich. Als Sicherheit ließ sie das von ihren Eltern geerbte Einfamilienhaus belasten. Die erpressten Gelder landeten natürlich wieder in Zürich.

Die Opfer schöpften Hoffnung, der Bürgermeister hielte still, die Erpressungen hätten hoffentlich ein Ende gefunden. Welch ein schrecklicher Irrtum! Begegnungen mit dem Rathauschef ließen sich nicht vermeiden, private Gespräche gab es natürlich nicht, dienstlich nur die allernotwendigsten. Für die Bürger der Gemeinde war „ihr Volksvertreter" ein Saubermann, für die Erpressten ein Verbrecher, ein Wolf im Schafspelz.

Eine willkommene Gelegenheit für eine weitere Erpressung des Gutsbesitzers ergab sich ein knappes Jahr später. Aus betriebswirtschaftlichen und steuerlichen Gründen musste das Gut einen Großteil seiner technischen und landwirtschaftlichen Maschinen und Geräte erneuern. Zur Enttäuschung aller Wettbewerber erhielt das einheimische Unternehmen „BaLa GmbH" den Zuschlag, deren Inhaber und alleiniger Geschäftsführer Stefan Haberkorn war. Der ließ sich natürlich dieses Geschäft in der Größenordnung von einer Million nicht entgehen.
Nach außen hin lag sein Angebot nur geringfügig über seinem eigenen Einkaufspreis und schreckte damit die Konkurrenzunternehmen von weiteren Verkaufsverhandlungen ab. Gutsbesitzer von Zeilmann wurde gezwungen, der „BaLa" den Auftrag zu erteilen. Dass Haberkorn nicht selbstlos dieses Geschäft ohne Gewinn eingegangen war und der Gutsherr kein „Schnäppchen" gemacht hatte, lag auf der Hand. Der Beamte des LKA, der die Privatkonten des Gutsbesitzers näher durchleuchtet hatte, fand in den Bankbelegen einen weiteren merkwürdigen Hinweis. Hinter einer Barauszahlung über einhundertfünfzigtausend Euro stand handschriftlich vermerkt: „Wartungsvertrag".
Oberkommissarin Suchel fand es natürlich außergewöhnlich, dass ein Wartungsvertrag in dieser Höhe über ein Privatkonto, noch dazu ohne sonstige Belege, abgerechnet wurde. Auch fand sie keinen Hinweis über einen abgeschlossenen Wartungsvertrag, es existierte keiner. Weder

beim ausländischen Hersteller der landwirtschaftlichen Maschinen, noch beim deutschen Importeur, noch bei der Nachfolgefirma der „BaLa“ und auch in den Unterlagen des Gutshofs fand sich kein Wartungsvertrag und auch kein Hinweis darauf. Das Geld wurde den Erpressungen Haberkorns zugeordnet und landete wie alle anderen erpressten Gelder auf dem Nummernkonto der Bank in Zürich.

„Der Krug geht so lange zum Brunnen, bis er bricht“. Haberkorn war maßlos, größenwahnsinnig geworden. Seine bisherigen „erfolgreichen“ Erpressungen machten ihn leichtsinnig, er war überzeugt, ein lukratives „Geschäftsmodell“, auch für die Zukunft, gefunden zu haben.
Der nächste Erpressungsversuch des Gutsbesitzers schlug fehl, im Gegenteil: Von Zeilmann drohte mit einer Anzeige, er war überzeugt, jetzt einen, wenn auch schmerzlichen Schlussstrich unter den gesamten Vorgang ziehen zu müssen, angefangen vom nicht genehmigten Bau auf dem Gutsgelände, über Beschäftigung von illegalen, ausländischen Gelegenheitsarbeitern, bis zur Bestechung von Beamten. Eine Selbstanzeige hätte zwar nicht absehbare Konsequenzen für ihn persönlich, aber auch für das traditionsreiche Gut zur Folge gehabt, jedoch auch ein Ende der Erpressung und strafrechtliche Maßnahmen gegen den verbrecherischen Bürgermeister. Alexander von Zeilmann fällte sein eigenes Todesurteil, als er einen letzten Erpressungsversuch vehement ablehnte und ankündigte, die Polizei einzuschalten.

Bei ihren Nachforschungen stießen die Kommissare auf zahlreiche Merkwürdigkeiten im Zusammenhang mit dem „tragischen Unfall“ des Gutsbesitzers. Es konnte auf keinen Fall ein Unfall gewesen sein. Es wurde fahrlässig, oberflächlich ermittelt, eindeutige Hinweise auf ein Fremdverschulden wurden missachtet und ein schnelles Ergebnis „tödlicher Arbeitsunfall“ getroffen. Für Hauptkommissar von Stein und Oberkommissarin Suchel gab es mehrere Beweise für einen Mord.

So konnte die Verletzung am Hinterkopf des Toten unmöglich von der herabfallenden Schaufel des Schaufelladers verursacht worden sein. Auch die Lage des Verunglückten unter der Schaufel war unnatürlich, sie schien eindeutig gestellt, wie mehrere Versuche mit einem Dummy ergaben. Weiter gab es keine Hinweise auf technische oder konstruktive Fehler an der fabrikneuen Maschine. Den wichtigsten Hinweis auf ein

Fremdverschulden lieferte die Konstruktion des Schaufelladers selbst. Das Sicherheitssystem erforderte eine manuelle Bedienung zweier Hebel vom Fahrersitz aus, um die Schaufel herabfallen zu lassen. Der Gutsbesitzer konnte also unmöglich die Schaufel bedient haben und gleichzeitig unter sie geraten sein. Es war also eindeutig Mord und kein „unglücklicher Arbeitsunfall", wie vor drei Jahren oberflächlich „ermittelt" worden war.

Bei der Suche nach dem Mörder und dem Motiv waren die Kommissare schnell fündig geworden. Wieder brachte das „Tatwerkzeug" Schaufellader die Ermittler auf die richtige Spur. Die Baumaschine war nicht nur brandneu, sondern eine völlige Neukonstruktion mit der allermodernsten Technik ausgestattet. Da der Schaufellader erst vor wenigen Tagen geliefert wurde, sollten die Mitarbeiter des Gutshofs erst in der folgenden Woche von einem Ingenieur des Herstellers in die Handhabung und Bedienung eingewiesen werden. Außer den Spezialisten des Herstellers und des Importeurs, die alle kein Motiv hatten und als Täter nicht infrage kamen, konzentrierte sich der Verdacht auf den kleinen Kreis derer, die mit der Baumaschine umgehen und sie bedienen konnten. Bei den Verkaufsverhandlungen und Vorführungen der neuen Baumaschine war neben dem Personal des Herstellers und des Importeurs, vonseiten des Kunden, des Gutshofs von Zeilmann, der Gutsherr persönlich, sein Technikchef Per Manhold und der Gutsverwalter Ingo Berger, sowie vonseiten des damaligen Baumaschinenhändlers, der „BaLa, Bau- und Landmaschinen Vertriebs- und Service GmbH Neuwiesenfels", vertreten durch den alleinigen Inhaber und Geschäftsführer Stefan Haberkorn und sein Kundendienstleiter anwesend. Nur diese fünf Personen waren in die neue und komplizierte Technik des Schaufelladers eingewiesen und konnten ihn bedienen. Aus diesem Kreis musste der Täter kommen! Der Gutsbesitzer als Opfer konnte ausgeschlossen werden, ebenso der Technikchef des Gutshofs und der Kundendienstleiter der „BaLa", die beide kein Motiv hatten. Blieben alleine der Gutsverwalter Ingo Berger und der Geschäftsführer der „BaLa" Stefan Haberkorn als Tatverdächtige.

Der Verwalter hatte kein Alibi und möglicherweise ein Motiv. War er vielleicht in die Gutsbesitzerin verliebt, wollte er ihren Ehemann beseitigen und den Platz an der Seite der Baronin einnehmen?

Kommissarin Suchel wusste von ihrer Ausbildung und der monatlichen „Pflichtlektüre“ und Mitteilungsblatt des Bundeskriminalamtes „BKA-aktuell“, dass das häufigste Motiv bei Tötungsdelikten, Eifersucht oder verschmähte Liebe sind. Spätestens nach dem Besuch ihres Kollegen von Stein bei der ehemaligen Staatssekretärin Martha Maler konnte aber der Gutsverwalters als Täter ausgeschlossen werden. Die Maler hatte ein perfektes Alibi für ihren Freund für den Tag der Ermordung des Gutsbesitzers. Sie hatten gemeinsam ein verlängertes Wochenende in Heringsdorf auf der Insel Usedom verbracht und sie konnte sogar nach längerem Suchen noch ein Foto eines Hotelfotografen mit einer Datumsanzeige hervorkramen.
Blieb als einziger Tatverdächtiger der Bürgermeister. Und er hatte auch ein Motiv. Sein Opfer wurde jahrelang von ihm erpresst. Als von Zeilmann schließlich entnervt vom mehrseitigen Druck sich selbst und Haberkorn anzeigen wollte und sich von seinem Vorhaben nicht mehr abbringen ließ, sah dieser keinen anderen Ausweg mehr, seine Erpressungen zu vertuschen, und brachte sein gefährlich gewordenes Erpressungsopfer zum Schweigen. Er nutzte dabei den freien Samstagnachmittag, an dem die meisten Mitarbeiter des Gutshofs bereits ins Wochenende gegangen waren und der Innenhof menschenleer war. Unter dem Vorwand, dem Gutsbesitzer eine noch nicht eingewiesene Neuheit am Schaufellader zeigen zu wollen, erschlug er ihn, vermutlich mit dem Holzstiel, den die Spurensuche in Haberkorns Geräteschuppen gefunden hatte. Danach fuhr er mit der Baumaschine vor den am Boden liegenden Ermordeten, ließ die Schaufel auf ihn fallen und täuschte somit einen Arbeitsunfall vor. Damit war Stefan Haberkorn, Bürgermeister der Gemeinde Neuwiesenfels und Unternehmer des Mordes an dem Gutsbesitzer Alexander von Zeilmann zweifelsfrei überführt, auch wenn er die Tat vehement leugnete.

Auch vor dem zweiten Mord, drei Jahre später, setzte Haberkorn seine Erpressungsversuche fort.
Den Bauunternehmer Nick Staudacher nahm er sich als erstes Opfer nach der Ermordung des Gutsbesitzers vor. Diesem war der Unfalltod seines Freundes Alexander schon sehr seltsam vorgekommen. Er wusste, dass der Gutsherr nicht nur ein exzellenter Techniker, sondern auch ein besonders sicherheitsbewusster, vorsichtiger Mensch war. Warum sollte er gerade beim Umgang mit einem neuen Gerät alle Vorsichts-

maßnahmen ignoriert haben? An einen „tragischen Unfall" wollte er so recht nicht glauben. Er vermutete einen Zusammenhang mit Haberkorns Erpressungsversuchen, war sich aber nicht sicher und hatte keinerlei Beweismaterial. Zudem wollte er vermeiden, sich selbst mehrerer Straftaten zu beschuldigen und so in Verdacht zu geraten, mit dem Tod des Gutsbesitzers in Verbindung gebracht zu werden. Für sich selbst wollte er besonders auf der Hut zu sein und möglichen Begegnungen mit Haberkorn ohne Zeugen aus dem Weg gehen. Bei weiteren Forderungen nahm er sich vor, hinhaltend zu reagieren, keine Zusagen zu geben, aber auch die erneuten Erpressungsversuche nicht strikt abzulehnen.

Staudacher, der sich als Kronzeuge den Kripobeamten und der Staatsanwaltschaft zur Verfügung gestellt hatte, sagte unter Eid aus, Haberkorn hätte von ihm verlangt, den Bau eines Zweifamilienhauses, das er für sich selbst nutzen wollte, kostenlos auszuführen. Der Bauunternehmer verstand es geschickt, die dafür erforderlichen Vorleistungen zu verzögern, sodass mit dem Bau nicht begonnen werden konnte und es sich bei der Erpressung „nur" um einen Versuch und keine vollendete Tat handelte.

Tragischer endete eine weitere Erpressung des Leiters im Kreisbauamt. Er und seine Ehefrau hatten sich bereits über ihre Möglichkeiten hoch verschuldet, nur um die skrupellosen Forderungen Haberkorns zu erfüllen und seine Bestechlichkeit nicht öffentlich werden zu lassen. Der verbrecherische Bürgermeister ließ jedoch nicht locker und stellte dem Beamten ein Ultimatum: Sollte er nicht innerhalb einer Woche einen weiteren Betrag in Höhe von fünfzigtausend Euro zahlen, müsste er mit einer Veröffentlichung seines, schon mehrere Jahre zurückliegenden, korrupten Verhaltens rechnen.
Der Bauamtsleiter hatte keine Möglichkeit, den geforderten Betrag zu beschaffen, sah keinen Ausweg mehr aus der Falle, in die er sich selbst begeben hatte. Er war verzweifelt, fürchtete das Schlimmste, sah sich schon mit Schimpf und Schande aus dem Amt gejagt. Er, der sein Leben lang dem Staat treu gedient hatte und nur einmal der Versuchung nicht widerstehen konnte, flüchtete vor einer ungewissen, schrecklichen und für ihn nicht zu ertragender Zukunft und wählte schließlich den Freitod.

Oberkommissarin Suchel meinte später zu ihrem Kollegen: „Eigentlich hätten wir Haberkorn auch den Freitod des Bauamtsleiters anlasten und ihn des dreifachen Mordes beschuldigen müssen!"
Ihr Kollege von Stein beschwichtigte sie aber „mehr als zweimal lebenslänglich für die beiden nachgewiesenen Morde wird er nicht absitzen können!"

Zuerst beabsichtigte Haberkorn nach der Ermordung ihres Mannes auch die Baronin selbst zu erpressen. Diese Absicht verwarf er schließlich, war sie doch bis jetzt in dem Komplott unbeteiligt und hatte keine Ahnung, wie die Neubauten im Gut vor Jahren mit kriminellen Methoden ermöglicht wurden. Also wandte er sich an den Gutsverwalter, engster Vertrauter des Ermordeten, der von Anfang an, schon bei der heimlichen Planung der illegalen Baumaßnahmen im Gutshof bis zu den Bestechungen von Verwaltung und Bauamt, in das Vorhaben eingeweiht war und auch von den Erpressungen seines Chefs gewusst haben musste.

Bei Berger stieß der Erpresser jedoch auf totale Ablehnung. Der Gutsverwalter war von Staudacher vorsorglich gewarnt worden, der kriminelle Bürgermeister hatte vom Bauunternehmer wiederholt Geld und kostenlose Bauleistungen gefordert, und wird höchstwahrscheinlich seine Erpressungsversuche auch bei ihm fortsetzen wollen. Seinen Verdacht, Haberkorn könne mit dem Unfalltod des Gutsbesitzers in Verbindung gebracht werden, gab Staudacher jedoch an den Verwalter nicht weiter. Bei weiteren Telefongesprächen drängte Haberkorn auf Zahlungen, anderenfalls würde er Presse und Polizei einschalten und die illegalen Bauten anzeigen.
Berger lehnte ab und drohte seinerseits mit Einschaltung der Kripo. So schaukelten sich die gegenseitigen Drohungen hoch, eine Eskalation schien unausweichlich.

Der Bürgermeister ahnte eine bevorstehende Entscheidung und bereitete sich darauf vor, er wollte den weiteren Fortgang des Geschehens selbst bestimmen und handeln, bevor es sein Opfer tun würde. Er hatte von Meinke, seinem Leiter des Ordnungsamtes, erfahren, dass Berger sich zu einem Gespräch in der nächsten Woche bei der Kripo und dem Bauamt in der Kreisstadt angemeldet hatte. Er fühlte sich in die Enge getrieben und startete deshalb verzweifelt einen letzten Versuch, den Gutsverwalter doch noch zur Zahlung einer hohen Geldsumme zu erpressen und ihn von einer Anzeige abzuhalten. Er musste äußerst vorsichtig vorgehen, spätere Spuren sollten auf keinen Fall zu ihm führen. Er telefonierte deshalb mit Berger nicht mehr mit seinem privaten Handy und nutzte auch nicht mehr sein Diensttelefon. Im Vorzimmer zu seinem Büro waren in einem Regal Fundsachen aufbewahrt. Er „lieh" sich ein dort aufbewahrtes Handy aus, führte mit diesem seine erpresserischen Gespräche, auch eins mit dem Bauunternehmer Staudacher, und legte das Handy danach wieder zurück in das Regal für die Fundgegenstände. Auch das letzte Gespräch mit dem Gutsverwalter blieb ergebnislos. Dieser bekräftigte sein Vorhaben, die Polizei einzuschalten und ihn anzuzeigen, verbat sich weitere Gespräche und trennte die Verbindung. Damit fällte er sein eigenes Todesurteil. Haberkorn hatte seine Entscheidung getroffen, Eile war geboten, es musste jetzt schnell gehen, bevor Berger seinen Termin bei der Kripo und dem Bauamt wahrnehmen konnte. Er wartete auf eine Gelegenheit, sein Vorhaben umzusetzen.

Die Chance dazu kam unvermutet und schneller als er gehofft hatte. Nach dem letzten ergebnislosen Gespräch mit Berger war Haberkorn nervös geworden, was er aber nach außen hin nicht zeigen wollte. So plante er, entgegen seinem sonst so rüpelhaftem Benehmen, dieses Mal zum Schein, gemeinsam mit seiner noch Ehefrau Elsa den Samstagabend im Weingut Neumann zu verbringen. Zufällig stießen am Abend auch noch die Baronin und ihr Verwalter zu der im Weinkeller versammelten Runde. Haberkorn und Berger ließen sich ihre hasserfüllte Feindschaft nicht anmerken und spielten ihren Part als „Freunde", um keinen Argwohn bei der Gruppe zu erregen. Haberkorn zeigte sich besonders erfreut über Bergers Begleitung. Er hatte schon lange ein Auge auf die Baronin geworfen, die aber bisher jede Annäherungsversuche empört zurückgewiesen, jede Begegnung und Gespräche vermieden hatte.

Willkommen für den Bürgermeister war das intensive Bemühen des Kaplans Paul Stoffel um seine Frau. Er spielte so den Gekränkten, Beleidigten und zeigte sich erbost gegenüber dem jungen Priester. Er machte eine Szene und hatte einen Grund, seine Frau Elsa nicht nach Hause zu begleiten. Dies überließ er dem vor Liebe blinden turtelnden Geistlichen. Er selbst schlich der Baronin und ihrem Verwalter nach, die eng umschlungen den Weg Richtung Gutshof genommen und kei-

nen Blick für ihre Umgebung hatten. Ihm war klar geworden, Berger würde seine Chefin mindestens bis zum Gut begleiten, vielleicht auch noch länger dort bleiben. Für Eifersucht blieb ihm jedoch keine Zeit, jetzt war der richtige Zeitpunkt gekommen, seinen Plan umzusetzen. Haberkorn lief rasch nach Hause, holte aus seinem Geräteschuppen den vorbereiteten Holzstiel und legte sich am Rande des Friedhofs auf die Lauer, wissend, dass Berger für seinen Rückweg vom Gutshof zu seiner Wohnung die Abkürzung über Friedhof und Klostergarten nehmen wird. Während er mehrere Stunden wartete, musste er voller Hass das heftige Treiben seiner Frau mit dem jungen Kaplan an der Kirchenmauer mit ansehen. Er nahm sich vor, beide bei Gelegenheit zur Rechenschaft zu ziehen, wie, wusste er noch nicht, hatte aber im Moment eine andere Priorität. Er verhielt sich ruhig und wollte nicht auffallen, um sein Vorhaben nicht zu gefährden. Froh war er, als endlich das Pärchen beim ersten Morgengrauen voneinander abließ und erschöpft, aber befriedigt, den Klostergarten verließ und getrennt ihre Schlafstellen aufsuchten, der Kaplan im Pfarrhaus und Elsa im ehelichen Wohnhaus.
Kaum waren die Beiden verschwunden, hörte er schon den Verwalter nahen. Der war noch voller Gedanken und im Rausch der Gefühle der erlebten letzten Stunden. Er war viel zu überrascht und völlig wehrlos, als plötzlich aus dem Nichts der Bürgermeister auftauchte und ihm mit einem kräftigen Hieb mit dem Holzstiel den Hinterkopf zerschmetterte. Berger war schon tot, als er in sich zusammensackte. Haberkorn entfernte den Holzdeckel, der den stillgelegten Brunnen im Klostergarten verschloss, hievte voller Anstrengung den schweren, leblosen Körper über den gemauerten Rand, stieß die Leiche hinein und verschloss den Brunnen wieder mit dem Holzdeckel. Dann eilte er nach Hause, reinigte im Geräteschuppen den Holzstiel intensiv mit Waschbenzin und versteckte ihn unter den anderen Gartengeräten. Nach dem sonntäglichen Mittagessen, das er nach dem Frühschoppen in der „Goldenen Glocke" appetitlos eingenommen hatte, ging er ins Rathaus in sein Büro, holte von der Garderobe in seinem Vorzimmer die alte Schildmütze, die der Vorarbeiter des Gutshofs, Lucas Menorski, dort vergessen hatte und legte sie in unmittelbarer Nähe zum Brunnen im Klostergarten ab, um den Verdacht auf den polnischen Erntehelfer zu lenken.

Das Motiv für die Ermordung des Gutsverwalters war auch eindeutig, sollte die Tat doch die Aufdeckung seiner jahrelangen Erpressungen verhindern. Die skrupellosen Geldforderungen, sowohl vom Bauunternehmer Staudacher als auch vom Gutsverwalter Berger, konnten dem verbrecherischen Bürgermeister nachgewiesen werden. Als Kronzeuge bestätigte Staudacher, selbst Opfer, dass er und der Gutsbesitzer von Zeilmann und später sein Verwalter, vielleicht auch der Leiter des Bauamtes in der Kreisstadt, über Jahre von Haberkorn erpresst worden waren. Auch die ehemalige Staatssekretärin Maler bestätigte, dass sich ihr Freund Ingo Berger ihr anvertraut hatte, von Haberkorn erpresst zu werden. Dass Gelder bezahlt worden waren, konnte auch nachgewiesen werden. Auch hier bestätigte der Bauunternehmer Staudacher an Eides statt, Gelder bezahlt zu haben. Für die Zahlungen aus seiner Schwarzgeldkasse hatte er natürlich keine Quittungen, wohl aber Belege für die Belastung seiner Finca auf Teneriffa. Auch die Bankbelege mit den handschriftlichen Vermerken des Gutsbesitzers, die der Experte des Landeskriminalamtes in den Privatunterlagen des Barons von Zeilmann gefunden hatte, bewiesen illegale Zahlungen.

Wo die Gelder verblieben waren, was der Doppelmörder mit den riesigen erpressten Geldbeträgen angefangen, wo er sie gebunkert hatte, ob durch Spekulationen vermehrt oder verzockt, konnte schließlich auch noch geklärt werden.
Frau Urimehl, die Ehefrau des Assistenten des Bürgermeisters, blieb hartnäckig. Sie wollte schließlich wissen, woher ihr Mann plötzlich über einen, für sie nahezu unvorstellbar hohen, Geldbetrag verfügte. Mit den Waffen einer Frau konnte sie ihren Mann schließlich überzeugen, die Wahrheit, woher das Geld kam, zu sagen.
Lange druckste er herum, stotterte, suchte nach Ausreden und Entschuldigungen, schließlich nahm er all seinen Mut zusammen und beichtete seiner Frau die ganze Geschichte. Zuerst war sie entsetzt, konnte nicht glauben, dass ihr Mann bestechlich, ja kriminell war. Sie bekam dann auch noch Angst, schließlich hatte sie mitgeholfen, wenn auch ohne nähere Kenntnis, das Geld aus der Schweiz zurückzuholen. Sie hatte sich ebenfalls strafbar gemacht, wusste auch, dass Unwissenheit nicht vor Strafe schützt. Nachdem sie eine Nacht über die neue Situation geschlafen, viel überlegt, diskutiert und schließlich ihren Verstand gebraucht hatten, überredete sie ihn, zur Polizei zu gehen und sich selbst anzuzeigen.

Im Polizeipräsidium landete Urimehl zuerst bei der Oberkommissarin Suchel und dann gemeinsam mit ihr bei der zuständigen Staatsanwältin. Nachdem er lückenlos und ohne seine Mithilfe zu beschönigen, die ganze Geschichte erzählte, sich dabei auch bewusst belastete, wurde ihm Straffreiheit als Kronzeuge zugesichert. Haberkorn hatte „kalte Füße“ bekommen, als nahezu täglich in den Medien über CDs von Steuersündern und über zahlreiche Selbstanzeigen von Steuerbetrügern und Steuerhinterziehern berichtet wurde. Der Fall eines prominenten Steuerbetrügers, der sogar für mehrere Jahre ins Gefängnis musste, gab schließlich den Ausschlag. Haberkorn beauftragte seinen Assistenten, das erpresste und durch Spekulationen vermehrte Geld von einer Bank in Zürich abzuholen. Er selbst wagte aus Angst vor einer Entdeckung nicht die Reise in die Schweiz, und vor allem nicht die Wiedereinreise nach Deutschland mit dem Geldpaket. Das Zurückholen des Geldes wurde sorgfältig geplant.
Urimehl war zwar eingeweiht, dass es sich um „unversteuertes“ Geld handelte, wurde aber im Unklaren gelassen, woher es kam und wie es Haberkorn „erworben“ hatte. Die Reise mit Familie war als Kurzurlaub getarnt, seine Frau war in den Geheimplan aus Sicherheitsgründen nicht mit eingeweiht. Der Assistent des Bürgermeisters brachte das Geld sicher über die Grenze, übergab es seinem Chef und erhielt eine fürstliche Belohnung in Höhe von fünfzigtausend Euro. Diese „Belohnung“ für seine Botendienste in die Schweiz und zurück übergab Urimehl der Polizei und blieb damit straffrei.
Wo aber Haberkorn im Moment das Geld versteckt hatte, konnte bis jetzt nicht ermittelt werden, er schwieg hartnäckig. Seine Ehefrau Elsa fiel aus allen Wolken, als sie auch noch von diesen Machenschaften, Erpressungen, Steuerbetrügereien, Geldwäsche erfuhr. Sie hatte nie etwas davon gehört und auch nicht geahnt, mit welch einem Verbrecher sie viele Jahre verheiratet und das Bett geteilt hatte. Auch sie hatte keine Ahnung, wo das Geld versteckt sein könnte oder was er damit möglicherweise gekauft oder auch verzockt hatte. Oberkommissarin Suchel nahm sich vor, nach ihrem Urlaub danach zu forschen.

Hauptkommissar von Stein atmete tief durch und legte seine Beine auf den Schreibtisch. Er öffnete die Flasche edlen Champagners, die sie von der Baronin als Anerkennung für ihre hervorragenden Ermittlungen erhalten hatten und schenkte seiner Mitarbeiterin und sich selbst

ein Glas ein. „Prosit, und ein Danke für die erfolgreiche Zusammenarbeit!“
Er kam gerade vom Haftprüfungstermin zurück. Der Haftrichter hatte den Antrag auf Haftverschonung, auch gegen eine hohe Kaution, wegen Fluchtgefahr abgelehnt. Haberkorns Anwalt konnte die Unschuld seines Mandanten noch so sehr beteuern, musste jedoch die Ablehnung seines Antrags hinnehmen, nachdem der Untersuchungshäftling nach wie vor jegliche Aussage verweigerte.
Zum ersten Mal fand der Hauptkommissar anerkennende Worte für die „Zicke“ von Staatsanwältin, sie hatte vehement gegen Haberkorns Freilassung argumentiert und der Richter war ihren Argumenten gefolgt. Der Fall war für die Kriminalkommissare abgeschlossen, wenn auch noch ihre Aussagen bei der anstehenden Gerichtsverhandlung erforderlich sein würden. Aber jetzt ging es zuerst mal in den verdienten Urlaub. Er und die Oberkommissarin Suchel mussten das großzügige Angebot Staudachers ablehnen, drei Wochen lang die Finca des Bauunternehmers auf Teneriffa kostenlos zu nutzen. Nicht abgelehnt hatten sie jedoch die Kiste mit dem köstlichen Rheingauer Riesling, die von der ehemaligen Staatssekretärin Maler für sie abgegeben wurde.

War es Zufall, dass die Suchel zur gleichen Zeit wie ihr Kollege von Stein in Urlaub ging? Nein, natürlich nicht! Es war auch kein Zufall, dass sie die gleiche Urlaubsanschrift hatten, nämlich das Hotel in Heringsdorf auf Usedom, in dem die Maler und ihr Ingo mehrere Male glückliche Tage verbracht hatten.

Und wie ging es weiter in Neuwiesenfels?
Ein Jahr später:

Stefan Haberkorn, ehemaliger Bürgermeister, wurde wegen zweifachen Mordes, mehrfacher Erpressung, Betrugs, Unterschlagung und Steuerhinterziehung vor der Großen Strafkammer des Landgerichts angeklagt. Zwei Wochen vor Prozessbeginn fand ihn eines Morgens ein Justizbeamter tot, aufgehängt in seiner Zelle in der JVA. „Mit seinem Selbstmord ersparte er den zahlreichen geladenen Zeugen peinliche Befragungen und dem Steuerzahler eine Menge Geld“, so die landläufige Meinung der Bevölkerung.

Mit großer Mehrheit wählten die Bürger den Chef des Ordnungsamtes, Peter Meinke, zu seinem Nachfolger. Hakan Urimehl blieb Assistent auch des neuen Bürgermeisters. Das Verfahren gegen ihn wegen Beihilfe zur Steuerhinterziehung wurde wegen Geringfügigkeit eingestellt. Auch wurde ihm zugutegehalten, dass er sich selbst angezeigt, seinen „Lohn" vollständig an die Staatskasse zurückgezahlt und sich als Kronzeuge zur Verfügung gestellt hatte.

Die Ehefrau des ehemaligen Bürgermeisters, Elsa Haberkorn, verließ eines Tages die Gemeinde mit unbekanntem Ziel. Gleichzeitig verschwand der junge Kaplan Paul Stoffel. Der neue Aufenthaltsort blieb unbekannt, war auch für einzelne Personen, der Gemeinde und auch den Kirchenbehörden völlig uninteressant.

Der Bischof schickte den Stadtpfarrer Peter Schneider in den vorzeitigen Ruhestand. Der Geistliche Rat zog in das oberbayerische Kloster, das er als Priesterseminar für seinen Sohn ausgesucht hatte. Die Pfarrei in Neuwiesenfels blieb verwaist, die Seelsorge und Gottesdienste übernahm der Pfarrer einer Nachbargemeinde.
Das Pfarrhaus und den Pfarrgarten erwarb die Gemeinde symbolisch für einen Euro. Das Haus wurde von der Baufirma Staudacher umgebaut und wird jetzt als Unterkunft für Flüchtlinge und Asylanten genutzt.

Die Küsterin Frieda Landauer wurde für ihre jahrzehntelangen Dienste für die Kirche „großzügig" mit einer Ehrenurkunde verabschiedet, zog in das Haus der Witwe Steinhäuser und bewohnt seit dem mit ihrem Sohn Hans die ehemalige Wohnung des ermordeten Gutsverwalters. Die Miete für die nächsten Jahre hat der Gutshof übernommen. Sie selbst verdient sich neben einer lebenslänglichen Unterstützung aus dem Privatvermögen des ehemaligen Stadtpfarrers, ein Zubrot als Köchin in der „Goldenen Glocke".

Mit Auszeichnung hat Hans Oertl gerade das Abitur vorzeitig gemeistert. Inzwischen hat er den Namen seiner leiblichen Eltern angenommen und heißt jetzt: Hans Landauer-Schneider. Die Pläne seines Pfarrervaters, ihn in ein Internat zu schicken und ihn anschließend in einem Kloster nach einem Theologiestudium zum Priester weihen zu lassen, hatte er schnell verworfen. Die junge Liebe zur bildhübschen Enkelin des Weingutsbesitzers Neumann veranlasste ihn, sich für eine weltliche Zukunft zu entscheiden. Nach den Sommerferien soll er eine Volontärstelle im Gut von Zeilmann antreten.

Die beiden Kommissare heißen jetzt Suchel-von Stein, Erika wurde befördert und leitet als Hauptkommissarin das Referat für Gewaltverbrechen, Moritz koordiniert die Drogenfahndung im Landeskriminalamt.

Die Erntehelfer im Gut brauchten einen neuen Vorarbeiter. Nach sechsmonatiger Untersuchungshaft wurde Lucas Menorski nach Polen ausgeliefert und sitzt dort eine mehrjährige Haftstrafe ab.

Aus Polen war extra der Bürgermeister Niclas Woronin angereist und versuchte bei der Gutsbesitzerin von Zeilmann „gut Wetter zu machen" und Vertrauen wiederzugewinnen. Dabei stellte er mit seinem Neffen einen neuen Vorarbeiter vor. Sie waren sich schnell einig geworden und der polnische Bürgermeister Woronin erhielt als „Vertrauensvorschuss" die gleiche Vermittlungsprovision, die er schon vom früheren Gutsverwalter bekommen hatte.

Nachdem der Druck der Presse und in ihrer Partei zu groß geworden war, ihr Mann die Scheidung eingereicht hatte, trat Martha Maler als Staatssekretärin zurück und legte alle Parteiämter nieder. Sie übernahm als bestens bezahlte Marketingdirektorin eine leitende Funktion in einem Lebensmittelkonzern.

Das Landhotel „Traube" hat einen neuen Geschäftsführer, besser gesagt, eine neue Geschäftsführerin. Heike Albrecht hatte ihren gut bezahlten Job als Chefin des Fremdenverkehrsamtes aufgegeben und die Leitung des Hotels übernommen. Es war kein Geheimnis mehr, sie und der Inhaber Käfer waren inzwischen mehr als nur Geschäftspartner. Er selbst hatte sich aus dem Hotel zurückgezogen, seine Spargeläcker an die Baronin verkauft und bereitet sich auf die Wahl zum Landrat vor, für den ihn seine Partei nominiert hatte.

Das Gut selbst konnte auf ein überaus erfolgreiches Jahr zurückblicken, nicht nur aufgrund einer ertragreichen Spargelernte. Auch das jetzige Jahr versprach, nicht schlechter zu werden. Die polnischen und einheimischen Spargelstecher waren Tag für Tag schon vor dem Morgengrauen fleißig im Einsatz. Um Steuern zu sparen, erhöhte die Gutsherrin ihren Anteil an der Konservenfabrik in der Kreisstadt. Weiter übernahm sie aus strategischen Gründen den Fuhrpark des Spediteurs Kaufer und bleibt damit für die Zukunft von seinen Erpressungsversuchen verschont.

Die Gutsverwaltung und auch das Bauunternehmen Staudacher erhielten Strafbefehle im sechsstelligen Bereich für den illegalen Bau von zwei Hallen und des Gästehauses im Gut der von Zeilmann. Die Strafe wurde mit dem Geld verrechnet, das Haberkorn von beiden erpresst hatte, und in einem Bankschließfach unter einem Pseudonamen und einer Geheimnummer sichergestellt worden war. Nachträglich erhielt das Gut die Baugenehmigung für beide Gebäude. Dabei spielte sicherlich eine Rolle, dass die Gutsbesitzerin acht zusätzliche Arbeitsplätze durch die Übernahme von Lkw-Fahrern des Spediteurs Kaufer garantierte und alle im Kreistag vertretenen Parteien mit einer großzügigen Spende bedacht wurden. Mit einer weiteren Zuwendung wurde die Einrichtung eines dringend notwendig gewordenen Kindergartens ermöglicht.

Der Bauunternehmer Staudacher zahlte einen sechsstelligen Betrag für nicht bezahlte Sozialabgaben illegaler Beschäftigter nach, blieb aber sonst straffrei.

Die Spargelbaronin selbst hatte vorläufig die Nase voll von Männerbekanntschaften und ihren „Diensten". Sie trauerte „ihrem" Ingo nicht allzu lange mehr nach und fand bald zu ihrer „wahren" Liebe. Der Umzug ihrer Vertrauten Martina in ihre Wohnung erfüllte das lange Zeit brachliegende Ehebett endlich wieder mit Leben. Nach anfänglichen Gerüchten, späterem Getuschel, finden es die Bürger von Neuwiesenfels völlig normal, wenn die Baronin und ihre Martina Hand in Hand in der Öffentlichkeit erscheinen und am Leben in der Gemeinde teilnehmen.

Der Kurier prangerte in mehreren Fortsetzungen unter dem Titel „Es gibt viele Neuwiesenfels" den weitverbreiteten „Volkssport" an: Wie betrüge ich meinen Staat? In zahlreichen Beispielen wurden Hinterziehung von Sozialabgaben und Steuern, Schwarzarbeit, illegale Beschäftigungen, Zollvergehen und Vieles mehr, nicht nur im großen Stil, aber auch im Alltag des „kleinen Mannes", aufgezeigt. Experten behaupten, dem Staat entgingen jährlich mindestens dreihundert Milliarden Euro. Andere Fachleute errechnen daraus, wie viele zusätzliche Kitas, Altenpfleger, Lehrer und Polizisten bezahlt werden könnten. Oder: Steuern und Sozialabgaben könnten erheblich gesenkt oder sogar die Staatsverschuldung abgebaut werden. Deutschland wäre dann (fast) ein Schlaraffenland!

„Kleine Spargelkunde“

Spargel lateinisch: **Asparagus**

Spargel ist schon seit mehreren tausend Jahren bekannt,
bei den Ägyptern, Griechen und Römern.

Weltweit sind über zweihundert Spargelsorten bekannt.

In Deutschland sind die beliebtesten Sorten der **„weiße“:**
zart und mild, wird gestochen,
sobald der Kopf das Licht erblickt, und muss geschält werden;

der **„grüne“:**
kräftig und herb im Geschmack, wird nicht geschält,
wird oberhalb des Bodens geerntet;

der **„violette“:**
bei uns sehr selten, in der Schweiz und Frankreich sehr beliebt,
geschmacklich in etwa zwischen weißem und grünem Spargel.

Laut Statistischem Bundesamt ist Spargel das am häufigsten angebaute Freilandgemüse. Spargel wird in Deutschland immer beliebter, die Anbauflächen wachsen und die Erntemengen steigen jährlich stark an.
Die Anbauflächen stiegen 2014 auf ca. 25.000 ha (Hektar), was in etwa der Fläche von 25.000 Fußballfeldern (125 m mal 80 m) entspricht.
Geerntet wurden im gleichen Jahr ca. 115.000 t, oder 4.600 Kilo pro Hektar. Dazu kommen Importe, überwiegend aus Griechenland, Spanien, Frankreich, in Höhe von ca. 25.000 t.

Die Spargelernte („Stechen") beginnt bei uns Mitte April, je nach Wetter, unter Abdeckfolien auch früher, und endet traditionell am 24. Juni, dem Johannistag.
In Deutschland gibt es zahlreiche typische Spargelanbaugebiete, je nach Bodenbeschaffenheit, die jedoch nahezu über das gesamte Bundesgebiet verteilt sind. Die größten Anbauflächen liegen in Niedersachsen 6.400 ha, Brandenburg 4.200 ha, NRW 4.100 ha.

Für „Genießer", aber auch für „Kalorienbewusste" ist Spargel das ideale Gemüse.

Die Analyse von 100 g Spargel ergibt:

95 %	Wasser
2 %	Eiweiß
2 %	Kohlehydrate
1 %	Ballaststoffe
0 %	Alkohol
^	**20 kcal**

Der Pro-Kopf-Konsum von Spargel betrug in Deutschland 2014 ca. dreieinhalb Pfund. Der Autor gesteht gerne, in diesem Punkt kein „Durchschnittsdeutscher" zu sein!

Einige größere, deutsche Spargelanbaugebiete:

Schleswig-Holstein
Lauenburg, Neumünster

Niedersachsen
Artland, Braunschweig, Burgdorf, Lüneburg, Neustadt a. Rbge., Nienburg, Südl. Osnabrücker Land.

Nordrhein-Westfalen
Brüggen-Bracht, Effeld, Geldern, Köln/Bonn, Münsterland, Paderborn, Walbeck

Brandenburg u. Sachsen-Anhalt
Altmark, Osterburg, Seehausen, Stendal, Beelitz, südl. Berlin, Beetz, Sommerfeld, Jerichower Land, Hohenseeden, Parchen

Thüringen
Herbsleben, Kutzleben

Hessen
Groß-Gerau, Weiterstadt, Griesheim, Pfungstadt, Bergstraße, Rodgau.

Rheinland-Pfalz
Rheinpfalz, Altrheinsanden.

Baden-Württemberg
Bruchsal, Schwetzingen, Oftersheim, Reilingen, St. Leon, Rastadt, Breisgau, Schussental, Bodensee, Oberschwaben

Bayern
Abensberg, Schrobenhausen, Erlangen/Nürnberg/Schwabach, Bamberg, Fränkisches Maindreieck, Ochsenfurt.

Die beliebtesten Spargelgerichte der Romanfiguren

Die Rezepte sind jeweils für vier anspruchsvolle Feinschmecker gedacht

---

- Das mag die Baronin
- Martina liebt auch das „göttliche“ Gemüse
- Spargelkarte der „Goldenen Glocke“
- Der Chefkoch: selbst gekocht, schmeckt's am besten
- Spargelstechers Spargel
- Der Geistliche Rat mag's
- Den Kriminalkommissaren schmeckt's
- Feinschmeckerin Martha Maler
- Peter Meinke vom Ordnungsamt: Kann's nicht lassen!
- Bauunternehmer Staudacher: Am liebsten jeden Tag!
- Witwe Steinhäuser liebt Italien – ihre Jugendliebe war ein Sizilianer!
- Heike Albrecht: Entwässern, gut für die Figur!
- Frieda, die stille Genießerin
- Der Autor: Wahrlich, ein königliches Gemüse!

Der Autor bedankt sich bei allen,
die ihm ihr Lieblingsrezept verraten habe

Was den Leser erwartet

Neuwiesenfels liegt abseits der Touristenwege und träumt vor sich hin. Nur einmal im Jahr wacht dieses Opfer der Gebietsreform auf, dann, wenn die Spargelstecher kommen. Die Großgemeinde liegt mitten eines weitläufigen Spargelanbaugebiets, das überwiegend vom Gutshof aus bewirtschaftet wird und sich in der fünften Generation, jetzt im Eigentum der jungen Gutsherrin, der „Spargelbaronin", befindet.

Wenn der Fremde zufällig dort landet, braucht er dringend ein neues Navi, er hat sich nämlich sicher total verfahren! Aber wenn er schon da ist, sollte er den kurzen Weg zum Zentrum nicht scheuen und im Gasthof „Goldene Glocke" den besten Spargel weit und breit genießen. Dabei hat er einen freien Blick auf den Gutshof, die Kirche mit dem Klostergarten und dem Pfarrhof, und auch zum Rathaus. Und wenn er den Gesprächen der einheimischen Stammgäste lauscht, erfährt er mehr, als von der Klatschspalte des Kreisblattes oder bei einer Führung durch den Ort und seiner Geschichte.
Was er hört, reißt ihn jedoch nicht von seinem gepolsterten Stuhl hoch und hält ihn auch nicht davon ab, den neuen Spargel zu probieren.
Es sind die gleichen Themen wie bei ihm zu Hause auch: Raufereien, Schmuggel und Handel von unversteuerten Zigaretten, Rauschgift, Betrug, Korruption und Erpressung. Schwarzgeld, woher auch immer, Steuerhinterziehung, Familiengeschichten und Beziehungsdramen, wer mit wem, wer ist der Vater des Kindes. Verknüpfungen gibt es bis in die Landesregierung und selbst die Bewohner des Pfarrhauses sind nicht von Sünden frei!
Ein Glück, dass die Kommissare der Mordkommission aus der Kreisstadt mit der Ermittlung eines Gewaltverbrechens beauftragt werden. Schonungslos decken sie den Filz auf, der kein Ruhmesblatt für die Gemeinde und ihrer Einwohner ist. Mächtig Staub wurde aufgewirbelt, als mehrere Tatverdächtige in das Visier der Kripomenschen geraten und diese schließlich nach vielen Umwegen, den wahren Täter dingfest machen. Für ihre erfolgreichen Ermittlungen erhalten die Kommissare ihren verdienten Lohn. Justitia, die griechische Göttin der Gerechtigkeit fällte wie (fast) immer gerechte Urteile und verhängte angemessene Strafen; einmal drückte sie auch ein Auge zu (vielleicht waren es auch zwei?) … für einige Euro-Scheine!

Als der Fremde nach einem Jahr wieder nach Neuwiesenfels kommt, dieses Mal nicht zufällig, sondern gezielt von einem neuen Navi geleitet, um den neuen Spargel zu probieren, sind die Spargelstecher wieder im Land. Etwas hat sich in den letzten zwölf Monaten geändert, nicht viel. Einige Gesichter sind verschwunden, ein paar Neue aufgetaucht. Die Gemeinde und das System sind aber gleich geblieben, wie auch bei Ihnen und bei mir!

Wer den Mut hat diese Geschichte bis zum letzten Punkt zu lesen, wird mit einem kulinarischen Leckerbissen belohnt. Die Spargelbaronin lädt zum Essen ein, zum Spargelessen. Der Gast kann aus einer Vielzahl von Spargelgerichten, die auf den nächsten Seiten zu finden sind, frei auswählen.

Das mag die Baronin:

Kalbssteak in der Pinienkernkruste

auf Spargelgemüse

Was die Baronin braucht für drei Gäste und für sich:

750 g weißen Spargel, natürlich eigene Ernte, die erste des Jahres
4 Kalbssteaks zu je 200 g
Salz und weißen Pfeffer aus der Mühle, Messerspitze Zucker
40 g Butter
4 EL Olivenöl
6-8 Schalotten klein gehackt
100 ml Weißwein
200 ml Sahne
4 EL Pinienkerne
1 EL Kerbel gehackt
2-3 Knoblauchzehen gepresst
2 Scheiben Toastbrot
2 EL Kräutermix (Petersilie, Kerbel, Basilikum, oder ähnliches)
100 g Butter

Zubereitung:
Die Steaks, salzen, pfeffern und in Pfanne mit Öl auf beiden Seiten 4-6 Minuten anbraten, im vorgeheiztem (80°) warmen Ofen ruhen lassen.
Geschälten Spargel in schräge Scheiben schneiden. Butter in Pfanne schmelzen, Hälfte der kleingehackten Schalotten leicht anschwitzen, dann Spargelscheiben dazugeben, mit Weißwein ablöschen, Sahne dazugeben, ca. 15 Minuten leicht köcheln lassen. Spargelgemüse mit etwas Mehl binden, mit Salz, Zucker, Pfeffer, Kerbel abschmecken. Pinienkerne anrösten und fein hacken, die andere Hälfte der kleingehackten Schalotten, Toastbrot zerbröseln, Knoblauch, Pinienkerne und Butter aufrühren und mit Salz und Pfeffer abschmecken. Die Kruste auf die Steaks streichen, 5 Minuten überbacken und auf Spargelgemüse anrichten.

Ein, zwei Gläschen rheinhessischen Grauen Burgunder
runden das herrliche Mahl ab.
Die Gäste und die Gastgeberin genießen es und sind zufrieden.

Martina liebt auch das „göttliche“ Gemüse

Grüner Spargel gebraten

Martina hat die beiden Kommissare und ihre Chefin zu Gast:
750 g weißen Spargel, natürlich eigene Ernte, die erste des Jahres
1000 g grüner Spargel, natürlich vom Gutshof
5 EL feines Olivenöl
5 Schalotten
je nach Größe 20-30 Kirschtomaten
2 Knoblauchzehen
2 Zweige Rosmarin
Salz, Pfeffer

Zubereitung:
Spargel waschen, unteren Teil schälen, Rosmarin waschen und Nadel abzupfen, Tomaten waschen, Ansatz herausschneiden, Knoblauch schälen und längs halbieren, Schalotten schälen und vierteln. Öl in einer Pfanne erhitzen, Spargel, Schalotten und Knoblauch bei mittlerer Hitze ca. 3-5 Minuten anbraten, mit Salz, Pfeffer und Rosmarin würzen, Tomaten beigeben und ca. 5-10 Minuten bei wenig Hitze weiterbraten. Auf vier Tellern anrichten, dazu frisches, warmes Baguette mit Knoblauchbutter bestrichen.

Die Gäste können wählen:
Trockener Rheingauer Riesling
fränkischer Bocksbeutel
ein frisches Pils
Mineralwasser „Baronin's Quelle“, pur oder spritzig

Anschließend:
doppelter Espresso mit Framboise

Spargelkarte der „Goldenen Glocke"

Haus- und Hoflieferant
ist der Gutshof von Zeilmann
Suppen
Spargel-Cappuccino
Spargelcreme mit Pinienkernen
Spargel-Currysuppe mit Shrimps
Feiner Spargeltopf mit Pangasius-Filet

Vorspeisen
Gratinierter Spargel mit Tomatenvinaigrette
Spargelsalat mit Lachs und Ei

Salate
Spargel-Champignon-Salat
Spargel-Tomaten-Salat mit geröstetem Ciabatta
Fruchtiger Spargelsalat mit Shrimps

Hauptgerichte
Argentinisches Rinderfilet 200/300 g
Stangenspargel, Soße Hollandaise
Gebratene Seezunge mit grünem Spargel
Gratiniertes Schnitzel mit Erdbeer-Spargel-Salat
Saltimbocca mit Spargel und Avocado
Gebratene Perlhuhnbrust mit Spargel auf Kräuterbett
Rotbarschfilet, Spargel, Tomaten, neue Kartoffel
Frankfurter Stangenspargel, Schinken, Grüne Soße, neue Kartoffel
Spargel in Orangensoße mit Bratkartoffel
Marinierter Spargel auf Kartoffelpuffer
Spargel-Tortelloni-Pfanne mit Parma Schinken
Gebratener Spargel mit Tomaten und Makkaroni

Nachspeisen
Karamellisierter Spargel mit Erdbeeren und Vanilleeis
Spargel-Honig-Mousse
Spargel-Erdbeer-Strudel
Spargelflan
Spargel-Schmarrn mit Ziegenkäse

Getränke
Mineralwasser „Baronin's Quelle", natur oder spitzig
Landwein weiß, trocken, halbtrocken, französischer Rose
Kaffee: Tasse oder Kännchen, Milchkaffee
Spezial (mit Kirschwasser) aus Oma's Doppeltasse

Das mag der Chefkoch
von der „Goldenen Glocke“

Selbst gekocht schmeckt's am besten

Das braucht er für seine Frau,
für sich und die zwei hungrigen Kinder:
1000 g weißen Spargel, 1a Qualität vom Gutshof, hat den Spargel selbst gestochen und die schönsten Stangen für sich ausgesucht.
Salz, Zucker
300 g Butter
4 Eigelb
Saft einer halben Zitrone
100 ml trockenen Weißwein
500 g Speisekartoffel, festkochend
Petersilie, frisch gehackt

Zubereitung:
Spargel schälen, im Salzwasser mit einem halben TL Zucker und etwas Zitronensaft kochen und ca. 20-25 Minuten ziehen lassen.
Für Hollandaise: Butter im Topf schmelzen. Eigelb, Weißwein, etwas Zitronensaft in einer Schüssel über heißen Wasserbad schaumig schlagen. Die geschmolzenen Butter vorsichtig einfließen lassen bis die Sauce gut sämig ist, mit Salz und Zitronensaft abschmecken.
Gekochte Kartoffel ausdampfen lassen, mit geschmolzener Butter in einer Pfanne schwenken.
Spargel auf Teller anrichten, Sauce Hollandaise leicht darüber gießen, dazu Kartoffel mit gehackter Petersilie bestreuen und servieren.

Seine Kinder trinken Apfelsaftschorle dazu,
der Chefkoch gönnt sich einen trockenen Pfälzer Riesling Spätlese,
seine Frau spritzt den Wein mit etwas Mineralwasser.

Spargelstechers Spargel

Kräftiges Spargelrührei

Was man braucht für vier Feinschmecker:

500 g weißer Spargel, natürlich von der Spargelbaronin
500 g grüner Spargel, auch vom Gutshof
Salz, frisch gemahlenen Pfeffer, Knoblauch
1 Bund Petersilie
6-8 Eier
8 EL Milch
Pfeffer, frisch gemahlen
50 g Butter
Varianten
200 g luftgetrockneten Schinken oder Räucherwurst oder durchwachsenen Speck oder Peperoniwurst, Knoblauchwurst

Zubereitung:
Spargelstangen schälen, grünen Spargel nur untere Enden schälen.
Spargel in reichlich Salzwasser 15-20 Minuten knackig garen, herausnehmen. Petersilie vorsichtig waschen, Wasser abschütteln, Blättchen abzupfen und klein hacken.
Eier mit Milch verquirlen, mit Salz, Pfeffer und Knoblauch kräftig abschmecken. Abgekühlten Spargel in ca. 3 cm lange Stücke schneiden. Butter in einer großen Pfanne zerlassen.
Spargel in der heißen Pfanne kurz anbraten, die Eier-Milch-Mischung mit der Hälfte der Petersilie dazugeben, Eimasse stocken lassen bei mittlerer Hitze, mehrmals vorsichtig wenden.
Sobald die Eimasse Farbe bekommt, Pfanne vom Herd nehmen, auf vorgewärmte Teller anrichten und mit der restlichen Petersilie bestreuen.

Variante: Verschiedene Wurst od. Schinken in ganz dünne Scheiben schneiden und auf das Spargelrührei legen.

Nicht alle Spargelstecher
trinken nur Mineralwasser dazu!

Der Geistliche Rat mag's

Spargelauflauf mit Knusperhäubchen

Was man braucht für vier Feinschmecker:
750 g weißer Spargel, natürlich von der Spargelbaronin
750 g Kartoffel, auch vom Gutshof
200 g geräucherter Schinken
200 g geriebenen alten Gouda
250 ml Creme fraiche
50 g Butter
Salz, frisch gemahlener Pfeffer, Knoblauch nicht zu knapp
2 Scheiben Toastbrot
Salbeiblätter, klein geschnitten

Zubereitung:
Spargel und Kartoffel schälen, abspülen, in Stücke schneiden, in Salzwasser ca. 10 Minuten kochen.
Spargel und Kartoffel abgießen, in eine Auflaufform mit geschmolzener Butter geben, in kleine Stückchen geschnittenen Schinken darüber verteilen.
Creme fraiche mit Salbei, Salz, Pfeffer und Knoblauch verrühren und darüber gießen.
Zum Schluss den geriebenen alten Gouda und Toastbrotbrösel aufstreuen.
Die Auflaufform im vorgewärmten Backofen bei ca. 180-200° etwa 20 Minuten garen. Spargelauflauf warm servieren.

Messwein wird dazu nicht serviert,
aber ein guter Tropfen aus der Region.

Bei diesem leckeren Essen
fallen Tisch- und Dankgebete besonders innig aus.

Den Kriminalkommissaren schmeckt's

Puten-Geschnetzeltes mit Spargel

Was man so braucht für vier Feinschmecker:
750 g weißer Spargel, natürlich von der Spargelbaronin
750 g Putenbrust
200 g Fenchelknollen
150 g braune, kleine Champignons
Salz, frisch gemahlener Pfeffer, Knoblauch nicht zu knapp
1 TL Kapern
8 EL Speise-/ Rapsöl
100 ml trockener Weißwein
250 ml Brühe
250 ml Creme fraiche
1 EL Speisestärke
4 EL Wasser

Zubereitung:
Putenbrustfilet in gleich große Stücke schneiden und würzen. Kapern klein hacken. Spargel schälen, schräg in ca. 3 cm Stücke schneiden. Champignons putzen, halbieren. Fenchel halbieren, in Spalten schneiden, Fenchelgrün hacken. 4 EL Öl in einer Pfanne erhitzen, Fleischstückchen anbraten, aus der Pfanne nehmen, warm stellen.
Übriges Öl in der Pfanne erhitzen, Spargel und Fenchel bei mittlerer Hitze 6-8 Minuten braten, Champignons zugeben und weitere 2 Minuten garen, mit Salz, Pfeffer und Knoblauch würzen, aus der Pfanne nehmen.
Weißwein in die Pfanne geben, zur Hälfte einkochen lassen, Brühe, Creme fraiche und kleingehackte Kapern unterrühren, Speisestärke mit Wasser verrühren, in die Soße rühren und kurz aufkochen.
Fleisch, Spargel, Fenchel und Champignons in die Soße geben, mit Salz, Pfeffer und Knoblauch abschmecken und mit Fenchelgrün bestreuen.
Grüne Nudel, Bandnudel oder Gnocchi, wilder Reis oder Salzkartoffel passen gut dazu.

Auch die Kommissare
trinken gerne ein frisches Helles dazu!

Feinschmeckerin Martha Maler

Argentinisches Rinderfilet mit lauwarmen Spargelsalat und italienischen Kartoffeln

---

Was man so braucht für vier Feinschmecker:
750 g weißer Spargel, natürlich von der Spargelbaronin
4 Filets à ca. 180 g
Salz, gemahlener Pfeffer, 1 Knoblauchzehe, 1 Zehe gepresst
Olivenöl
400 ml Brühe
200 g Parmaschinken
4 mittelgroße Tomaten
eine Handvoll schwarze Oliven
Thymian
Weinessig, 40 g Butter
1000 g mittelgroße, festkochende Kartoffel, vom Markt
80 g geriebenen Parmesan
Pfeffer, Salz Olivenöl

Zubereitung:
Rinderfilet in vorgeheizter Pfanne mit Öl kurz beidseitig anbraten, mit Knoblauchzehe einreiben und in vorgeheizten Backofen bei 80° 10–15 Minuten ruhen lassen.
Spargel in Brühe mit Thymian leicht kochen, aus Sud nehmen, in 3-5 cm lange Teile schneiden.
Tomaten kurz ins kochende Wasser, abschrecken, Haut abziehen, Tomaten und Oliven in Würfel schneiden und in Öl und Butter leicht erhitzen.
Dressing aus Weinessig, Olivenöl, Salz, Pfeffer und Knoblauch über Spargelstücke gießen, dann Tomaten und Oliven zugeben, Salat ziehen lassen.
Kartoffel in Scheiben schneiden, in Salzwasser kochen. Eine Auflaufform mit Butter einstreichen, Kartoffel hineingeben und in Backofen, vorgeheizt auf 180°, beide Seiten leicht bräunen, dünn geschnittenen Schinken leicht anbraten, über die Kartoffel legen, mit Parmesan bestreuen und 3 Minuten überbacken. Auf vier vorgewärmte Teller anrichten und servieren.

Martha trinkt gerne einen trockenen Rose dazu.

Peter Meinke vom Ordnungsamt:
Kann's nicht lassen!

Spargel auf italienischen Salat

Was man so braucht für vier Feinschmecker:
1000 g weißer Spargel, natürlich von der Spargelbaronin
50 g Butter
Salz, frische Kräuter
2 EL Semmelbrösel
250 g Nudel, Makkaroni/Penne
250 g Cherry Tomaten, halbiert/geviertelt
125 g Schafskäse
100 g schwarze Oliven ohne Stein, halbiert
1 Zwiebel, 2 Knoblauchzehen, klein gehackt
4 EL Essig, 5 EL Olivenöl.
100 ml Brühe
je 2 EL gehackte Petersilie, Basilikum
Salz, frisch gemahlener Pfeffer, Messerspitze Zucker

Zubereitung:
Nudel bissfest kochen, Makkaroni schräg in 3cm lange Stückchen schneiden, abschrecken,
Abgekühlte Brühe mit Öl, Essig, Petersilie, Basilikum, Zwiebel und Knoblauch mischen, über die Nudel gießen, dann Schafskäse, Tomaten, Oliven dazugeben und gut durchmischen, kalt stellen und einen Tag durchziehen lassen.
Vor dem Servieren mit reichlich Olivenöl nochmals durchmischen.

Spargel schälen, evtl. holziges Ende abschneiden, bissfest im Salzwasser kochen, aus dem Wasser heben und abtropfen lassen.
Semmelbrösel leicht anrösten, mit gebräunter Butter über den Spargel verteilen und mit Kräuter garnieren.

Der neue Bürgermeister isst am liebsten frisches Ciabatta
und trinkt trockenen Frascati dazu.
Lässt sich beim Essen nicht stören, ist auch dienstlich nicht zu sprechen!

Bauunternehmer Staudacher:

Am liebsten jeden Tag!

Spargel bayerisch: Spanferkel, dunkle Weißbiersoße, Spargel auf gerösteten Brezenknödel

---

Was man so braucht für vier Feinschmecker:
Spargel
1.500 g weißer Spargel, natürlich von der Spargelbaronin
40 g Butter, Salz, 2 EL Semmelbrösel
Brezenknödel
8 Brezen nicht vom Tag, 300 ml Milch, 4 Eier, 20 g Butter, 1 Zwiebel, Salz, Pfeffer, 1 Bund Petersilie, geriebene Muskatnuss, geriebene Zitronenschale
Für Spanferkel
2.000 g Jungschweinebraten
Je 4 Zwiebeln und Möhren, Salz, Pfeffer, Lorbeer, Knoblauch nicht zu knapp, Kümmel, 40 g Butter oder Olivenöl
2 Flaschen (a 0,7 l) dunkles Weißbier
1 l Brühe, evtl. 200 ml Creme fraiche

Zubereitung:
Spargel schälen, im Salzwasser bissfest kochen.
Brezen in Würfel schneiden, in Milch einweichen, mit Eier und Gewürzen einen Teig kneten und in tennisballgroße Knödel mit Hand formen, in Salzwasser leicht kochen, in Scheiben schneiden und in Pfanne mit Butter auf beiden Seiten leicht anbräunen.
Braten salzen und pfeffern, ringsum scharf anbraten, Zwiebel und Möhren dazugeben, dann im vorgeheizten Backofen bei ca. 200° 1/2 Stunde weiter braten, auf 160° zurückfahren und 2-3 Stunden leicht braten lassen. Mit dunklem Weizenbier ablöschen und mit Creme fraiche verfeinern.
Braten in 2 cm dicke Scheiben schneiden, auf vorgewärmte Teller anrichten und etwas Soße darüber gießen, angeröstete Brezenknödelscheiben dazu und Stangenspargel mit angerösteten Semmelbrösel darübergeben. Als Dekoration etwas Petersilie oder/und Schnittlauch darüber streuen. Soße für weiteren Bedarf warm halten.

Mit einem, auch zwei, kräftigen dunklen Bieren lässt er es sich schmecken.

Witwe Steinhäuser:

… träumt von Italien … ihre Jugendliebe war ein Sizilianer

Grüner Spargel und Erdbeeren auf Risotto

Was man so braucht für vier Feinschmecker:
1000 g grüner Spargel, natürlich von der Spargelbaronin
250 g Risotto-Reis
100 g Schalotten
2-3 Knoblauchzehen
5 EL Olivenöl
¼ l trockener Weißwein
1 l Geflügelfond
50 g geriebener Parmesan
50 g Butter
Salz, Pfeffer, Petersilie, schwarzer Pfeffer aus der Mühle,
12-16 mittelgroße reife Erdbeeren, auch von der Baronin, an gute Freunde verschenkt

Zubereitung:
Spargel waschen, in Salzwasser bissfest kochen, in Pfanne mit Öl anbraten.
Risotto: Kleingehackte Schalotten und Knoblauch in Öl 2-3 Minuten glasig dünsten, Reis dazugeben, 1-2 Minuten andünsten, mit Weißwein ablöschen und einkochen. Mit kochendem Fond aufgießen, bis der Reis gerade bedeckt ist. Risotto 15-20 Minuten schwenken, rühren, garen. Restlichen Fond zugeben, mit Salz und Pfeffer abschmecken, gehackte Petersilie und reichlich Butter unterrühren, Käse darüber reiben, 2-3 Minuten ziehen lassen.
Auf vorgewärmte Teller gebratenen Spargel auf Risotto anrichten, mit Erdbeeren garnieren und mit schwarzen Pfeffer aus der Mühle würzen.

Schön brav:
Ein stilles Mineralwasser dazu löscht den Durst und schont den Magen.
Sind die Gedanken bei der Jugendliebe,
ist ein Gläschen trockener Bianca Siciliano oder Pinot Grigio erlaubt.

Heike Albrecht:

Entwässern, gut für die Figur!

Spargel-Orangen-Salat

Was man so braucht für vier Feinschmecker:
500 g weißer Spargel, natürlich von der Spargelbaronin
500 g grüner Spargel, auch vom Gut
Salz, Zucker je eine Prise.
20 g Butter
4 große Orangen
Eigelb, weißer Pfeffer
1 TL süßen Senf
Speiseöl
¼ l Creme fraiche
100 ml Orangensaft, Zucker
1 TL Zitronensaft
Ein paar Tropfen Tabascosoße

Zubereitung:
Beide Spargelsorten waschen, nur den weißen schälen. In 5 cm lange Stücke schneiden und in einen Topf geben, mit Salz und Zucker bestreuen, und Butter dazugeben. Wasser angießen, bis der Spargel bedeckt ist, aufkochen und zugedeckt 10 Minuten kochen lassen, abgießen und abkühlen.
Fruchtfleisch von Orangen auslösen.
Einige grüne Spargelspitzen aufheben zum Garnieren, den übrigen Spargel mit den Orangenspalten mischen.
Eigelb und Senf mit einer Briese Salz verrühren, unter Schlagen mit einem Schneebesen das Öl dazu geben lassen, bis eine dicke Mayonnaise entsteht. Mit Creme fraiche Orangen- und Zitronensaft verrühren und mit Salz, Pfeffer, Zucker und etwas Tabascosoße abschmecken. Die Soße unter den Salat mischen, kaltstellen und 30 bis 60 Minuten ziehen lassen, dann mit grünen Spargelspitzen garnieren.
Dazu getoastete Weißbrotecken.

Heike spart Kalorien und trinkt
eine Weißweinschorle dazu.

Frieda Landauer, die stille Genießerin:

Weißer Spargel in Knusperkruste mit Frankfurter „Grie' Soß"

Frieda hat ihre Schwester, Nichte und Neffen aus Frankfurt zu Besuch:
1.000 g weißen Spargel, 1a Qualität, im Morgengrauen direkt nach dem Stechen vom Gutshof geholt.
200 g/1 Bund gemischte Kräuter, je ca. 25 g, Schnittlauch, Kerbel, Kresse, Petersilie, Sauerampfer, Borretsch, Pimpinelle.
¼ l Mayonnaise, od. Mayo-Joghurt-Mischung
¼ l Saure Sahne
1 EL Butter
2 El Zitronensaft
1 EL süßer Senf
Salz, Pfeffer, Zucker,
4-6 hart gekochte Eier, 2 Eigelb, Semmelbrösel, kleingehakte Nüsse

Zubereitung („Grie' Soß" einige Stunden vor dem Verzehr):
Kräuter fein waschen, gut abtropfen lassen, mit Wiegemesser oder Mixer fein hacken.
Kräuter mit Mayo od. Mayo-Joghurt-Mischung und Saurer Sahne, Zitronensaft in einer Schüssel gut vermischen, mit Salz und Pfeffer abschmecken und einige Stunden vor dem Verzehr im Kühlschrank abgedeckt ziehen lassen.
Spargel waschen und schälen, untere Enden evtl. abschneiden, in einem Spargeltopf Wasser mit etwas Butter, Zitronensaft, Salz und Zucker kochen, Spargelstangen hineinstellen, Köpfe nicht unter Wasser. Dünnere Stangen 15 Min, dickere Stangen 20 Min. kochen.
Aus dem Topf nehmen, gut abtropfen lassen, Spargelstangen mit Eigelb vorsichtig bestreichen, mit in Pfanne geröstete Semmelbrösel und Nüsse bestreuen und anrichten.
Eier längs halbieren und auf die Grie Soß legen, auf die Eigelb ein Tropfen süßen Senf zur Verfeinerung und Dekoration.
Dazu reicht man am besten Pellkartoffel oder Salzkartoffel.

Frieda und ihre Verwandten trinken
original Frankfurter „Äppelwoi" dazu.

Der Autor: Wahrlich ein königliches Gemüse!

Spargel pur, ohne jeglichen „Schnickschnack“!

Sollte es jedoch ein bisschen „Schnickschnack“ dazu sein, dann am liebsten ein saftiges, paniertes, goldbraun gebackenes Schnitzelchen, klein muss es nicht sein, aber schmecken, mmmmmh … lecker! Als Krönung ein Spiegelei darüber.

Was man so braucht für vier Feinschmecker:
1.500 – 2.000 g weißen Spargel, natürlich Kl. I von der Spargelbaronin
1.500 – 2.000 g Frühkartoffel, festkochend, Salz, Pfeffer, 100 g Butter
Petersilie, Schnittlauch, Semmelbrösel

Für „Schnickschnack“:
4 „kleinere“ Schweineschnitzel,
Salz, Pfeffer, 100 g Butter
für Panade: 2 Eier, etwas Mehl, Semmelbrösel,
je eine rote u. grüne Paprikaschote
4 Eier für Spiegeleier

Zubereitung:
Spargel waschen schälen, in Salzwasser bissfest kochen.
Neue Kartoffel nicht schälen, waschen, bürsten, kochen, längs vierteln.
Semmelbrösel in Pfanne leicht anrösten, Butter leicht anbräunen.
Spargelstangen auf vorgewärmte Teller anrichten, geröstete Semmelbrösel darüberstreuen, Spargel und Kartoffel leicht salzen, mit Grünzeug garnieren und mit heißer gebräunter Butter übergießen.

Schnickschnack:
Schnitzel leicht klopfen, salzen und pfeffern,
in Panade aus Ei, Mehl, Semmelbrösel gut wälzen und beidseitig in Butter fest goldbraun anbraten.
Spiegeleier in gleicher Pfanne braten, dass die Dotter noch leicht flüssig sind. Schnitzel zum Spargel auf die Teller, Spiegelei auf das Schnitzel und mit grünen und roten Paprikastreifen garnieren.

Zu einem trockenen Riesling sagt er nicht „nein“.

Autoren-Portrait

Der Autor, **Peter Jungwirth,** Jahrgang 1938, wurde in Aussig im Sudetengau, heutige CR, geboren.

Er kam als Flüchtling nach Oberbayern, wuchs in Starnberg am See auf, ging dort zur Schule und studierte im Anschluss an seine Schulzeit in München. Als Diplomingenieur war er für namhafte Automobilunternehmen als Kundendienstingenieur, Betriebsleiter, Kundendienstleiter, Vertriebsdirektor und zuletzt als Geschäftsführer tätig. Vor seiner Pensionierung machte er sich als Unternehmensberater einen Namen.

Er ist in zweiter Ehe verheiratet, hat vier Kinder und freut sich über zwei Enkel. Die Städte München, Frankfurt, Hamburg und Dresden, in denen er gearbeitet und gelebt hat, bezeichnet der Autor als liebens- und lebenswert. Heute lebt er in einer Kleinstadt im Taunus.

Von Kindheit an war er aktiver Sportler, spielte Tischtennis und verschrieb sich als Leistungssportler der Leichtathletik und dem Handball. Später engagierte er sich als Schiedsrichter und Funktionär in Verbandsvorständen. Mit dem Eintritt in den Ruhestand erfüllte er sich einen Jugendtraum und wurde stolzer Besitzer mehrerer Hunde, Deutsche Boxer, mit denen er bis heute erfolgreich Hundesport treibt. Der Autor ist auch noch im Ruhestand vielseitig interessiert, reist gerne, ist Liebhaber klassischer Musik, Opern- und Verdi Fan und liebt die internationale Küche.

Nach dem Berufsleben fand er neben seinen zahlreichen Engagements und Hobbys auch noch Zeit zu schreiben. Nach mehreren Kurzgeschichten folgte ein Buch mit erlebten Hundegeschichten „Geliebte

Hexe Bruni“, ISBN 978-3-85251815-2 und ein Roman, auch mit einem Hund als Mittelpunkt, „Der Graue von Masca“, ISBN 978-3-8391-8573-5.
Veröffentlichungen in den Medien in jüngster Zeit über Misshandlungen, Missbrauch, Vergewaltigungen in Familien und kirchlichen Einrichtungen, vor allem der Umgang damit, haben den Autor sehr betroffen und erschüttert. Er musste einfach etwas dagegen tun. Er wollte nicht einfach „wegschauen“, sondern mit einem Roman die Leser aufmerksam machen.
Eingebettet in einem Vorwort, in dem unzählige, unvorstellbare Verbrechen beispielhaft aufgezählt werden und einem Nachwort mit einem Appell an die Öffentlichkeit, schildert er in seinem Drama „Tunnel ohne Ende“, ISBN 978-3-86440-138-1 Missbrauch der stille Schrei, das grauenhafte Schicksal seiner Romanfigur Tobias Stolle, der als Kind brutal misshandelt und missbraucht und später selbst vom Opfer zum Täter wird.

Sein neustes Werk ist ein amüsant zu lesender „Provinzkrimi“, mit dem Titel „Die Spargelbaronin“ ISBN 978-3-95493-078-4.
Ein Krimi mit einer kleinen Sammlung von Spargelrezepten.

Der nächste Roman ist als Manuskript fast fertiggestellt und wird in den nächsten Monaten in diesem Verlag erscheinen.

Weitere Bücher des Autors:

„Geliebte Hexe Bruni“

ISBN 978-3-85251815-2

Schon als kleiner Junge hatte der Autor den Wunsch nach einem eigenen Hund. Kein gewöhnlicher Hund, nein ein Boxer sollte es sein. Auch einen Namen hatte der Boxer schon: „Bruno“.

Der Boxer Bruno begleitete ihn über Jahrzehnte. Jeder Boxer, den er sah, hieß Bruno, und Boxer blieben seine Lieblingshunde. Erst fast 50 Jahre nach der „geistigen Geburt“ seiner Titelfigur, des Boxers Bruno, ging sein Jugendtraum in Erfüllung. In Anlehnung an den Boxer Bruno erhielt die Kleine den Namen Bruni und behielt ihn ihr Leben lang.

Brunis 10 ½ Jahre währendes Leben wird in kurzen überwiegend lustigen Stationen spannend erzählt, von Streichen als Welpen, über Begegnungen und Freundschaften mit anderen Hunden, Anfängen und späteren Erfolgen im Hundesport, bis zum Verhalten als Veteran und dem Ende.

Die locker und leicht verständlich geschriebene spannende Geschichte, meistens lustig, manches Mal auch nachdenklich, spiegelt die tiefe Verbindung und Achtung zur Kreatur und Hund wider, aber der Leser spürt auch die Lebensfreude, die der Autor erfahren hat.

„Der Graue von Masca“

ISBN 978-3-8391-8573-5

Auf der Kanareninsel Teneriffa verunglückt ein Paar aus Deutschland. Einziger Überlebender des Autounfalls ist ein Hund, der in der schroffen Bergwelt spurlos verschwindet. Der Autor erfährt vor Ort von diesem Drama und beschließt der Familie der Verunglückten den Hund zurückzubringen. Dieses nahezu aussichtslose Unterfangen stellt ihn vor nicht geahnte, kaum überwindbare Schwierigkeiten.

In scheinbar nicht zusammengehörenden, an verschiedenen Orten spielenden Geschichten wird dieses Vorhaben aus unterschiedlichen Blickrichtungen geschildert. Krimigeschichten wechseln mit Landschaftsbeschreibungen, interessanten Ausflügen in die Geschichte, Kunst und Natur. Spannend und amüsant, manches Mal auch traurig, werden schließlich die Puzzel zu einem Ganzen gefügt und zum guten Schluss enden die Nachforschungen überraschend doch noch mit einem „Happy End“.

„Tunnel ohne Ende“

ISBN 978-3-86440-138-1

Missbrauch der stille Schrei

Das Drama, vom Opfer zum Täter, ist als Aufschrei und Hilferuf der unzähligen, gequälten, misshandelten und missbrauchten Kinder und Jugendlichen in öffentlichen und kirchlichen Einrichtungen, aber auch in ganz normalen Familien, zu verstehen.

Achtung: Für Jugendliche nicht geeignet!

Der Autor klagt unsere „Wegschaugesellschaft“ an:
„Wo seid Ihr gewesen, Ihr wart nah und doch so weit entfernt, Ihr habt gehört und wart doch taub, Ihr habt gesehen und wart doch blind!
Ihr Verwandte und Bekannte, Nachbarn, Lehrer, Ärzte, Pfarrer, Jugendämter, Polizei und Richter, wo wart Ihr, warum habt Ihr nichts unternommen, was habt Ihr mit und aus unseren Kindern gemacht?“

Herzlichen Dank …

… an Elke Link und Thomas für ihre wertvollen Hilfen.
Danke auch an Gaby Benz für ein gelungenes Buch Cover,
das den Krimi optisch nicht besser darstellen kann!

Wer das Cover sieht, muss das Buch in die Hand nehmen,
wer dann auch noch den Klappentext liest,
dem bleibt nichts anderes übrig:
Er ist gezwungen sich in das Abenteuer zu stürzen
und die Geschichte, manches Mal mit Gänsehaut,
ab und zu mit Schmunzeln, bis zum letzten Punkt,
mindestens einmal, zu lesen.

Herzlichen Dank auch an meine Uschi,
die viel Verständnis und Geduld zeigte,
für die zahllosen Stunden, die ich am Schreibtisch verbracht
und unsere Technik blockiert habe.

Peter Jungwirth